Das Buch

»Nun muß ich aber etwas Ordnung in meine Erzählung bringen und mit allem auf den Anfang zurückgehn. Das Schwierigste wird ohne Zweifel sein, eine bestimmte Vorstellung von Manuel zu geben. Ich habe ihn zu gut gekannt, um mir vorstellen zu können, was für einen Eindruck er auf andere machen mochte. Durch das Zusammenleben mit ihm weiß ich nicht mehr, wie er aussah; es war eben Manuel, nicht mehr und nicht weniger, und wenn ich ihn beschreiben sollte, würde ich einander widersprechende Dinge über ihn sagen.« Der Held ist ein Jüngling, Waise; von einer Tante aufgenommen und in deren Tochter verliebt. Er leidet an Tuberkulose und wird von einem viehischen Prinzipal ausgenutzt. Elend lebt der begabte, aber unschöne und linkische junge Mensch in der französischen Provinzstadt dahin. Doch er ist ein Auserwählter, einer, der sein Leiden gestalten und in phantastischen Bildern beschwören kann. Hermann Hesse nannte den Roman »eine Vision, die den Vergleich mit den stärksten Stücken der phantastischen und okkulten Literatur aushält«.

Der Autor

Julien Green, französischer Schriftsteller amerikanischer Herkunft, wurde am 6. September 1900 in Paris geboren, er wuchs zweisprachig auf und wurde protestantisch erzogen. 1916 konvertierte er zum Katholizismus. Mit siebzehn Dienst als Sanitäter an der Front. 1919–22 studierte er in Charlottesville/Virginia Philologie. Seit 1922 wieder in Paris. Bereits mit seinem dritten Roman, ›Leviathan‹ (1929), erlangte er Weltruhm. 1940–45 Emigrant in Amerika. 1971 Mitglied der Académie française.

Julien Green
Der Geisterseher

Roman

Deutsch von Franz Hessel

Deutscher Taschenbuch Verlag

Von Julien Green
sind im Deutschen Taschenbuch Verlag erschienen:
Junge Jahre (10940)
Paris (10997)
Jugend (11068)
Leviathan (11131)
Von fernen Ländern (11198)
Meine Städte (11209)
Der andere Schlaf (11217)
Träume und Schwindelgefühle (11563)
Die Sterne des Südens (11723)
Treibgut (11799)
Moira (11884)
Jeder Mensch in seiner Nacht (12045)
Englische Suite (19016)

Ungekürzte Ausgabe
Februar 1996
Deutscher Taschenbuch Verlag GmbH & Co. KG,
München
© 1934 Julien Green
© 1993 Fayard, Paris
Titel der französischen Originalausgabe:
›Le Visionnaire‹
Der Text des Nachworts erschien erstmals in
›Annales politiques et littéraires‹, 3. November 1933
© 1993 der deutschsprachigen Ausgabe:
Carl Hanser Verlag, München · Wien
ISBN 3-446-17550-4
Die erste deutsche Ausgabe erschien im
Verlag Kittl, Leipzig/Mährisch-Ostrau 1934
Umschlaggestaltung: Dieter Brumshagen unter
Verwendung eines Gemäldes von Hans Holbein d. J.
Satz: Fotosatz Reinhard Amann, Aichstetten
Druck und Bindung: C. H. Beck'sche Buchdruckerei,
Nördlingen
Printed in Germany · ISBN 3-423-12137-8

ERSTER TEIL

Marie-Thérèses Bericht

I

Ich kann mich nicht entsinnen, wer zuerst davon gesprochen hat. Für bestimmte Tage hatten wir uns Schweigen auferlegt, aber ein, zwei Mal in der Woche, wenn wir allein im Garten waren und der Tag sich neigte, fragte ich Manuel nach dem Schloß. Unmittelbar zu antworten, verbot ihm seine etwas mißtrauische Natur; allein, nie konnte er lange dem Reiz des Gegenstandes widerstehen. So erfuhr ich denn, es sei ein Tapezierer aus der Stadt gekommen und habe Samt für die Stühle im Salon vorgelegt, man schwanke zwischen einem ziemlich garstigen, aber gediegenen Kastanienbraun und einem Blau, für das die Vicomtesse schwärme. Oder es wurde erwogen, ob man die junge Platane fällen solle, deren Schatten den Rosen des großen Beetes schade. Daß diese Probleme in der Schwebe blieben, war die Schuld der Vicomtesse, die sich für nichts länger als zehn Minuten interessierte, und so nahm der Tapezierer seine Proben wieder mit, und die Rosen verkamen.

Eines Abends meldete er mir, es sei eine Fremde im Schlosse aufgetaucht, eine dicke Frau mit scheinheiligem Blick im fahlen Gesicht; die ältesten der Bediensteten behaupteten, sie lebe seit vier Jahren im Erdgeschoß neben dem Kohlenkeller, man habe sie heimlich ernährt. Andere meinten, es handle sich um eine Geistesschwache, welche die Vicomtesse aus Barmherzigkeit aufgenommen habe. Genaueres wußte Manuel nicht oder wollte es nicht sagen, aber mit geheimnisvoller Miene gebot er mir Schweigen und versprach mir, sich sorgsam zu erkundigen, wenn er das nächste Mal auf das Schloß käme. Das Erstaunlichste an der Sache war: dieses Schloß existierte wirklich. Wenn im Herbst oder ums Winterende schönes Wetter wurde und meine Mutter uns im Wagen bis zur Meierei mitnahm, sahen wir von fern die Türme aus grauem Stein zwischen den kahlen Bäumen. Das dauerte ein paar Sekunden. Kaum hatten wir uns mit dem Ellbogen angestoßen, so sahen wir schon nichts mehr, denn der Wagen fuhr einen ziemlich steilen Abhang hinunter. Meine Mutter ahnte nicht, daß dieser Teil der Landschaft uns so naheging und Herzklopfen machte, sonst hätte sie der Spazierfahrt eine andre Richtung gegeben; jedes Vergnügen schien ihr verdächtig, und wir fuhren zur Meierei, nur um reinere Luft zu schöpfen, nicht um uns zu zerstreuen.

Im Sommer verschwand das Schloß hinter dem dichten Laub der Wälder. Dann beunruhigte es uns am meisten und machte in Manuels Geist die eigentümlichsten Umgestaltungen durch. Die Wirklichkeit schränkte ihn nicht mehr ein, er konnte es ganz nach seinem Geschmack neu aufbauen, einen Turm errichten, Zinnen in eine Mauer kerben und Fenster blenden, wenn nach seinem Sinn das Schlöß dadurch gewann, denn für ihn mußte es unwirtlich und abstoßend sein.

So tief ich auch nachdenke, ich kann mich nicht mehr erinnern, warum wir eigentlich auf dies bizarre Spiel verfielen. Ich glaube, es war für Manuel qualvoll, mit mir zu sprechen, wenn wir beide allein waren, und die Erfindung dieser Fabel half ihm aus der Verlegenheit. Dank seiner regen Einbildungskraft konnte er jedesmal eine neue merkwürdige Einzelheit hinzufügen, und ziemlich bald ist er, glaube ich, darauf gekommen, in unser Schloß Gestalten seiner Phantasie einzuführen. Meine Rolle beschränkte sich im allgemeinen aufs Fragenstellen und seinem Gedächtnis zu Hilfe kommen; denn von Woche zu Woche wuchs die phantastische Stätte nach allen Richtungen.

Neu entdeckte Angehörige strömten in Massen herbei, die vielen Salons, Schlaf-, Lese- und Rauchzimmer konnten nicht leer bleiben. Immer fand sich ein Anlaß, um Familie und Freundschaft der Schloßherrschaft zu vereinen. Verschwenderisch losgelassene Einladungen holten die fernsten Vettern aus den letzten Winkeln unserer Provinz, und Manuel kam abends blaß und abgespannt nach Hause und berichtete mir, die Vicomtesse habe den ganzen Tag Briefumschläge zugeklebt.

Heute, da all das fern liegt und ich aus größerer Erfahrung

urteilen kann, habe ich den Eindruck: er glaubte zum Teil die Geschichten, die er mir erzählte, es wurde nach und nach bei ihm zu einer Art Besessenheit. Anfangs machte er sich öfters über die Schloßbewohner lustig und hängte ihnen lächerliche Züge an, deren Komik mich entzückte; wenn ich mich dann aber auf Kosten einer alten, etwas kurzsichtigen Kokette ergötzte, der die Perücke manchmal aufs Ohr rutschte, entging es mir, daß Manuel dieses Wesen schon längst ernst nahm und nur verschämt über sie lachte.

Vor allem wollte er in meinen Augen nicht der Angeführte sein, mochte er sich auch selbst an den eigenartigsten, den wunderbarsten Lügen berauschen. Ich war noch beim Spielen, da lebte er schon in Halluzinationen. Mein junger Leichtsinn begriff nicht, daß dieser schüchterne Bursche den heimlichen Ausweg suchte aus einer Welt, in der er an zu viel Wirklichkeiten litt. Mit mehr Teilnahme und Aufmerksamkeit hätte ich vielleicht in dem leidenden Blick gelesen, wenn er sich verstohlen zu mir wandte, als hoffe er auf ein Zeichen.

An manchen Spätnachmittagen, erinnere ich mich, sprach Manuel mit plötzlich ganz ernster Stimme von dem Schloß: ich war bestürzt. Er beschrieb mir, wie unter den Bäumen die Nacht schneller kam und schwärzer wurde; da saß eine Frau, ganz gebrochen von der Anstrengung eines zu langen Spazierganges; einen Namen gab er ihr nicht, aber an der Art, wie seine Stimme sich veränderte, erkannte ich sie. Umhüllte dann Finsternis den Park, so erhob sich diese Frau wider Willen und kehrte ins Schloß zurück.

Dunkel ahnte ich, daß dieses Schloß mit seinen erfundenen Bewohnern Manuels ganze Traurigkeit beherbergte. Hinter die Mauern von vulkanischem Gestein hatte er seine Ängste und Sehnsüchte einquartiert, ihnen Gesicht und Stimme geliehen, umständliche Beziehungen zwischen diesen von widrigen Geschicken bewegten Phantomen geschaffen; in den großen überwölbten Sälen, in die ich ihm nachging, spürte ich eine schlimme und schöne Welt, in ein Licht getaucht, gebieterischer als das unsre, in ein Dunkel gesenkt, das meine Blicke nicht durchdrangen. Wo mir das Herz vor Schreck aussetzte, ging und kam er ganz gelassen. Jedoch war das keine absolute Freiheit; jeden Augenblick begegneten ihm in einer Größe über Menschenmaß der Zweifel an sich selbst und die Todesangst, aber hier, in einem nach dem Bilde seiner geheimen Natur geschaffenen tiefen, schrecklichen, strahlenden Weltall, warf er die Last des wirklichen Lebens ab und gewann wieder seine wahre Gestalt.

In dem Maße, wie die Zeit verging und ich der Kindheit entwuchs, löste ich mich nach und nach von einer Mythe ab, an die ich nicht mehr glauben konnte. Es war eine Ironie des Schicksals, daß Manuel mir sein Vertrauen gerade in dem Augenblick schenkte, da ich es am wenigsten verdiente; eigentlich fand ich es etwas einfältig von ihm, mit solcher Wärme und Überzeugung von eingebildeten Wesen zu mir zu sprechen. Damals wurde ich gerade fünfzehn Jahre alt und verlor die wunderbare Gabe, die Dinge so zu sehen, wie sie nicht sind.

2

Nun muß ich aber etwas Ordnung in meine Erzählung bringen und mit allem auf den Anfang zurückgehn. Das Schwierigste wird ohne Zweifel sein, eine bestimmte Vorstellung von Manuel zu geben. Ich habe ihn zu gut gekannt, um mir vorstellen zu können, was für einen Eindruck er auf andere machen mochte. Durch das Zusammenleben mit ihm weiß ich nicht mehr, wie er aussah; es war eben Manuel, nicht mehr und nicht weniger, und wenn ich ihn beschreiben sollte, würde ich einander widersprechende Dinge über ihn sagen.

Seit dem Tod meines Vaters lebte er mit uns zusammen. Meine Mutter liebte ihn sehr; und außerdem, sagte sie, müsse ein Mann im Hause sein, sonst ginge alles schief. Mein Vetter bekam also eines der beiden größten Zimmer des Hauses; die

Fenster gingen auf ein Höfchen, in dem zwei kleine Kastanien-
bäume ihre Blüten und danach ihre Blätter in das Wasser eines
winzigen Bassins fallen ließen; Geraniumtöpfe reihten sich
längs der am meisten beschienenen Mauer; es gab da noch,
erinnere ich mich, einen kläglichen Pomeranzenbaum in
einem grünen Kasten, der jedes Jahr etwas mehr verkümmerte
trotz der Sorge, die Mama ihm angedeihen ließ: darin ging sie
soweit, den Kasten mit einem filzwollenen Schlafrock zu um-
wickeln, damit die Pflanze es warm habe. Diese Einzelheit
könnte unwesentlich erscheinen, wenn ich nicht hinzufügte,
daß diese selbe Frau ihre Schwester, ihren Schwager und ihren
Ehemann sterben sah, ohne vor mir eine Träne zu vergießen;
aber vielleicht weinte sie im geheimen.

Manuel in seinem Zartgefühl fügte sich in alles, was seine
Tante Plasse zu bestimmen für angebracht hielt. Er war von
schwächlicher Konstitution und wagte doch nicht, um das
schöne Zimmer zu bitten, das früher mein verstorbener Vater,
der Oberst Plasse, bewohnt hatte: jetzt wohnte niemand
darin; den ganzen Tag breitete die Sonne ihre Strahlen über
die militärische Decke des leeren Bettes oder ließ sie auf den
Spitzen der großen stillen Säbel schimmern, die sich an der
weißen Wand langweilten. An einem Mainachmittag folgte
mein Vetter meiner Mutter in das lange verdunkelte Zimmer,
das sie ihm anwies. Mit einem Mannesgriff rollte sie die
Schnur des wurmstichigen Fenstervorhangs um ihre Faust
und zog, bis unter lautem Eisengerassel das Licht über die aus
den Fugen geratenen Bretter des Fußbodens floß.

Da sah ich Manuels Blick von einer Stelle zur andern gehn;
erst streifte er das schmale Eisenbett, dann den Strohstuhl
am Kamin und blieb schließlich in einem Winkel des Zimmers an einem Haufen ungefüger Gegenstände haften, die
unter einem verschossenen Baumwollbezug staken; der Über-
zug war zu kurz: von einem Fahrrad sah ein Stück Reifen
hervor.

»Ich werde dir ein Tischchen und eine Waschschüssel her-
einstellen lassen«, sagte meine Mutter. Und sie fügte hinzu:

»Es wird einen heißen Sommer geben. Da hast du Glück, wirst es hier kühl haben.«

Das sagte sie, glaube ich, ohne Ironie; in ihren Augen gab es keine Zwischenstufe zwischen strenger Wahrheit und frechster Lüge, und sie verstand nicht, daß man sich im Scherz so stellen könne, als glaube man an etwas Ausgedachtes. Meine Mutter war eine hohe aufrechte Frau mit sicherem Blick und schmalen Lippen. Bei ihr schien die Seele den Körper vorzeitig alt gemacht zu haben. Mit fünfzig Jahren trug ihr Gesicht die körperlichen Anzeichen unerbittlicher Strenge und, wie von zuviel Willenskraft, höhlte sich die starre Stirn zwischen den Brauen; die Schläfen fielen schon etwas ein. Dabei hatten ihr ehedem die Regelmäßigkeit ihrer Züge und die Würde ihrer Haltung Anerkennung, Schmeicheleien und Eifersüchte eingetragen. Ich will nicht ungerecht sein, sie war schön. Ihre lange schmale Nase gab ihr eine Vornehmheit, die sie zur Geltung zu bringen wußte; ihre Haut war matt und hart, und sie hatte sich, wie man mir sagte, bis zu meiner Geburt nicht gepudert; zu diesem Zeitpunkt erschien mitten auf ihrer rechten Backe ein brauner Fleck, sodann ein zweiter etwas tiefer; die Flecken waren wie die teigigen Stellen überreifer Früchte. Recht schönes schwarzes Haar bildete auf dem Haupt einen dichten, düster krausen Busch, den sie mit viel Sorgfalt behandelte, aber nie mit Seife und Wasser; sie schlief immer mit Lockenwickeln, aber vor dem Waschbecken machte ihre Eitelkeit halt. Sehr stolz war sie auch auf ihre Augen, die waren weder blau noch grau noch grün, sondern von einer Farbe, in der von alldem etwas war und noch dazu, wie Manuel meinte, Goldflimmern wie im Achat; ich für mein Teil habe wohl meiner Mutter nie richtig ins Gesicht gesehen, so sehr schüchterte sie mich ein; wie sollte ich also von einem Blick sprechen können, den ich nicht fähig war auszuhalten? So oft er meinem begegnete, schreckte ich zurück.

Ach! Ich habe sie freilich nicht sehr lieb gehabt, meine arme Mama! Allein der Wahrheit zuliebe muß ich das Bild, das ich von ihr entworfen habe, noch einmal vornehmen und etwas milder machen. So seltsam es erscheinen mag, mildtätig war sie. Bei allen Stiftungen des Kirchensprengels stand ihr Name obenan, und sie besuchte die Armen; sie gab mit trockener Hand, ganz ohne Hingabe, sie entmutigte jede Dankbarkeit, aber sie gab.

Mich verwöhnte sie nicht, doch strafte sie mich auch niemals, ohne mir gerecht zu erklären, warum sie mich in den Keller einsperren oder mir das Geschenk wegnehmen müsse, das ich bekommen hatte, und wenn ich nicht gleich begriff, nahm sie sich die Mühe, mir den Umfang meiner Schuld und die Notwendigkeit einer Strafe zu beweisen. Handelte es sich um Kleinigkeiten, so bediente sie sich einer einfachen Haarbürste, um mich zu züchtigen; und in solchen Fällen hatte ich die Wahl zwischen dem Holzrücken der Bürste und den Borsten. Aber obwohl ich oft genug beides ausprobiert hatte, wollte sich da keine Vorliebe bei mir einstellen. »Nun, mein Töchterchen«, fragte sie ohne Zorn, »hast du nachgedacht?« Schließlich überließ ich ihr die Entscheidung, und die fiel abwechselnd aus.

An dem Tage, da sie Manuel in unser Haus aufnahm, trauerte sie seit sechs Wochen um den Obersten Plasse. Aus Schicklichkeit setzte sie ihrem Neffen ein kärgliches Mahl vor, und ihr Kleid kam mir an diesem Morgen noch schwärzer vor als gewöhnlich. Niemand verstand es so wie sie, Witwe zu sein. Der Klang ihrer Stimme war gedämpft durch den unsichtbaren Trauerflor, den ihr der Anstand gewoben hatte. Und doch bin ich überzeugt, ihr schlug das Herz, als der junge Mensch unsere Schwelle überschritt. Hier wäre das Bild einer Katze, die ihre Maus erspäht, angebracht, und ich muß sagen, mit ihrem starren Blick und ihrem schwarzen Kleid reizte Mama zu diesem Vergleich.

An meinem Vetter war nichts Besondres zu sehn. Sogar seine Häßlichkeit war gewöhnlich, als wollte sie sich aus Demut innerhalb bestimmter Grenzen halten und nicht die Aufmerksamkeit auf sich ziehen. Damals war Manuel zum drittenmal von der Musterungskommission abgewiesen und für dauernd untauglich erklärt worden. (Beinahe hätte ich geschrieben: unwürdig. Für diesen Schnitzer hätte Manuel Verständnis gehabt.) Er war etwas kleiner als meine Mutter, hielt sich schon gebückt, und seine Brust fiel bei der geringsten Anstrengung ein. Wenn Augen sonst ein Gesicht aufhellen, die seinen verdüsterten es; mit ihrem tiefen Schwarz, das ins Violette spielte, sogen sie das Licht auf. Ich kenne sie gut, habe ihren Blick oft ausprobiert; im Unterschied zu denen meiner Mutter wirkten sie auf mich eher beruhigend als beängstigend, und manchmal unterhielt ich mich damit, mein eignes Bild in der Tiefe dieser tintenschwarzen Augäpfel zu suchen. Seine Gesichtsfarbe wechselte von Blaß zu Rot immer schneller, je näher der Abend kam. Die breite dicke Nase wirkte skizzenhaft hingeworfen und schien mit ihrem Gewicht den Kopf mitzuziehn, der sich beständig zu Boden neigte. Übrigens machte in diesem Gesicht nichts den Eindruck eines vollendeten Werkes, weder der Mund mit seinen unbestimmten Umrissen noch das flüchtig modellierte Ohr. Sorgsam strich er eine dichte schwarze Haarsträhne in die Stirn, um Höcker zu verbergen, deren er sich schämte. Sein alter Anzug, seine Wäsche, sogar seine Schuhe, alles, was er trug, war äußerst sauber gehalten, ein Härchen, ein Faden, ein kleiner Fleck auf dem Rock brachten ihn in solche Verlegenheit, daß er jede Fassung verlor. Deshalb vielleicht und noch aus andern undeutlicheren Gründen nannte man ihn in der Umgegend das Fräulein. In den Augen eines Viehhändlers oder eines Böttchers war mit Manuel nicht viel Staat zu machen.

Damals gab es in unserer stark bevölkerten Stadt nur drei Buchhandlungen. Zwei davon waren Kramläden, in denen auch Bücher auslagen, die dritte lag mitten auf dem Rindermarkt und führte einen unerhört anspruchsvollen Namen, der aber ganz natürlich wirkte, weil niemand ihn verstand. Man las auf dem Schaufenster bogenförmig angeordnet die Inschrift: *Zu den Manen des Großen Corneille.* In der Ortsgeschichte rechtfertigte nichts den Gebrauch dieses berühmten Namens, es ist fast sicher, daß Corneille unsern entlegenen Bezirk niemals betreten hat. In diesem Laden also hatten Manuel seine Eltern von seinem vierzehnten Jahre ab untergebracht, und hier verbrachte er seinen lieben langen Tag. Erst oblag ihm der Verkauf der Zeitungen, dann aber machte er seinen Weg, wie sein Prinzipal Herr Ernest sich ausdrückte, und bekam schließlich den Posten des ersten Gehilfen; mit andern Worten, dank seinem Eifer und seiner Ehrlichkeit wurde er auf die Dauer mit allem betraut und bezog dafür ein unverändertes Gehalt. Er mußte früh aufstehn, um den eisernen Vorhang hochzuziehen und den Fußboden zu fegen, bevor Herr Ernest erschien; zum Lohn dafür war es ihm gestattet, selbst die Bücher auszupacken, die von den Verlegern geschickt wurden, sie ordentlich in die Regale einzureihen, täglich abzustauben, zu verkaufen, wenn die Gelegenheit sich bot, wieder einzupacken, wenn sie anfingen zu vergilben, und sie in die Hauptstadt zurückzuschicken, kurz, mit siebzehn Jahren zu arbeiten wie ein erwachsener Mann. Herr Ernest ging noch weiter. Um Manuel eine noch dauerhaftere Probe seines Vertrauens zu geben, entließ er den Laufburschen des Geschäftes. Und nun stand mein Vetter etwas früher auf und trug die Zeitungen in der Stadt aus. Dann zeigte ihm Herr Ernest, wie ein Kontobuch zu führen ist, und bald trug Manuel selbst die kleinen täglichen Einnahmen ein; schließlich, als der junge Mann mündig wurde, bevollmächtigte ihn Herr Ernest, die Kasse zu kontrollieren, und zwar nicht gelegentlich einmal, sondern regelmäßig. Gleichzeitig verabschiedete er seinen alten Buchhalter, der seit kurzem etwas schwach im Kopf war. Jeden Abend, nach Geschäftsschluß, blieb Manuel also eine halbe Stunde länger im Laden und addierte vor Herrn Ernests Augen die Ziffernreihen. Manuels Eltern waren entzückt. »Du erlernst da einen fabelhaften Beruf«, sagten sie zu ihm. Und sie schickten Herrn Ernest Gemüse aus ihrem Garten, bisweilen auch eine hausgemachte Kaninchenpastete oder gar, doch das nur zu hohen Feiertagen, denn reich waren sie nicht, eine Flasche guten Wein, den sie in der Stadt gekauft hatten.

Diese alten Leute wohnten am Ende eines ärmlichen Viertels, durch das die Straßenbahn nicht ging. Die Pflicht der Wohltätigkeit zwang meine Mutter, sie zu besuchen, aber sie liebte sie durchaus nicht. Sie wußte, jeden Versuch, ihnen Geld anzubieten, würden sie stolz zurückweisen, dabei waren sie doch auf der Liste der verschämten Armen und als Verwandte des Obersten Plasse besonders angesehen. Ihr Eigensinn war meiner Mutter sehr peinlich; es bestand zwischen ihr und ihrer Schwester die verdrießliche Erinnerung an einen alten Liebeswettstreit. Die hatten die Zeit und das Mißgeschick nicht auslöschen können, auch nicht die große Versöhnung kurz vor meiner Geburt. Die beiden Frauen konnten sich nie ansehn, ohne daß ein und dasselbe Haßgefühl beider Herzen schneller schlagen ließ und Vorwürfe sich ihnen auf die Lippen drängten wie ein Schrei, den man kaum mehr aufhalten kann. Wohl unterdrückten sie, so gut es ging, jedes unbesonnene Wort, aber immer wenn sie auseinandergingen, bebten sie vor Zorn.

Ich glaube, Mama grollte der Tante Lise nicht mehr, daß sie ihr den Bräutigam, einen schönen Mann, der damals schon nicht mehr jung war, weggenommen hatte; in dieser Hinsicht meinte sie sich hinreichend durch das Leben gerächt, durch die Gerechtigkeit des Schicksals, wie sie sagte. Ihr Groll war anderer Art. Aus Trotz und Gram hatte sie sich mit einem Mann verheiratet, den sie ein bißchen lächerlich fand, und für diese schlechte Heirat machte sie ihre Schwester verantwortlich, hatte aber nicht den Mut, ihr das zu sagen, die Antwort wäre zu einfach gewesen. Und dazu kam, sie war fromm. Was könnten wir für wilde Tiere werden, wenn nicht mitunter ein bißchen religiöse Heuchelei unsere schlechten Triebe milderte. Wieviel Wut mag die Arme in sich erstickt haben *zu Füßen des Altars*! Nun, sie wird sich wohl dafür entschädigt haben, wenn sie Tante Lise mit ihrer nutzlosen Großmut demütigte; da konnte sie sich leicht Genugtuung verschaffen. Andrerseits litt ihre Eigenliebe darunter, daß ihre Schwester beim Festungsgraben wohnte, wo die notleidenden Mitbürger hausten.

Schließlich übernahm der Tod die Aufgabe, beiden Teilen Frieden zu verschaffen. Meine Tante verschied zuerst und hinterließ Herrn Ernest allerlei kleine Andenken, ihrer Schwester aber nicht einmal eine Strähne ihres grauen Haars. In der Kirche wurde mein Onkel Emanuel in den Armen meiner Mutter ohnmächtig; als er wieder zu sich kam, hörte man ihn flüstern: »Helene (so hieß meine Mutter), erinnerst du dich?«; das erregte Ärgernis, denn seit der Lösung ihrer Verlobung hatte er Mama nicht mehr geduzt; diese zärtliche Regung wirkte unschicklich hier in Gegenwart seiner Frau, deren Leichnam vier Schritte von ihm in der Zersetzung begriffen war. Der Arme wußte tatsächlich nicht mehr, was er sagte. Die Aufregung hat ihn vierzehn Tage später getötet. Seine Möbel wurden verkauft, um seine Schulden zu zahlen und die Begräbniskosten zu decken. Aber davon abgesehen befolgte man seinen letzten Willen: seine alten Anzüge, einen vergilbten Strohhut und mehrere Paar Stiefel bekam sein Sohn, Herr Ernest seine Pfeifensammlung und die goldene Uhr, die so oft versetzt worden war.

Dieser zweite Tod schien Mama ebensowenig Kummer zu machen wie der erste. Allein, wer weiß, was in der Tiefe eines Menschenherzens vorgeht? Als ich einmal den Namen dieses Onkels Emanuel, den ich kaum gekannt hatte, aussprach, gab sie mir einen derben Stoß und hieß mich still sein.

Soweit ich mich erinnere, kümmerte mein Vater sich wenig um diese Familiengeschichten. Er war ein schöner Mann und etwas einfältig, und die Klugheit meiner Mutter imponierte ihm. Es kam wohl einmal vor, daß er seiner Frau trotzte, aber das geschah äußerst selten, es lohnte nicht, dabei zu verweilen. Seit er pensioniert war, übertrieb er die soldatische Schroffheit, die nun einmal, wie er meinte, zu seinem Stande gehörte. Nie habe ich jemanden gesehen, der sich so treulich einem Typus angepaßt hätte. Er wetterte in seinen Schnauzbart, wenn er mit seiner Ordonnanz redete; vor meiner Mutter brachte er es nur zu einem mannhaften rauhen Räuspern, das sollte vielleicht seine Tyrannin reizen, und wenn ich zufällig zugegen war, schickte er mich weg; mit diesem energischen Gehabe rechtfertigte er sich wohl vor sich selber. Tagsüber ließ er sich von der Langeweile gängeln, trieb sich im Haus und Garten oder in den Straßen herum; er wußte nichts Rechtes mit seinem Alter anzufangen. Oft erzählte er mir von dem Feldzug nach Tonkin, und ziemlich häufig nahm er nach Tisch eine Handarbeit vor. Seit er nicht mehr in Dienst war, wurde sein Leibesumfang immer mächtiger. Er hatte eine schreckliche Art zu husten, dabei lief ihm das Gesicht purpurn an, und die blauen Augäpfel traten heraus; in solchen Augenblicken sah er aus wie der chinesische Götze auf dem Kamin in unserm Salon, und das sagte ihm meine Mutter mit schneidender Stimme. Sie hatte eine besondere Art, ihn anzusehn, immer wie von oben herab und von weitem. Ich spürte, wie sie ihn verachtete, und das steckte mich an; ohne deshalb der Mutter näher zu kommen, entfernte ich mich von dem armen Menschen, der immer kindischer wurde, je mehr ich mich von der Kindheit loslöste. Eine schlecht behandelte Grippe raffte ihn hinweg. Er starb ziemlich bald nach Onkel Emanuel, und sein Tod wurde Anlaß zu einer militärischen Feierlichkeit, bei der ich mir sehr wichtig vorkam; denn ich saß mit Mama in einer vornehmen schwarzen Kutsche und hatte unablässig meine Freude daran, wie die Leute, die an uns vorüberkamen, die Hüte zogen.

Um diese Zeit warf meine Mutter ihre Augen auf Manuel. Aber vielleicht kommt mir das jetzt nur so vor, und sie hatte es schon lange auf ihn abgesehn. Doch ich will mich nicht immer unterbrechen, sonst kommen wir nicht weiter. Einmal als wir von der Abendandacht heimkamen, machten wir unterwegs Halt bei den *Manen des Großen Corneille*. Es traf sich, daß Manuel allein im Laden war. Meine Mutter wühlte in den Büchern herum, und unter dem Vorwand, sich ein bißchen umzusehn, zog sie den jungen Mann in den Raum hinter dem Laden. Da redeten sie fast eine halbe Stunde miteinander, inzwischen langweilte ich mich tödlich über einem Bilderbuch, das sie mir gegeben hatten, und wenn ich hinhorchte, hörte ich nur ein undeutliches Gemurmel von Frage und Antwort; die Mutter sprach und sprach, fragte ihn aus, unablässig, aber immer mit leiser Stimme. Als sie endlich wiederkam, war in ihren Zügen weder Befriedigung noch Verdruß zu lesen, und doch atmete ich auf, als sie wieder ihren Schleier über das Gesicht zog. Sie ging schnell; ich hatte keine Zeit mehr, mich von Manuel zu verabschieden, aber auf der Straße blieb sie gleich nach den ersten Schritten stehn, gab mir einen Bonbon aus ihrem Täschchen und sagte: »Bist doch ein gutes Kindchen.«

3

Warum sprach sie so zu mir? Ich weiß es nicht. Selbst diese Frau, die ihre Haltung und ihre Worte so beherrschte, hatte plötzlich Augenblicke der Mitteilsamkeit, in denen sie sich wie gegen den eigenen Willen den andern Menschen verbunden fühlte. Jetzt, da der Tod uns seit zehn Jahren getrennt hat, gewinne ich es über mich, ohne Bitterkeit an meine Mutter zu denken. Zu spät habe ich erfahren, daß sie in ihrer Jugend gelitten hat. Der Mann, zu dessen Lebensgemeinschaft sie sich verurteilt hatte, war ihr erst nur fremd, dann aber zuwider bis zum Abscheu. Allein, sie wußte sich zu beherrschen, zu verleugnen; jeden Morgen fand sie *zu Füßen des Altars* die notwendige Kraft, um den Tag zu überstehen und die Nacht zu überwinden.

Als sie um ihre Schwester trauerte, war ich erst zwölf Jahre alt, aber ich ahnte, daß sie nun die Kleidung gefunden hatte, die sie nicht mehr ablegen würde. Von heut auf morgen verwandelte sie sich; ich will nicht sagen, sie wurde anders, nein, sie wurde sie selbst. Das unerbittliche Schwarz brachte ihr inneres Wesen zur Erscheinung. In Weiß oder in Blau konnte man sie übersehn, in Schwarz war ihre Erscheinung unvergeßlich. Ihr Blick brannte. Die Art, wie sie ihren Trauerschleier zurückschlug, gab ihr, wenigstens in meinen Augen, etwas

Schauerliches; ich weiß nicht, worauf ich mich gefaßt machte, aber dieser Vorhang, den ihre Fäuste faßten, schien vor einem Trauerspiel aufzugehn. Hätte ich ein wenig nachdenken können, ich hätte mich mehr davor gefürchtet, ihn fallen zu sehn; weiß Gott, was für ein Gesicht er dann verbarg, welche Tränen, welches Lächeln.

Als sie ihren Ehemann verlor, brauchte sie in ihrer Lebensweise fast nichts zu ändern. Zwei Todesfälle, einer dicht nach dem andern, hatten sie gut auf die Witwenschaft vorbereitet, sie machte sich sofort die Haltung dieses Standes zu eigen; man achtete, man bewunderte einen Schmerz, der sich nicht in Geschrei oder Tränen äußerte, sondern in einem stolzen Schweigen, das nur dann und wann von einer Anordnung oder einem Wort des Dankes unterbrochen wurde.

Meines Wissens war Manuel der einzige, der ihr ins Gesicht sehn konnte, ohne daß es trotzig wirkte. Vielleicht war sie ihm im Grunde dankbar dafür; jedenfalls sprach sie zu ihm etwas sanfter als zu mir, dem Verkehr mit mir blieb wie dem mit den Bediensteten eine feste gebieterische Stimme vorbehalten.

Von den ersten Tagen an richtete sich mein Vetter seine Gewohnheiten im Hause ein, aber er war sehr zurückhaltend und aufmerksam bemüht, niemand zu stören; man vergaß ganz seine Gegenwart. Abends setzte er sich mit seinem Buch in einen Winkel des Eßzimmers, in einem gewissen Abstand von meiner Mutter, die unter der Hängelampe strickte, und sie und ich merkten kaum, daß er atmete, wir hörten nicht einmal das Geräusch, mit dem er die Seiten umschlug. Manchmal, nach Verlauf einer Stunde machte seine Unbeweglichkeit meine Mutter unruhig, und sie rief ihn auf; dann erhob er sich ganz bereitwillig und kam zu ihr mit einem Lächeln, das schön gewesen wäre auf einem schöneren Gesicht; sie nahm ihm sein Buch ab und schickte diesen doch schon fast erwachsenen Menschen mit einem Kopfnicken zu Bett.

Morgens war er als erster auf und ging die Zeitungen vom Bahnhof holen und in der Stadt austragen.

Wenn ich schon wach war, hörte ich mit selbstsüchtigem

Genuß seinem Herumwirtschaften zu, das gedämpft aus der Küche zu mir herüber klang. Mitten im Winter war mir die Wärme meines Bettes besonders angenehm bei der Vorstellung, daß Manuel aus seinem heraus mußte und in seine kalten Finger blies. Seltsames Gefühl! Gewöhnlich empfand ich für meinen Vetter nur eine matte Freundschaft, die ziemlich nah an Gleichgültigkeit grenzte; sobald ich aber merkte, ihm war nicht wohl zumute oder er hatte Sorgen, interessierte er mich mit einem Mal, sein Kummer erweckte in mir gute, liebevolle Regungen, die mich glücklich machten. So wurde mir immer weich ums Herz, wenn er von einem Arbeitstag berichtete, der härter war als gewöhnlich; im Sommer gab ich ihm Fruchtsaft zu trinken, wenn er von der Buchhandlung heimkam, und befeuchtete ihm die Stirn mit Kölnisch Wasser, denn dann sank er auf seinen Stuhl mit einem Ausdruck von tragischer Mattheit, der mich erschütterte; aber meine Hingabe dauerte nicht lange, ein paar Minuten Ruhe gaben seinem Märtyrergesicht einen vertrauteren Ausdruck, und schon gefiel er mir weniger; wenn er lächelte, war es aus, ich wandte mich fast verdrossen ab.

Bei Tisch stellte meine Mutter ihm unzählige Fragen und blieb damit sozusagen dauernd auf seiner Spur, von dem Augenblick, mit dem er seine »Tour« begann, bis er ankam, das Haar von ungesundem Schweiß an die Schläfen geklebt, und im Eßzimmer Atem schöpfte. Mittag aß er nie mit uns. Herrn Ernest war es lieber, daß er zwischen Zwölf und Zwei den Laden nicht verließ, ein guter Kaufmann, meinte er, versäume keine Gelegenheit, ein Buch oder auch nur eine Zeitung zu verkaufen.

Der Buchhändler setzte sich mit einem Gastwirt in Verbindung, der ihm das Essen für seinen Angestellten zu vernünftigen Bedingungen lieferte; das brachte dann einen entsprechenden Abzug vom Gehalt, und Manuel ging ohne weiteres auf die »Abmachung« ein. Er fand also seine Mahlzeit, in Papier eingewickelt, in dem Schubfach für die Bleistifte, und das gab dem Brot und Käse einen besondern Geschmack; er zog sich mit seinen Lebensmitteln in den Raum hinterm Laden zurück, und man legte es ihm nah, sie möglichst bald verschwinden zu lassen, denn der Geruch von Roquefort und Wurst verbreite sich überall und »klebe an den Büchern«, sagte Herr Ernest.

Der Laden, in dem Manuel arbeitete, galt für einen der ältesten in der Stadt. Er nahm das ganze Erdgeschoß eines schmalen Hauses aus vulkanischem Gestein ein. Es hatte einen recht garstigen grauen Ton, und die Fenster waren ohne Rahmen, ohne Querstangen und Läden, das gab der Hauswand düstere Strenge. Am Giebel war eine derb ausgemeißelte Hafergarbe zu sehn. Die einen sagten, ein Kornhändler habe dies Haus in Zeiten, an die sich niemand mehr erinnern konnte, bauen lassen, andere erklärten die Garbe für einen Kopf, der dem Vorübergehenden das Quartier des Henkers anzeigen sollte, aber alle Welt wußte, daß man vor fünfundzwanzig Jahren in dem kleinen Hof des Hauses Schweine geschlachtet hatte und daß der Laden, ehe er die *Manen des Großen Corneille* beherbergte, einem Metzger gehört hatte.

Um diese Erinnerung auszulöschen, ließ Herr Ernest, der das ganze Haus nach dem Tod des letzten Besitzers erwarb, den Laden innen und außen schwarz streichen. Niedrig und ganz in die Tiefe gehend, empfing er Licht nur in der schönen Jahreszeit. Im Winter mußte man schon am Nachmittag, um die Büchertitel zu lesen, mit einer Petroleumlampe, die schrecklich stank, an den Regalen entlang gehn. Die Kasse, ein großer gelber Kasten, erhob sich mitten im Laden zwischen zwei langen Tischen, auf denen die Neuerscheinungen aufgestapelt lagen. Neben der Tür bot ein Eisentisch, wie man ihn in Gärten sieht, dem Kunden Zeitungen aller politischen Richtungen an, die in der Gegend zugelassen waren. Eine Schale nahm die Geldstücke in Empfang, aber im allgemeinen zahlte man an der Kasse, um Streitigkeiten zu vermeiden. Die Wände verschwanden hinter den sorgsam in die Regale aufgereihten Büchern; ein Schemel, der noch aus dem Mobiliar der Schlächterei stammte, diente dazu, die sonst unzugänglichen

Bände zu erreichen: die, nach denen, wie ich fürchte, nie gefragt wurde, unsere Klassiker. Schließlich entdeckte man, wenn sich die Augen an das Halbdunkel des Raumes gewöhnt hatten, an der Decke drei mächtige Balken, richtige, kaum zugehauene Baumstämme. An ihren Flanken sah man noch die tiefen Einschnitte der Hacke, sie streckten sich aus wie schwarze Gigantenarme, welche die Jahrhundertlast des Hauses langsam niederbeugte.

Meine Mutter machte den *Manen* (so nannte man kurz Herrn Ernests Laden) nur selten einen Besuch, wahrscheinlich, weil man dort nur unreligiöse Werke vorfand; trotzdem sah Manuel sie des öfteren von weitem, wie sie mit ihrem Männerschritt den Gehsteig des Platzes entlang kam. Plötzlich blieb sie dann irgendwo stehn, warum, war nicht ersichtlich, aber es mußte eine unbestimmte Absicht dahinterstecken. Sie glaube sich wohl vor Manuels Blicken sicher, denn er war kurzsichtig, das wußte sie, wußte aber nicht, daß ein Kurzsichtiger – und das ist der Vorteil seiner Schwäche – um so aufmerksamer beobachtet, je mehr Mühe es ihm macht; der sogenannte durchdringende Blick bringt unfehlbar eine gewisse Beobachtungsträgheit mit sich, aber bei einem Menschen, der beim Zeitunglesen mit den Augenlidern zwinkert, kann man sicher sein, er sieht alles. Wie dem auch sei, meine Mutter ging von einem Ende des Marktplatzes zum andern und tat, als interessiere sie sich für die Schaufenster; sobald sie den überdachten Gang an der Nordseite des Platzes erreicht hatte, kehrte sie mit dem erregten Gesichtsausdruck, den wir an ihr kannten, dieselbe Strecke zurück. Meistens verschwand sie nach einer Weile in einer Gasse, die zur Kathedrale führte, bisweilen aber, wenn sie, ich weiß nicht, an welchem Anzeichen erriet, daß der *Chef* abwesend war, schritt sie geradewegs auf den Laden zu.

Drinnen brachte sie zunächst die Bücher auf einem der großen Tische durcheinander, unter dem Vorwand zu sehen, »was jetzt herauskommt«; dabei ließ sie dann auch ein paar Bände auf den Fußboden fallen und benutzte die Gelegenheit, um diese verdächtige Literatur mit Füßen zu treten, und wenn Manuel sich bückte und die Hand ausstreckte, um Herrn Ernests Ware zu retten, so trat sie ihm unbedenklich auf die Finger, als wäre da eine Wanze oder Spinne. Sodann zog sie Manuel in den Raum hinterm Laden und machte ihm mit künstlich sanfter Stimme die verletzendsten Vorwürfe.

Eine Art Höflichkeit in der Wahl der Worte milderte ihre natürliche Grausamkeit; sie ließ sich nicht hinreißen, brauchte maßvolle Wendungen, um die rohesten Sachen zu sagen, und brachte manchmal mit einem scheinbar mildtätigen Ratschlag ihren Neffen zum Weinen. Sie war unerschöpflich in Betrachtungen aller Art über die Häßlichkeit des armen Burschen. Geschickte Umwege führten sie immer wieder darauf zurück. »Dabei war dein Vater doch ein schöner Mann«, sagte sie. »Schade, daß wir unsern Kindern unsre leiblichen Eigenschaften nicht so leicht übertragen können, wie wir ihnen unsre alten Kleider vermachen, nicht wahr? Na ja ... In deinem Alter hätte mein Schwager Emanuel einem Turnlehrer imponieren können. (Folgte eine schmeichelhafte Beschreibung des Besagten.) Aber allerdings, an dich hat er etwas spät gedacht. (Ein Lächeln und ein Seufzer.) Mein armes Kind, wenn mir die Nächstenliebe nicht den Mund versiegelte ... Deine Mutter hat tapfer gelitten. Sie hat's mit angesehn, wie ihr Mann sich in unwürdiger Weise zugrunde richtete, seine Gesundheit durch Ausschweifungen gefährdete. Nun, ich habe kein Recht ... So zur Zeit, als du ... (sie suchte nach einem keuschen Ausdruck, und durch die Pause des Suchens wurde er erst recht unschicklich) als du empfangen wurdest, liebes Kind, gab dein Vater seiner Umgebung, seiner Frau, seinem Arzt Anlaß zu Besorgnissen. Deine Mutter, die arme Lina, war ganz verkümmert von Gram, von Arbeit ... «

Ihr Blick hing hart, durchdringend an Manuels Zügen, seiner zu großen Nase, den unregelmäßigen Kiefern und prüfte dann niedersinkend die abfallende Linie der Schultern. Da wurden Manuels Augen naß.

»Im Grunde«, murmelte sie wie im Selbstgespräch, »ist es ganz natürlich. Na ja...«

Dies Wort wiederholte sie mehrere Male im Ton großer Erschöpfung, dann suchten ihre langen Arme nach dem Zipfel des Schleiers oben auf dem Hut und zogen ihn über das Gesicht.

»Mein armes Kind, wozu sind wir eigentlich auf der Welt?« fragte die Stimme hinter dem Schleier.

Zu Hause benahm sie sich anders, meine Gegenwart hemmte sie. Ich verstand nicht, weshalb. An manchen Tagen war sie besonders liebenswürdig zu meinem Vetter, während er wortkarg blieb, sie hatte Nachsicht mit seiner Traurigkeit und erließ ihm an solchen Abenden das tägliche Verhör. Allerdings wußte ich nicht, daß sie einen Teil des Nachmittags damit verbracht hatte, ihren Neffen in dem Hinterraum der Buchhandlung zu quälen. Erst Jahre später hat mir Manuel das gestanden.

4

Als Manuel sich bei uns einquartierte, ging ich in mein vierzehntes Jahr, aber mein Alter paßte schlecht zu meiner Person (leiblich und seelisch). Auf den ersten Blick gab man mir sechzehn Jahre, und doch tat man mich in der Schule mit Kindern zusammen, die jünger waren als ich. Meine Mutter betrachtete mich als ein zurückgebliebenes Kind; obendrein fand sie mich häßlich und sagte es mir unumwunden. Sie übertrieb. Sehr klug war ich vielleicht nicht, aber ich war nicht häßlich. Mit solchen großen grauen Augen und schön geschwungenen Lidern, mit so schwerem schwarzen Haar, wie es auf meinem Kopf lastete, ist man nicht häßlich. Meine kleine Stumpfnase konnte allerdings lächerlich wirken, und mein Mund war etwas breit und fleischig, aber diese kleinen Fehler wurden ausgeglichen durch eine Haut von seltener Zartheit, eine Haut so matt und weiß wie die von Mama (wenn sie das auch nie zugeben wollte). Von meiner Mutter habe ich auch eine etwas steife Haltung geerbt, die ich nicht mehr losgeworden bin, und eine eigenwillige Art, die Hand zu reichen, aber die Hand, die ich reichte, war wie die meiner Mutter, wohl beschaffen.

Sehr fromm war ich zu dieser Zeit und über recht vieles schlecht unterrichtet. Eine Schülerin aus einer höheren Klasse hatte mir eines Tages, das, was sie »das Geheimnis der Geburt« nannte, im großen und ganzen mitgeteilt, allerdings mit einem so schmutzigen Wortschatz und so gemeinem Blick, daß mir sehr peinlich zumute wurde und ich sie nicht zu Ende anhören konnte; in der Folgezeit vermied ich es, mit diesem Mädchen zu sprechen, ihr Lachen war mir unerträglich. Gewisse Worte, deren sie sich bedient hatte, blieben mir dunkel. Ich versuchte sie aus meinem Geiste zu verjagen, als wären es schlechte Gedanken. Bei der Messe, im Augenblick der Kommunion, kamen sie mir ins Gedächtnis zurück und quälten mich. Ich glaubte, der Teufel flüstere mir diese unreinen Worte zu, um meine Seele zu verderben. Andererseits hinderte mich ein lebhaftes natürliches Schamgefühl, meinem Beichtvater meine Gewissensqualen zu gestehen.

Ich besuchte damals eine kleine Schule, die von Nonnen geleitet wurde. Morgens brachte mich unsre Köchin bis an das Tor des großen Gartens, in dem schon kleine Mädchen in blauen Kitteln spielten. Die riefen mir zu, und ich ließ Leontines Hand los, um mich auf den Rasen zu stürzen. Der Höhenunterschied des Gartenterrains wurde durch eine Doppeltreppe ausgeglichen, deren Steinrampe Holzborke imitierte. Unten breitete sich der Rasen zu Füßen einer kleinen Terrasse, die eine Grotte überdachte. Um acht Uhr erschien auf der Terrasse eine Nonne und klatschte in die Hände; mit einem Schlage verstummte das Lachen, und wir stellten uns in Reih und Glied auf, die Kleinen außer Atem voran, die Großen zischelnd dahinter, und so begaben wir uns in die Kapelle.

Diese Erinnerungen sind mir süß und bitter zugleich, denn heute kann ich mir das Glück nicht mehr vorstellen, ohne mein Gedächtnis zu Hilfe zu nehmen. »Ich fühlte mich glücklich« – das besagt so wenig; gewisse Seelenzustände, und gerade die einfachsten, lassen sich nicht beschreiben; man kann mit Worten auf sie anspielen, aber es ist ungefähr, als wollte man eine Vorstellung von der Wüste geben, indem man etwas Sand auf ein Stück Papier schüttet. Ich arbeitete schlecht, und die Schwestern schalten mich, indessen die Strafen vermochten nichts gegen die Freudenschauer, die mich ohne bestimmte Ursache durchfuhren. Manchmal mußte ich den Kopf hinter meinem Pult verstecken, nur um zu lachen oder zu weinen, was auf dasselbe hinauskam; zärtliche Tränen liefen mir aus den Augen beim Gedanken an die Kleinen, welche die Katze im Wirtschaftshaus zur Welt gebracht hatte, oder an die weißen Gänseblümchen, die ich während der Zwischenpause heimlich auf den Marienaltar gelegt hatte. Die Schulleiterin fand, es fehle mir an Ernst und Haltung. Sie ahnte nicht, wie erleichtert ich jeden Tag von zu Hause wegging, wo der spürende Blick meiner Mutter lauerte. Ich liebte abgöttisch die Schule und die engelhafte Strenge der Schwestern, die mich mit sanfter Stimme ermahnten; manchmal glitten ihre von Nähen und Gartenarbeit abgenutzten Hände aus den schwarzen Ärmeln, um mich sanft ins Ohr zu zwicken; weiter ging ihr Zorn nicht. Ich liebte sie, ich beneidete sie, ich hätte wie sie immer in dem leichten Tuchgeräusch, das ihre Kleider machten, gehen und ganz den wunderbaren und unmenschlichen Ausdruck ihrer Gesichter annehmen mögen.

Besser als irgendeine andre konnte Schwester Luise, die uns Geographie und Geschichte lehrte, bei mir eine scheinbare Aufmerksamkeit erreichen. Ich tat, als hörte ich diesem großen Mädchen mit den blassen Wangen zu, wenn sie mich beiseite nahm, um mir die Lektion noch einmal zu erklären und mir so die Schande eines Ungenügend beim vierteljährlichen Examen zu ersparen. Ihr gestärkter Schleier gab den unbedeutenden Zügen einen edlen Ausdruck; das Fasten, die Stunden, die sie bis zur Dämmerung kniend verbrachte, tausend kleine geheime Entbehrungen verwandelten ihre Haut in etwas Blasses, Durchsichtiges, welches sozusagen das Zeug war, aus dem die Seele gemacht ist. Ihre blaßblauen Augen richteten sich niemals nach rechts oder nach links, sondern immer geradeaus. Es kam von ihren blutlosen Lippen der heiße Atem der Nonnen, die kaum mehr schlafen. Im Sitzen lehnte sie sich nicht an, und wenn sie sich vorbeugte, um aufzustehn, streifte ein großes Kruzifix aus Nickel, das ihr um den Hals hing, die rauhe Leinwand, die ihre Brust bedeckte. Ich weiß noch: zur Belohnung für gute Führung gab sie mir manchmal ein paar Kirschen oder eine Aprikose, schlug mir jedoch vor, sie Gott zum Opfer zu bringen. Ein geheimnisvolles Lächeln begleitete diese Worte, die mir aus einer andern Welt zu kommen schienen. Da wurde mir der kleine Verzicht, den sie von mir verlangte, leicht und köstlicher, als es der Geschmack der Früchte gewesen wäre.

Im allgemeinen fanden unsere Gespräche hinten im Saal für Erdkunde statt, wenn die Schüler fortgegangen waren. Auf dem Katheder lagen die Leckereien, die meine Schwachheit auf die Probe stellen sollten, der Untersatz eines Globus verbarg sie nur zur Hälfte. Das war eine unschuldige List. So kam es, daß ich schlecht auf die Fragen antwortete. Was ich durch das Fenster sah, lenkte mich nicht weniger ab; ich brauchte mich nicht vorzubeugen, nicht einmal den Kopf zu drehen, um den Flug der Vögel zwischen den Kastanienbäumen der Terrasse zu verfolgen. Von da wanderte mein Blick zu der Gaisblattlaube, die man zu Fronleichnam in einen Ruhealtar verwandelte. Ein Schweigen und dann ein Lächeln riefen mich zurück zur äußeren Politik von Ludwig XIV. oder zu den Städten auf Madagaskar. Nie schalt mich Schwester Luise. Einmal, als ich nicht recht zur Ruhe kam, reichte sie mir eine Mandarine und sagte einfach, diesmal könnte ich sie essen, ich sei nicht würdig, sie dem Himmel zu opfern. Ich brach in Tränen aus.

Zu Hause bei meiner Mutter herrschten ganz andre Erziehungsgrundsätze. Wenn ich durch den Garten ging, sah ich in die klaffende Luke des Kellers, der nur darauf wartete, mich bei der ersten Ungezogenheit aufzunehmen. Für eine Lüge gab es die symbolische Strafe mit Schmierseife: dies bittre klebrige Zeug rieb mir die Mutter in den Mund und fuhr mir dann noch mit zwei Fingern über Gaumen und Zunge, um die falschen Worte abzuwaschen. Davon wurde meine Liebe zur Wahrheit nicht aufrichtiger, aber am nächsten Tag lief ich zu Schwester Luise und erzählte ihr mit schluchzender Stimme meine Geschichte. Ihr wurde es nicht schwer, mich zu beruhigen, sie schenkte mir ein frommes Bildchen mit Spitzenbesatz; und wenn das nicht half, ließ sie mich hinknien und betete mit mir zehn Paternoster. Dann war für mich alles wieder in Ordnung. Das harte herrliche Antlitz meiner Mutter, das sich eben noch über mich geneigt hatte, verschwand, und ich sah nur noch die holde Häßlichkeit des demütigen Mädchens, dessen Stimme das Glück beschwor wie einen Vogel, den man zähmt.

Die Lehrerinnen sahen meinen vertraulichen Verkehr mit Schwester Luise gern. Bei etwas tieferem Nachdenken hätte ich erraten können, daß die gute Nonne nur ihrer Vorsteherin gehorchte, wenn sie mich in ihr Vertrauen zog, ich hätte bemerkt, daß man mir geräuschlos aus dem Wege ging, wenn ich die heilige Freundin, die mich nach der Schulstunde erwartete, fast im geheimen aufzusuchen meinte. Aber ich war erst vierzehn Jahre alt und mein süßer Wahn verblendete mich. Ich fiel in die himmlische Falle, die man den unschuldigen Seelen stellt, es war ein sanfter Fall. Die Mitschülerinnen ahnten es schon, während ich noch nichts wußte und nach menschlicher Berechnung schon eingefangen war. Die *Kleinen* forderten mich nicht mehr zum Spielen auf, die *Großen* redeten mit mir schon wie mit einer *Großen*. Gleichzeitig zeichneten mich die anderen Schwestern vor meinen Gefährtinnen aus und nahmen Anteil an mir; eine Art ehrerbietiger Neugier machte sich in ihren Zügen bemerkbar, wenn ich, auf ihre Fragen antwortend, meine kleinen Geheimnisse preisgab.

Heute würde es mir schwerfallen nachzuweisen, wie die fromme Verschwörung entstanden war, die um mich angezettelt wurde. Nahm man mein irdisches Bedürfnis, geliebt zu werden, für Himmelssehnsucht? Hingerissen hörte ich Schwester Luise zu, wenn sie von meiner Seele zu mir sprach und von der Freude der Engel, mich so rein zu sehn. Ich fühlte das Gute in mir und wollte noch besser werden, und meine Dankbarkeit strebte zu Gott empor auf dem Wege über seine Dienerin mit dem durchsichtigen Gesicht. Bei all meiner Leichtfertigkeit war doch in mir etwas von dem großen katholischen Heimweh, dem Gram um das verlorene Vaterland, in das die Wege der Welt nicht führen. Manchmal, an schönen Tagen, ließen wir Geschichte und Erdkunde liegen und sahen aus dem Fenster auf die Wolken, die die Sonne mit ihren Strahlen streifte; besonders in der Stunde der Dämmerung, wenn sich die Himmelsbläue mit rosa und grünen Tönen vermengte, verfiel ich dann in Träumereien, denen Schwester Luise unmerklich eine gute Richtung gab, indem sie diese schimmernden Farben dem Glanz des künftigen Lebens verglich. Nach ihrer Meinung war es erlaubt zu glauben, wir würden nach dem Tode ein viel schöneres Schauspiel genießen als das von ein paar Wolken in der Glut der Dämmerung. Ich schrie auf vor Ungeduld. Was würde das sein? Konnte man es nicht gleich wissen? Sie schwieg geheimnisvoll.

Eines Nachmittags im April kam ich mit so seltsamer Miene nach Hause, daß meine Mutter mich gleich ausfragte. Darauf hatte ich nur gewartet, um ihr zu sagen, ich wollte Nonne werden. Es gehörte Mut dazu, solche Worte auszusprechen; eine Übertreibung konnte vor dem Blick meiner Mutter nicht bestehn. Zudem war sie gar nicht auf solch eine Neuigkeit vorbereitet. Ich nahm also eine entschlossene Miene an und kreuzte die Arme auf meiner Brust. Zu meiner Verwunderung brachte meine Mutter keinen Ton hervor, nur wurde ihr Gesicht plötzlich dunkelrot, und ihre Augen verdüsterten sich. Sie unterdrückte die Worte, die sich ihr auf die Lippen drängten, und wandte sich ab.

5

Die richtigen Schwierigkeiten fingen für mich am nächsten Tage an. Beim ersten Frühstück benahm sich meine Mutter wie gewöhnlich, sie sprach kein Wort von dem, was ich ihr gestern gesagt hatte. Ich war auf Vorwürfe gefaßt, auf eine körperliche Züchtigung oder ganz im Gegenteil (denn alles war möglich) auf Glückwünsche und eine rührende Szene; allein, sie bewahrte eine undurchdringliche Haltung, und ich fühlte Furcht in mein Herz schleichen bei dem Gedanken, was sie wohl unternehmen würde.

In meiner Unbesonnenheit hatte ich es versäumt, Schwester Luise Bescheid zu sagen; von dem, was seit mehreren Wochen in mir vorging, hatte ich ihr noch nichts Bestimmtes gesagt. Wohl waren von ihrer wie von meiner Seite Anspielungen gefallen: sie sprach vom Gift der Welt, und dann seufzte ich; aber das war auch alles.

Mit zitternder Hand öffnete ich an diesem Morgen die Schulpforte und eilte, meine Freundin aufzusuchen. Sie erging sich in einem entlegenen Winkel des Gartens, ich bat sie flehentlich, mit mir zu kommen, und zog sie fort in den Obstgarten, wo uns niemand hören konnte. Wir hatten noch zehn Minuten Zeit, bis es acht Uhr schlug. Schwester Luise mußte sich auf eine Bank setzen, und ich sagte ihr alles, meinen plötzlichen Entschluß, das schreckliche Schweigen meiner Mutter und meine Besorgnis, eine Ungeschicklichkeit begangen zu haben. Während ich sprach, wurde das Gesicht der Nonne von immer tieferer Unruhe erschüttert, die Überraschung und dann der Schreck nahmen ihren Wangen das bißchen Farbe, das sie gewöhnlich noch hatten, ihre Hände öffneten sich; schließlich stand sie auf und warf mir mit schwacher Stimme vor, daß ich mich ihr nicht etwas früher anvertraut hätte: »Ich bot Ihnen doch die Hand, mein Kind«, sagte sie immer wieder. »Ich bot Ihnen doch die Hand.«

Der Glockenschlag unterbrach sie rechtzeitig; sie war wohl

nicht imstande, mehr zu sagen. Sie fügte nur noch schlicht hinzu, ich hätte nichts zu fürchten, sie würde die Oberin benachrichtigen.

Der Morgen verging ohne Zwischenfall, aber am Nachmittag in der Vieruhr-Pause wurde ich in das Amtszimmer der Ehrwürdigen Mutter Marie-Alphonsine gerufen. Kaum größer als ich und zart gebaut, gebot diese Frau Ehrfurcht durch die ungewöhnliche Würde ihres Gesichtsausdrucks; ihre leiseste Handbewegung hatte etwas Königliches. Dabei hatte man keine Angst vor ihr, denn ein Schimmer von Heiterkeit in ihrem Blick milderte den Ernst des Gesichtes und gab den Schüchternsten Sicherheit; man erriet, daß sie mit sich selbst äußerst streng war, aber ihre klaren Augen hätten in der Tiefe der verdorbensten Seele das Gute entdeckt. Ihre Nase war klein, ihre Lippen schmal, und trotz ihrer fünfzig Jahre spannte sich eine Jungmädchenhaut über die breiten vorspringenden Backenknochen, wie sie in unserer Gegend die Bäuerinnen haben. Unsere Unterredung dauerte fast eine halbe Stunde. Ich wurde mit einer Sanftmut befragt, die den strengen Ansprüchen methodischen Geistes keinen Abbruch tat. Man stellte mir Fragen, von denen einige mich in Bedrängnis brachten, während andre mir fast kindlich erschienen; auf die ersten wußte ich nichts zu antworten, und man bestand dann auch weiter nicht darauf, aber meine Antworten auf die zweiten führten mich viel, viel weiter, als ich es für möglich gehalten hätte. Das Chaos entwirrte sich. Alles Unbestimmte, Schwimmende, Verdämmernde wurde verdrängt vom Festen und Positiven. Es galt, den Grundstock zu finden und auf seine Widerstandsfähigkeit zu prüfen. Konnte man da weiterbauen? Hatte ich wirklich den Wunsch, mich Gott zu geben, oder nicht? Und seit wann? Konnte der Geschmack am Verzicht, den ich in mir entdeckt hatte, sich umsetzen in ein Bedürfnis zu heldenhaftem Opfer, zum Beispiel in den Trieb, arme Kranke zu pflegen, statt die Güter dieser Welt zu genießen, oder in kleine alltägliche Kasteiungen? War ich morgens träge? Liebte ich die Bettwärme? Stand ich gern auf oder fiel ich lieber in den Schlaf zurück? Ich enthielt mich der Früchte, die Schwester Luise mir anbot – könnte ich es erreichen, Gott einige Minuten meiner Ruhezeit anzubieten, indem ich meinen Wecker vorstellte?

Sie fragte mich auch, warum ich meinem Beichtvater nichts gesagt habe. Darauf wagte ich nicht zu antworten, daß ich den Abbé Garot ebenso fürchtete wie meine Mutter, ich errötete und schwieg. Die Nonne tätschelte mir die Wange und sagte, als läse sie in meinem Innern, ich sollte auf jeden Fall meiner »lieben Mama« die Gnade eröffnen, die mir zuteil geworden. Sie sei sicher, eine so fromme Seele könne den heiligen Entschlüssen ihrer Tochter nur zustimmen. Nicht wahr? Ich antwortete, ich wisse nicht, meine Mutter und ich sprächen nie von Religion. Es trat ein kurzes Schweigen ein, während dessen die Oberin sich zu sammeln schien, dann entließ sie mich, nicht ohne mich auf die Stirn geküßt und mir versichert zu haben, sie werde für mich beten.

Ich verließ das Amtszimmer viel unruhiger, als ich es betreten hatte, ich wußte selbst nicht mehr, was ich dachte. Mir kam es vor, als habe ich nur übertriebene und einander widersprechende Dinge gesagt; und dann hatte mir auch die Ehrfurcht ein oder zwei Lügen eingeflüstert, die ich mir später zum Vorwurf würde machen müssen. Wie konnte ich zum Beispiel aufrechterhalten, daß ich seit der Zeit meiner ersten Kommunion Gottes Ruf vernommen hätte? Mein Gewissen schrie mir zu, das sei nicht wahr, aber ich hatte mich in den Augen einer Frau, die mir meinen Mangel an Ernst vorwarf, interessant machen wollen. Andererseits konnte ich, ohne zu lügen, versichern, ich fühle mich nirgends so glücklich wie in der Kapelle, wenn Schwester Luise mich am Spätnachmittag hinführte, um ein *Pater* oder einige *Ave* zu sprechen. Das Schweigen, die Kühle, das Halbdunkel, in dem die kleinen Kerzenflammen bebten, der Frieden, der unter diesen Gewölben herrschte, alles in dieser Umgebung schmeichelte meinem Hang zum Träumen. Die Knie auf dem Rand des Betschemels, harrte ich aus, bis das Holz mein Fleisch verletzte, in einem Wettstreit der Geduld mit meiner Freundin, die ihrerseits eine bewundernswerte Unbeweglichkeit bewahrte. Aus dem Augenwinkel sah ich zu, wie sie die Lippen bewegte, wie die Rosenkranzkügelchen sanft durch ihre Finger glitten, und ohne es zu merken, ahmte ich ihre etwas starre Haltung und ihre kaum angedeuteten Gebärden nach. Um meinen Kopf in eine weiße Haube zu pressen und wie Schwester Luise große schwarze Ärmel und, um den Leib geschlungen, einen Rosenkranz zu tragen, hätte ich billig hergegeben, was die Vorsehung mir hienieden zu bieten hatte. Aber wie sollte ich das der Ehrwürdigen Mutter erklären, die so erpicht auf Verständigkeit und Genauigkeit war? Vielleicht hätte sie in meinen Wünschen nicht die Anzeichen einer ernsthaften Berufung gefunden. Heute, da ich den Glauben verloren habe und diese Fragen mich nicht mehr so sehr interessieren, scheint es mir eitel, auf die Einzelheiten eines so besonderen Falles einzugehn. Mein Innenleben regelt sich nicht mehr nach den Entscheidungen einer Nonne, mag sie auch noch so heilig und gebildet sein. Aber mit vierzehn Jahren hatte ich nicht das Bedürfnis, mich selbst zu verwalten, und mein Wille unterlag den verschiedensten Einflüssen, wie man sehen wird.

Während der ganzen nächsten Woche war die gesamte Schule in Aufruhr. Ich wurde die Heldin eines Dramas. Man verstummte, wenn ich im Hof erschien; sobald ich aber den Rücken kehrte, erhob sich hinter mir lebhaftes Gemurmel. Die Schwestern waren angewiesen, mich nicht mehr außerhalb der Klassen ins Verhör zu nehmen. In der Beichte nahm ich den Platz einer Großen ein, was unerhört war, und der Abbé Garot, ein alter Mann, der gewöhnlich ungeduldig und mürrisch war, hielt mich an die zwanzig Minuten fest und sprach zu mir von meiner Seele mit einer Salbung, die mir Tränen des Glücks entlockte; ich war außer mir vor Stolz.

Zu Hause nahm meine Begeisterung ab. Meine Mutter hatte sich noch nicht geäußert, weder im einen noch im andern Sinn, und bewachte mich mit zweiflerischem Auge. Verworren erriet ich, sie habe sich schon ihre Meinung gebildet und, nur um mich zu verdrießen, wolle sie sie mir noch vorenthalten. Ich machte alle Zustände zwischen Hoffnung und Verzweiflung durch. Eines Nachts küßte die Mutter mich auf die Stirn, und ihre Finger spielten mit meinen Locken; das konnte ich als Zärtlichkeit auffassen, und so schlief ich voll Vertrauen ein. Aber am nächsten Morgen hatte ich das Mißgeschick, später als gewöhnlich aufzuwachen, und wurde im Eßzimmer mit einem mir wohlbekannten säuerlichen Lächeln empfangen. Ich las darin Spott über meine angebliche Berufung, fast eine Beleidigung; mein Herz schwoll vor Zorn: ich weinte.

Meine Mutter ließ diese Krise vorübergehn und trank ruhig ihren Milchkaffee; ihr Parzenblick beobachtete mich über den Tassenrand. Schließlich zog sie die Brauen in die Höhe, wischte sich sorgsam den Mund und sagte, als ich mich beruhigt zu haben schien, langsam und deutlich: »Mein Kind, ich habe über das, was du mir letzte Woche gesagt hast, nachgedacht. Demnächst werde ich dich an Stelle von Leontine aus der Schule abholen. Du wirst der Oberin sagen, daß ich sie sprechen möchte.«

An diesem Tag ging alles schief. Es regnete in Strömen, und in der Schule waren wir auf die Klassenzimmer beschränkt, da nicht daran zu denken war, im Garten zu spielen, wo der Regen die Blumen zerfetzte und den Rasen furchte. Schülerinnen und Aufseherinnen, alle waren wir nervös wie Katzen, die man in den Wandschrank eingesperrt hat. In der Zwischenpause brach ein Gewitter aus; einige Schülerinnen begrüßten mit schrillen Schreien die Blitze, die den Himmel zerrissen. Schwester Saint-François de Sales, die bei uns die Aufsicht hatte, beschuldigte mich, lauter geschrien zu haben als die anderen, um mich bemerkbar zu machen. Das war eine alte kränkliche Nonne, die mich nicht leiden konnte, weil ich nie mit ihr sprach; sie roch schlecht, und deshalb vermied ich sie. Ich verteidigte mich, ich hätte nur den Mund geöffnet, worauf ich zur Antwort bekam, ich solle nicht lügen. Ich versuchte mich zu rechtfertigen: da übertönte der Donner meine Stimme, und Schwester Saint-François de Sales hob einen zitternden Finger empor, als wollte sie sagen: »Siehst du wohl!«

Beim Mittagessen war Mama von gefährlicher Heiterkeit; sie lachte im allgemeinen wenig, aber wenn sie lachte, stand immer ein Unheil bevor. Sie fragte mich, ob ich der Oberin ihren Besuch angesagt habe. Ja, antwortete ich, obgleich ich es nicht getan hatte, aber ich fürchtete eine Zurechtweisung. Diese meine Schwäche war mir schrecklich. Mehrere Male setzte ich an, meine Worte zurückzunehmen, aber sobald ich den Mund auftat, um meinen Fehler einzugestehen, versagte mein Wille. Draußen peitschte der Regen die Scheiben mit einer Beharrlichkeit, die mir schließlich wie Böswilligkeit vorkam; er wob einen Vorhang, durch den man nicht einmal mehr die lange weiße Mauer der Präfektur erkennen konnte, die unserm Haus gegenüber lag. Im Zimmer war eine schaurige winterliche Finsternis. Mama, starr aufrecht in ihrem schwarzen Kleid, bearbeitete den Knochen eines Koteletts, sie hielt ihn mit fester Hand, während ihr Messer die letzten Fleischfetzen ablöste. Ich sah sie an, wollte sie ansehn mit der Kindesliebe, von der die Schwestern manchmal sprachen; im Geist richtete ich eine Bitte an diese Frau, die mich zur Welt gebracht und mein ganzes Leben über meine Gesundheit gewacht hatte. »Sei freundlich«, sagten meine Gedanken, »sei gut zu mir, ich flehe dich an, Mama. Ich werde mein möglichstes tun, dir angenehm zu sein, solange wir zusammenleben, aber bitte laß mich fort, wenn es wird sein müssen.« Auf einmal legte sie ihr Messer hin und fragte mich, warum ich sie so ansähe. Ich wußte nicht zu antworten. Sie lächelte.

Am Nachmittag, kurz vor Schluß des Unterrichtes, sah ich sie mit ihrem festen männlichen Schritt über den Schulhof und auf das Sprechzimmer zugehen, wo die Oberin Besuche empfing. Eine unerklärliche Schüchternheit hatte mich davon abgehalten, der Oberin mein Versäumnis einzugestehn und den Auftrag meiner Mutter auszurichten. Ich hoffte vielleicht, wenn ich nichts sagte, würde ich diesen Besuch verhindern oder ich würde sterben, bevor Mama die Schwelle der Schule überschritt. Der Glockenschlag machte mich bald darauf frei, und ich begab mich zu Schwester Luise in den Erdkundesaal, um mich auszuweinen, bis die Mutter mich rufen lassen würde. Eine gute Viertelstunde blieben wir zusammen, die letzte, die ich in Gesellschaft dieses vortrefflichen Mädchens verbrachte. Sie redete zu mir in dem etwas künstlich abgeklärten Ton, der so vielen Nonnen eigen ist, aber ich fühlte, sie war ebenso unruhig wie ich. Alle Augenblicke richtete sie die Augen nach dem Fenster, von dem man die Tür des Sprechzimmers sehen konnte. Diese Neugier, die sie nicht meistern konnte, verwirrte mich noch mehr als meine eigene Angst; ich wollte meine Freundin beruhigen, damit sie mich selbst beruhige, aber sie war abgelenkt. Auf einmal stand sie auf und sagte: »Seien wir gefaßt, mein Kind, Ihre Mutter kommt aus dem Sprechzimmer.« Und mit mutloser Stimme fuhr sie fort: »Hoffen wir, daß Gott ihr Herz gerührt hat.« Wir gingen hinunter.

Meine Mutter ging im Hof mit der Oberin auf und ab. In ihrem schwarzen Schleier wetteiferte sie mit der Nonne an Trauer und Strenge. Beide bewegten beim Sprechen die Köpfe mit einem Ausdruck des Einverständnisses, bei dem es mich kalt überlief. Als ich erschien, blieben sie stehn. Mutter Marie-Alphonsine lächelte traurig. Schwester Luise, die mich begleitete, ließ meine Hand so sanft als möglich los und entfernte sich dann ohne ein Wort. Nun streifte Mama ihren Schleier zurück, zog mich an sich und drückte mir mit kalten Lippen einen Kuß auf die Stirn. Ich erhielt die Anweisung, mich zum Fortgehn fertig zu machen.

Kaum waren wir auf der Straße und an der Schulmauer vorbei, so griff sie mit der Faust nach meinen Fingern und preßte sie mit aller Kraft. Da begriff ich, wie wenig wahre Zärtlichkeit in dem Kuß enthalten war, den sie mir in Gegenwart der Oberin gegeben hatte. »Du kleiner Leichtsinn!« zischte sie zwischen den Zähnen. »Diese Nonnen für eine Kleinmädchenlaune aufzuwiegeln! Ich wußte ja, es war nicht ernst.« Bei jedem Satz schüttelte sie mich derb. »Mutter Marie-

Alphonsine ist nicht darauf hereingefallen. Gott sei Dank. Wenn man auf die Träumereien eines Windbeutels wie du aufpassen sollte ... Über kurz oder lang hättest du uns eine Vision aufgetischt. Merk dir, mein Kind, eine ernsthafte Katholikin hat keine Vision.«

Dieser abscheuliche Spaziergang dauerte fast eine halbe Stunde, denn statt die kleine gelbe Straßenbahn zu nehmen, die uns bis an unsere Tür gebracht hätte, schleppte sie mich zu Fuß durch die ganze Stadt und schalt mich vor allen Leuten aus. In ihrem Zorn verlor sie ganz ihre übliche Zurückhaltung. Es war, als ob die Aufmerksamkeit der Vorübergehenden, die sich nach uns umsahen, sie reizte, lauter zu sprechen. Und ich, ich erstickte vor Scham und Gram. Ich fühlte mich verraten. Als wir auf den Domplatz kamen, sah ich böse auf die alte Kirche, die Tag für Tag die Andachtsübungen meiner Mutter entgegennahm.

Der Abend verlief düster. Mama war nicht zu beruhigen. Kaum waren wir im Eßzimmer, legte sie ihren schleierschweren Hut auf den Tisch und fuhr in ihrer Strafpredigt fort. Es war eine Art Gesamtregister, keine Kleinigkeit wurde ausgelassen, und wider Willen bewunderte ich das unbeirrbare Gedächtnis, das den Groll dieser Frau so getreu bediente. Ununterbrochen versanken wir in eine ferne Vergangenheit, aus der ich mit immer neuen Vergehen belastet auftauchte: »Das ist wie an dem Tag, als du die Sonnenschirmkrücke aus chinesischem Cloisonné zerbrochen hast ... Dabei hatte ich dir doch verboten ... Und der hellgraue Hut, den du nicht leiden konntest und in den Mülleimer geworfen hast ... Deine Lügereien ... deine Eitelkeit ... diese Manier, immerzu auffallen zu wollen, selbst in der Kirche, du schlechtes Kind, am Fuß des Altars!«

Im Vorbeigehen riß sie mir meine kleine Brosche ab, ein vierblättriges Kleeblatt aus Bronze, und zertrat sie. Ich weinte heftiger. Was konnte sie daran verdrießen, daß ich mich Gott weihen wollte, sie hatte doch so wenig Freude an meiner Gesellschaft! Mit etwas mehr Scharfblick hätte ich begriffen, daß dieser entsetzliche Auftritt, der mich so unglücklich machte, meiner Mutter ganz andre Gefühle verschaffte als mir. Ihr schwerer Schritt führte sie von der Tür zum Fenster, und dabei umschritt sie den Tisch und stützte sich mit eigensinnigem Finger auf. Das Blut färbte ihr Gesicht und gab ihr ihre Jugend wieder; alle Augenblicke wechselte der Glanz ihres hellen beweglichen Auges unter der Herrschaft einer Erregung, die ich für reinen Zorn hielt. Bisweilen netzte die Zungenspitze ihre trockenen Lippen, und die Nasenflügel bebten. Trunkenheit wühlte in ihren Zügen. Ich hatte vor mir eine Frau, bei welcher der Zorn die Lebensquellen selbst belebte, aber in meiner Unschuld sah ich das nicht. Mein Geist war eingenommen von den landläufigen Gedanken über Mutterliebe, und ich konnte mir nicht vorstellen, daß Mama mich nicht lieb hatte; ich hielt sie für äußerst streng, aber weiter wagte ich mich nicht, ich begriff nicht, daß sie es mit ihren Vorwürfen wegen kleiner unbedeutender Unarten auf mein Wesen, mein Dasein selbst abgesehn hatte. Ich blieb in ihren Augen die Tochter eines Mannes, den sie widerwillig aus Gram geheiratet hatte, und dafür ließ sie, unter dem Vorwand, mich zurechtzuweisen, an mir ihre Rache aus. So wurde sie nach und nach alles Gift los, das die Religion nicht unschädlich zu machen vermochte; damit sie atmete, mußte ich ein wenig leiden; dadurch stellte sich irgendein frevelhaftes Gleichgewicht in ihrer Seele wieder her, sie genoß die Verwirrung, in die sie meine Seele brachte, ja, um es ganz anzusprechen, sie lebte davon.

»Und doch gibt sie den Armen. Und doch spricht sie ihre Gebete«, sagte ich mir, wenn ich ihre heftige kehlige Stimme hörte, die die Wände erschütterte. »Sie geht zur Beichte, sie kommuniziert. Welch einem widerspruchsvollen Gott dient sie denn?«

Heute sehe ich sie in anderem Lichte und beklage sie. Es ist zu leicht, sie zu verdammen. Der Glücksschimmer, den sie in meinem Blick entdeckt hatte, als ich ihr sagte, ich wolle ins Kloster gehn, beunruhigte sie, aber sie wäre sehr erstaunt gewesen, wenn man ihr vorgehalten hätte, sie benehme sich unmenschlich gegen mich, sie meinte doch nur mein Bestes zu wollen.

Als sie schwieg, war es dunkel geworden, undeutlich sah ich sie im Zimmer hin und her gehen. Leontine brachte eine Lampe und stellte sie auf den Kamin. Dann kam sie mit einem Tischtuch, sie bewegte sich zwischen uns beiden eingeschüchtert auf und ab. Sie war eine alte Frau mit sanft verschlagenem Gesicht; ihr Blick verbarg sich hinter blaßblauen Brillengläsern mit Eisenbügeln, sie schlich umher wie ein Schatten, die Füße in braunen Pantoffeln, die sich unter ihrem schwarzen Rock regten. Wenn sie an das Büfett mußte, vermied sie es, meiner Mutter in den Weg zu kommen; sie versenkte ihre Arme in die Tiefen des Schrankes, holte Teller heraus und stellte sie lautlos auf eine Tischecke. Jedesmal, wenn sie an mir vorbeikam, spürte ich den heftigen Geruch von Küchenseife, der von ihren Händen ausging. Sie neigte sich zu mir her und flüsterte etwas, was ich erst nicht verstand. Schließlich begriff ich: »Der Hut der gnädigen Frau.«

Er war mitten auf dem Tisch geblieben, riesenhaft, mit breiten flachen Rändern und, an der Stirnseite, einer Verzierung aus facettiertem Jett, die wie das Auge eines monströsen Insekts aussah. Der schaurige Gegenstand hüllte sich in seinen Schleier, wie ein Tintenfisch in seinem Saftgewölk versinkt. Ich sah ihn schweigend an und wagte nicht, ihn zu berühren. Leontine näherte sich ihm schüchtern, bekam Angst und wich wieder zu mir zurück. Meine Mutter beobachtete unser Benehmen und kam geradewegs auf uns zu.

»Was ist denn los?« fragte sie ungeduldig.

Unsere Blicke leiteten den ihren. Einen Augenblick sah sie den Tisch an, auf dem die Servietten, das zusammengefaltete Tischtuch und die Teller den Hut wie eine Mauer umgaben. »Ihr Kindsköpfe!« rief sie, nahm den Hut und schwang ihn in meiner Richtung. »Diese Heultrine will ins Kloster, Leontine! Kannst du sie dir vorstellen, wie sie früh um vier aufsteht und dreimal in der Woche fastet, sie, die bis um sieben Uhr schläft wie eine Ratte und sich beklagt, daß ihre Schokolade nie süß genug ist?«

Sie grinste verächtlich und schien noch mehr sagen zu wollen, besann sich dann, zuckte nur die Schultern und ging aus dem Zimmer. Wir hörten sie nebenan, dann auf der Treppe; über unsern Köpfen hallte weiter ihr Schritt, und wir sprachen kein Wort, als ob dieses Geräusch uns Schweigen gebiete. Leontine deckte mit betrübter Miene den Tisch. Bald waren Messer, Gläser, jedes Stück an seinem Platz, und sie zog sich zurück. Seit ein paar Minuten war es drückend schwül; ich stand auf und öffnete ein Fenster. Es regnete nicht mehr, die Gehsteige trockneten in der lauen Luft, tiefblauer Himmel verhieß eine schöne Nacht. Von drüben sandte mir der weiße Flieder an der Präfektur seinen süßtraurigen Duft. Da hörte ich die Tür gehn, ich sah mich um: es war Manuel.

6

Er wohnte nunmehr fast zwei Monate bei uns, und ich hatte mich an seine Häßlichkeit gewöhnt. Leicht überwand ich meinen Widerwillen gegen diese verbeulte Stirn, auf der immer Schweißtropfen standen, gegen die müden geröteten Wimpern, die große formlose Nase. Aber wir waren noch nicht miteinander vertraut. Gewöhnlich begnügte er sich damit, »Guten Abend, Marie-Thérèse« zu sagen, sich in seine Ecke zu setzen und die Augen zuzumachen, bis er sich verschnauft hatte. Holte ich ihm aus Mitleid ein Glas Wasser, bedankte er sich so eifrig, daß ich mir einreden konnte, eine verdienstvolle Handlung vollzogen zu haben, aber von selbst bat er mich nie um etwas. Diesen Abend aber rief er mich her. Ich hatte ihm nichts von meiner vereitelten Berufung gesagt, ich dachte, solch ein schlichter Bursche würde diese schwierigen Dinge doch nicht begreifen.

»Warum bist du traurig?« fragte er, ohne die Augen zu öffnen. Und er faßte nach meiner Hand wie ein Blinder.

»Es ist nichts«, sagte ich, »es ist wegen Mama.«

»Ach!« sagte er und drückte meine Hand etwas fester; ich fühlte die Feuchtigkeit seiner Innenhand, wagte aber nicht, mich loszumachen: dieses Gesicht mit den geschlossenen Wimpern hatte einen Ausdruck bekommen, den ich nicht an ihm kannte, und flüchtig fuhr der Gedanke an den Tod mir durch den Sinn.

»Das hat nichts zu sagen«, fing er endlich zu sprechen an und fuhr mit leiser Stimme fort: »Höre, Marie-Thérèse. Heut nacht, wenn deine Mutter eingeschlafen ist, stehst du auf, ziehst dich an und triffst mich hier.«

»Wozu, Manuel?«

»Das ist ein Geheimnis. Wirst schon sehn, es wird dir nicht leid tun. Versuch, um elf Uhr dazusein, aber sei vorsichtig, mach keinen Lärm. Merkst du, daß deine Mutter nebenan sich bewegt, so rühr dich nicht, warte, laß...«

Er wollte mir noch etwas sagen, da trat meine Mutter ein; wir hatten gerade noch Zeit, uns zu trennen. Sie zeigte mit dem Finger auf meinen Platz am Tisch.

»Nun, Manuel, du träumst wohl?« sagte sie dann trocken. »Wir warten auf dich.«

Er kam uns nach an den Tisch und brummelte mit gesenktem Kopf ein *Benedicite*, das wir stehend anhörten. Leontine brachte die Suppe.

»Du sprichst das Gebet nicht, wie sich's gehört«, sagte meine Mutter und setzte sich. »Du machst das viel zu schnell ab. Warum diese Eile? Das nächste Mal laß ich dich von vorn anfangen. Gib deinen Teller!«

Er wurde rot und reichte seinen Teller, ohne zu antworten. Dann kam ich dran, bekam meine Portion, aber keinen Blick: meine Mutter tat, als sähe sie mich nicht. Gleich fing sie an, ihren Neffen über sein Tagewerk in den Buchhandlung auszufragen. Das große Ereignis dieses Tages war der Kauf mehrerer Führer durch eine Gruppe Vergnügungsreisender.

Es gab zwei kleine Bücher über die Gegend; das eine, geschrieben von einem gelehrten Geistlichen, erwähnte in einer Anmerkung unter den angesehenen Familien der Stadt die meiner Mutter; das andere, kürzere, sagte darüber nichts. Zum Glück hatte Manuel den Leuten den guten Führer aufgeredet. Meine Mutter warf sich in die Brust.

»Drei Stück hast du verkauft?«

Sie lächelte schlau bei dem Gedanken an die fünf oder sechs Personen, die sie mit dieser Geschichte ärgern würde, und für den Rest der Mahlzeit bekamen wir ein nicht mehr so abweisendes Gesicht vorgesetzt, aber beim Nachtisch blieb mein Teller leer. Leontine räumte ab und brachte dann den Kräutertee, den meine Mutter uns immer zu trinken zwang. Dann begann einer der endlosen Abende, die mir das Familienleben vergällt haben. Die Hängelampe wurde herabgezogen, und die Mutter stellte ihren Nähkorb auf den grünen Flanell, der den Tisch bedeckte, Manuel setzte sich an den Kamin unter eine Lampe von hellblauem Steingut und versenkte sich in das *Leben Jesu* von Renan, das man bei uns für ein frommes Buch hielt. Nach einer Weile beklagte sich meine Mutter über die Insekten, die das Licht ins Zimmer lockte. Man mußte die Läden schließen, und der schöne blaue Himmel verschwand hinter schwarzen Latten. Ich irrte von einer Ecke des Eßzimmers zur andern, bis ich einen Verweis bekam und mich auf einen Stuhl am Büfett setzen mußte. An diesem Abend versuchte ich zu lesen, aber erstens sah ich schlecht, und dann wurde meine Aufmerksamkeit immerzu abgelenkt. Ich sah wieder das betrübte Lächeln der Oberin in dem Augenblick, als meine Mutter sich zu mir geneigt hatte, um mich auf die Stirn zu küssen, dann die Szene auf der Straße, deren Heftigkeit sich so stark abhob von dem Benehmen der Nonnen. Wie kam es nur, daß meine Mutter ganz vergessen hatte, mir meine Lüge von heute morgen, ich hätte der Oberin ihren Besuch angesagt, vorzuwerfen? Ich zitterte, es würde ihr plötzlich einfallen. Aber viel unvermeidlicher war, was mich morgen früh erwartete: da würde ich die Spötteleien meiner Kameradinnen auszuhalten haben und die triumphierende Verachtung von Schwester Saint-François de Sales, die ja nie an meine Berufung geglaubt hatte; mitten in meinem Jammer, ganz besessen von den Qualen, die meine Eigenliebe durchzumachen hatte, dachte ich fast gar nicht mehr an die Stimme Gottes und all die frommen Erregungen der vergangenen Woche.

Eine Stunde verging. Meine Mutter strickte eifrig Jacken für arme Kinder; ein gleichmäßiger tiefer Atem hob ihre kräftige Brust, auf der ein Jettkreuz glänzte. Mit Groll im Herzen mußte ich die unermüdliche Regsamkeit der braun gefleckten Hände bewundern. »Wäre ich frei!« dachte ich, »ach, wäre ich frei!« Und eine Art Heimweh füllte mir meine Augen mit Tränen, die am Rand meiner Wimpern zitterten, ehe sie in warmen Tropfen auf meine Wangen rollten.

In diesem Augenblick kreuzte mein Blick den Blick Manuels. Er beobachtete mich über sein Buch weg, nahm aber dann gleich seine Lektüre wieder auf, und ich sah, wie er mit dem Bleistift auf ein Stück Papier schrieb, auf das er manchmal Notizen machte. Die Worte, die er mir vor Tisch gesagt hatte, kamen mir wieder in den Sinn und machten mir einen eigentümlichen Eindruck. Dies Stelldichein, das er mir gab, hatte ich erst gar nicht beachtet, jetzt mußte ich daran denken wie an etwas zugleich Peinliches und Angenehmes; es war, als spräche Manuels Stimme von neuem zu mir und gäbe Antwort auf mein wildes, trauriges Freiheitsgelübde.

Der Uhrenschlag halb neun trennte uns wie gewöhnlich. Als er an mir vorbeikam, um mir Gute Nacht zu wünschen, schob Manuel mir ein Stück Papier in die Hand.

7

Meine Mutter begleitete mich immer bis in meine Stube, und ich zog mich unter ihren Augen aus, aber an diesem Abend hatte ich, während sie im Eßzimmer die Hängelampe ausmachte, Zeit, auf dem Flur Manuels Zettel zu lesen. Es standen nur zwei Worte darauf: ›*Komm nicht.*‹

Mißgestimmt zog ich mich aus. Mama fand mich recht langsam und klatschte mehreremal in die Hände, damit ich mich beeile; als ich mein Schulmädchenkleid ablegte, sagte sie, ich solle sie ansehen, und zog mir dabei selbst ein tief herunterreichendes Hemd mit langen Ärmeln über. Ich sprach mein Gebet und schlüpfte in mein Bett; wie gewöhnlich blies meine Mutter die Lampe aus und nahm die Streichhölzer an sich.

Dann hörte ich sie nebenan in ihrem Zimmer auf und abgehn. Die Wand war nicht dick genug, um die Seufzer dieser Frau zu ersticken, die von geheimem Kummer geplagt war und, wie sie es ausdrückte, unter der Last eines zu schweren Kreuzes strauchelte. Nach einer Weile merkte ich an einem längeren Gemurmel, daß sie fromm einen Tag beschloß, an dem für mein Gefühl Gott wenig teilgehabt hatte. Ich schlief ein.

Von der Bettwärme wachte ich auf. Die Decke lastete auf mir, als ob ein Körper quer über dem meinen läge. Ich erhob mich, machte mein Hemd auf, das der Schweiß an meine Brust klebte, und tastete mich zum Fenster. Laue Luft wehte vom Garten; um sie besser einzuatmen, stieß ich die Holzläden auf. Da hob der Wind das Haar von meiner Stirn; die Arme auf die Eisenstange gestützt, betrachtete ich unsre Platane, die in den Mondstrahlen schlief, und den Rasen, der bereift war von seltsamem Licht. Dies Schauspiel berauschte mich. Es war, als entdeckte ich das geheime Gesicht der Dinge, das man im Traume ahnt und beim Erwachen vergißt, und zugleich überkam mich eine unendliche Zärtlichkeit; ich schloß die Augen und streckte die Lippen der Nacht und dem Wind, der über mein Gesicht streifte, hin. Ich bekam Lust, mich zu wiegen und die Arme auszubreiten. Ich erkannte mich selbst nicht mehr. Ich ging etwas Neuem entgegen. Die Welt, wie ich sie bisher gesehn, verlor ihre Kraft, ihre Wirklichkeit, und an ihrer Stelle herrschte die Nacht. Man hatte mir nie erlaubt, die Nacht zu betrachten, zu lieben. Von einer gewissen Stunde ab sollte mein Leben in Schlaf vergehen. Wer konnte sagen, was dann um mich her geschah? Vor Lust fing ich an, ganz für mich allein zu lachen; ich glaube, ich hüpfte, mich an der Stange festhaltend. Ich war frei oder hatte doch wenigstens meine Ängste und Sorgen, alles, was mich mit dem vergangenen Tag verknüpfte, vergessen.

Die Ekstase dieser Minute gab mir etwas Seltsames ein, das mich selbst überraschte: ich zog mein Hemd aus und betrachtete meinen Körper. Das war unreines Tun, das die Religion verbot, aber es bereitete mir eine Lust, die ich seither nie wieder empfunden habe. Zum erstenmal erlebte ich die Trunkenheit des Menschen, der ein Gesetz übertritt. Ich war ungehorsam nicht nur meiner Mutter, sondern auch den Nonnen, meinem Beichtiger und Gott. Noch hinderte mich meine große Unschuld zu begreifen, worin ich unrein war und welchen Gefahren ich meine Seele aussetzte. Ich bewunderte die Weiße dieser Haut, die ich sonst nie ansah; bei ihrer Berührung bekam die Hand ein Gefühl von köstlicher Frische. Warum sollte das schlecht sein?

Wenn ich mich recht erinnere, streckte ich mich dann auf dem Boden aus, Bauch und Oberschenkel gebadet von mitschuldigem Licht. Sonst fürchtete ich die Dunkelheit eines Zimmers ohne Lampe, aber in dieser Nacht wurde ich anders. Ich mußte lachen über mein Wohlbehagen, ich rollte mich auf dem Teppich wie ein junges Tier, das seine Kräfte verschwendet. Da plötzlich hörte ich Schritte, ich spitzte das Ohr. In dem Eßzimmer, das unter meiner Stube lag, ging jemand leise von einem Ende zum andern. Mein Herz zuckte vor Schreck zusammen. Ich horchte und erkannte dann Manuels leichten Schritt. Warum hatte er mir geschrieben, ich solle nicht kommen, wenn er selbst wartete? Mit einemmal wurde ich neugierig auf ihn. Ich hatte keine Ahnung, wie spät es sein mochte, aber hastig zog ich mich an und ging hinunter.

8

Eine brennende Kerze stand auf dem Tisch. Als er mich eintreten sah, unterdrückte er einen Schrei und fragte mich, was ich wolle.

»Und du, Manuel, warum bist du hier?«

»Ich kann nicht schlafen.«

Er knöpfte seine Weste zu und ergriff die Kerze.

»Geh wieder hinauf«, sagte er, »ich werde dir leuchten.«

Diese Worte wurden mit so fester Stimme ausgesprochen, daß ich schon gehorchen wollte. Und doch schüttelte ich den Kopf.

»Noch nicht. Wie spät ist es?«

»Viertel nach elf. Wenn deine Mutter wüßte, daß du auf bist, mit mir ...«

Scheu sah er an mir entlang, ich fühlte seine Schwäche und kam näher zu ihm.

»Sag mir erst, warum du mich gebeten hast, dich hier zu treffen.«

Und leise legte ich meine Hand auf seinen Arm, damit er die Kerze abstelle. Er zitterte und wandte mir düster die Augen zu. »Faß mich nicht an«, flüsterte er.

Wir standen einander gegenüber. Auf seine großen unregelmäßigen Züge zeichnete das Licht Schatten, die die Häßlichkeit dieses armen Gesichts hervorhoben; die sonst so ruhigen Augen wichen mir aus. Er lachte leise, und sein Lachen klang falsch.

»Ich sage das, weil ich feuchte Hände habe; das ist nicht angenehm.« Seine Verlegenheit teilte sich mir mit. Er fuhr fort:

»Am frühen Nachmittag ist deine Mutter zu mir gekommen. Sie hat mir das gesagt, das mit den feuchten Händen. Sie hat mir auch gesagt, daß ich nicht schön sei. Als ob das nicht alle wüßten! Was sagst du?«

Ich hatte nichts gesagt; ich war ganz zerschmettert von der Herzensnot, die ich in Manuels Blick las. Mit der Fingerspitze drückte er das Wachs der Kerze rings um das rote Flämmchen platt.

»Sie hat mir sogar zu verstehn gegeben, seit einem Jahr sei ich noch häßlicher geworden. Das ist doch nicht meine Schuld. Mir dir ist's gerade das Gegenteil, Marie-Thérèse.« Bei diesen Worten wandte er den Kopf ab. Sein Kummer erweckte in mir ein wunderliches Gefühl, das mir noch deutlich gegenwärtig ist, da ich es in der Folgezeit ziemlich oft hatte: ich hätte gewollt, Manuel wäre noch häßlicher und noch trauriger.

»Aber du bist gar nicht so häßlich«, rief ich.

Er zitterte und erwiderte nichts. Nach einer Weile flüsterte er mit niedergeschlagenen Augen:

»Die Nacht ist schön. Ich hätte Lust, nach der Héritage zu gehn. Willst du mitkommen?«

Das war ein Grundstück etwas außerhalb der Stadt; der Gedanke, dort noch so spät spazierenzugehn, kam mir seltsam vor, aber gerade deshalb gefiel er mir.

Leise gingen wir hinaus. Manuel hatte einen alten gelben Strohhut aufgesetzt, den er in die Stirn gedrückt trug, ich ging barhaupt. Von Zeit zu Zeit blieb er in den menschenleeren Straßen stehen und sah sich weithin um, mit blinzelnden Augen. »Wenn du jemand auf uns zukommen siehst«, sagte er, »kehren wir um. Du verstehst, ich will nicht, daß die Leute wissen...« Aber es zeigte sich niemand. Wir gingen an den Mauern entlang, hinter denen manchmal ein Hund, an seiner Kette zerrend, bellte. Nie hatte ich das Pflaster so hell, die Schatten so schwarz gesehn. In der Gegend des Bahnhofs bemerkten wir die Lichter einer Tabaktrafik: wir mußten eine andre Straße einschlagen und einen ziemlich großen Umweg machen.

»Warum willst du nicht, daß die Leute es wissen, Manuel?«

»Es wäre lächerlich. Man würde nicht begreifen. Verstehst du?«

Bald erreichten wir eins der Stadttore; da ging es unter einem Spitzbogen hindurch; eine Zugbrücke führte sodann über den Graben. Ein kleines Stück blieben wir noch auf der Landstraße. Tief war die Stille der Landschaft, wir wagten sie nicht durch Worte zu stören. Mein Vetter ging etwas schneller; auf einen seiner Schritte machte ich zwei und mußte schließlich laufen. Da blieb er stehen.

»Warum läufst du?«

Sein Gesicht sah aus, als ob er plötzlich aufwache.

»Du gehst zu schnell«, erwiderte ich.

»Bist du müde? Willst du nach Hause?«

»Nein.«

Wir bogen in einen Pfad ein, der sanft zwischen den Roggenfeldern anstieg, aber so schmal war, daß wir nicht nebeneinander bleiben konnten. Manuel ließ mich vorangehen. Von Zeit zu Zeit raunte er: »Geradeaus, immer geradeaus«, wie um mir Mut zu machen, denn Wolken verschleierten den Mond und die Nacht war schwarz. Jetzt wurde ich müde und stolperte gegen die Steine. Da berührte seine Hand meine Schulter.

»Höre . . . Ich werde dich bis da oben tragen.«

Mit seltsamer Stimme sagte er diese Worte; ich sah mich um; er hatte noch immer die Hand auf meiner Schulter und beugte sich vor, ein starrer Blick suchte in meinen Augen eine Antwort.

»Soll ich dich tragen bis oben?« fragte er noch einmal.

Ich bekam Angst.

»Nein, es ist nicht der Mühe wert.«

Und trotz meiner Müdigkeit beeilte ich mich und kam vor ihm zur Héritage. So nannte man eine Wiese von unregelmäßiger Form, die sich über die ganze Länge einer Halde erstreckte; die niedere Mauer, die sie abgrenzte, bestand, wie es bei uns zu Lande Brauch, aus dicken übereinander geschichteten Steinen. Sonntags kamen die Mädchen aus dem Waisenhaus hierher spielen. In der Woche war hier niemand zu sehen. Und ich weiß nicht, was für ein Aberglaube schuld daran war, aber nie weidete hier das Vieh.

Ich sprang mit beiden Füßen zugleich über die Mauer und

ließ mich ins Gras fallen. Ein paar Sekunden später überschritt Manuel die Mauer, ohne Hast und mit einem Satz; er
stand vor mir und sagte mit ruhigerer Stimme:

»Bleib nicht da sitzen. Das Gras ist naß.«

Mit langsamen Schritten gingen wir die Wiese entlang bis
zu einem großen platten Steinblock, der aus der Erde ragte.
Da saßen wir nebeneinander und sahen auf die Stadt, deren
Lichter schwach im Dunkel blinkten. Ich suchte den dicken
viereckigen Turm des Domes und den spitzen des Rathauses,
aber ohne sie zu finden, der Himmel war ganz schwarz, nichts
hob sich von ihm ab. Wir schwiegen. Frischerer Wind fuhr
leise und lange säuselnd über die Höhen. Von Zeit zu Zeit
wandte Manuel sich zu mir, als wollte er etwas sagen; er war
ruhiger geworden und schreckte mich nicht mehr; im Gegenteil, ich war glücklich, an seiner Seite zu sein.

Plötzlich stand er auf, zog ein Schnupftuch aus der Tasche
und entfaltete es.

»Du wirst dich schmutzig machen auf dem Stein«, sagte er.
»Setz dich hier drauf.«

Ich mußte gehorchen und lachte dabei über die Sorgfalt,
mit der er das Tuch ausbreitete. Meine Heiterkeit schien ihn
zu verletzen. Er setzte sich nicht wieder hin.

»Du findest mich wohl lächerlich mit meinem Gehabe?«

Ich protestierte. Er sollte sich doch wieder setzen, dachte
ich, aber er blieb stehen, und sein Blick ging über mich weg.
Auf einmal war er in tiefes Nachdenken versunken, schien
mich gar nicht zu hören. Durch diesen plötzlichen Umschwung bekam ich wieder die Unruhe von vorher. Ich rief ihn
beim Namen und streckte ihm die Hand hin: er zitterte so, wie
er es tat, als ich im Eßzimmer seinen Arm berührt hatte.

»Was willst du?« fragte er.

»Sprich mit mir, Manuel.«

Er zögerte einen Augenblick, dann streckte er sich fast ganz
auf dem Steinblock aus und legte den Kopf auf die gebogenen
Arme. »Ich bin unglücklich«, sagte er leise.

Instinktive Vorsicht hielt mich davon ab, ihn auszufragen,

ich wußte nicht, was er von mir wollte, aber in seinem Benehmen lag etwas Sprunghaftes und Unheilverkündendes. Ich hatte wieder Angst, als ob ich neben einem Fremden, einem Verrückten wäre, und diese Angst erstickte alles Mitleid in mir.

»Gehen wir nach Haus, Manuel.«

Hastig stand er auf und faßte nach meiner Hand; ich stieß einen Schrei aus.

»Schrei nicht. Ich werde dich nicht anrühren, aber bleib da.«

Er kauerte zu meinen Füßen; mein Herz schlug heftig.

»Ich muß dir etwas bekennen«, fing er wieder an. »Den ganzen Tag lang denke ich ... an dich. Die Nacht auch. Du verstehst mich?«

»Ja, Manuel.«

»Du bist sehr schön, begreifst du? Deshalb ist es. Manchmal wenn ich allein bin hinten im Laden oder in meinem Zimmer, dann denk ich an dich und ich sehe dich. Ja, du bist da.«

So hatte man noch nie zu mir gesprochen. Eitelkeit milderte meinen Schreck.

»Wie alt bist du?« fragte er plötzlich.

»Vierzehn Jahre.«

Er dachte nach.

»Wenn du je zu irgend jemand etwas davon sagst, töte ich mich. Hast du mich verstanden?«

Ich schüttelte den Kopf.

»Es gibt Dinge, die du noch nicht weißt, Marie-Thérèse. Die Leute würden mich verdächtigen, das Böse zu wollen, wenn sie mich hier mit dir wüßten. Aber ich will nicht das Böse. Nicht wahr? Warum antwortest du nicht? Weißt du, was das ist, das Böse? Wenn ich meine Hand so auf dein Knie lege, ist das böse?«

Die Berührung meiner nackten Haut tat mir weh wie ein Brand, ich zuckte zusammen, aber die Hand ließ nicht los. Nichts wird in meinem Gedächtnis das Entsetzen dieser Minute auslöschen; ich meinte, mein Vetter habe mich an diese einsame Stätte gebracht, um mich zu töten; ich war noch zu unschuldig, um ihm weniger schaurige Absichten zuzutrauen.

Ich wollte versuchen, mich freizumachen, da bekam ich eine Art innere Warnung, und diese merkwürdige Erfahrung hat sich im Lauf meines Lebens noch mehreremal wiederholt. Alsbald ließ mein Widerstand nach, ich erkünstelte ein Lächeln, aber meine Stimme war rauh:

»Was machst du da, Manuel?«

Nach einer Weile antwortete er: »Ich weiß nicht.«

Er wiederholte diese Worte im Tonfall größten Erstaunens, dann fühlte ich, wie der Druck seiner Hand etwas nachließ.

»Seit Monaten träume ich davon«, fing er wieder an. »Manchmal geht die ganze Nacht darüber hin. Morgens frag ich mich, ob es nicht Wirklichkeit war. Du sitzt da wie jetzt und ich bin da, ich stelle mir vor, daß du zu mir sprichst...«

Er senkte den Kopf und schmiegte die Wange an mein Bein. »Wie weich deine Haut ist!« flüsterte er mit einer Glückseligkeit, die mich erschütterte. »Du weißt nicht, wie glücklich du mich machst, wenn du mir erlaubst, dich zu berühren, Marie-Thérèse.«

Er sprach meinen Namen wieder und wieder aus, als wäre sein Klang ihm neu, dann schwieg er.

»Mir wird kalt«, sagte ich nach einer Weile. »Gehen wir nach Haus, Manuel.«

Er fuhr wie aus einem Traum empor.

»Du hast Angst vor mir?« fragte er und warf den Kopf zurück.

Da sah ich über seine Züge einen Ausdruck gehen, den ich nicht kannte, und ich begriff, dieser Mensch, der da vor mir kauerte, war nicht Manuel, nicht der Manuel, den ich alle Tage sah, sondern ein Wesen im Kampf mit einem gebieterischen Begehren. Mein Schauder regte ihn auf. Aus instinktiver Vorsicht rührte ich mich nicht und sagte kein Wort. Er flüsterte noch etwas Vorwurfsvolles, dann schlang er fest seinen Arm um meine beiden Beine und fing an, seine Wange lachend an meiner Haut zu reiben. Da wurde mir schwindelig, ich mußte mit den Händen nach meinem Kopf fassen; dieser Taumel dauerte einige Sekunden, dann fuhr ein Schrei aus meiner Brust, und ich verlor das Bewußtsein.

In meinem Geist verbindet sich diese Ohnmacht jetzt mit der Vorstellung einer Befreiung, ohne daß ich dafür einen Grund angeben könnte; aber als ich damals wieder zum Bewußtsein kam, war mein erstes Gefühl: ich sinke in eine Hölle. Manuel kniete vor mir und jammerte. Ich versuchte mich aufzuraffen, denn wie ein Schlachtopfer lag ich der Länge nach ausgestreckt auf dem Steinblock. Als er sah, ich bewegte mich, hörte mein Vetter auf zu schreien, und Tränen rannen ihm über die Wangen.

»Was hab ich dir getan?« fragte er beklommen. »Was ist geschehen, Marie-Thérèse?«

Er bewegte die Hände wie ein Kind und wiederholte inständig seine Fragen. Da mußte ich mir wieder einen Mordüberfall vorstellen, ich glaubte, er habe mich verwundet, aber außer an der Stelle, wo mein Schädel auf den Stein aufgeschlagen war, fühlte ich keinen Schmerz, und an meinen Sachen war keinerlei Unordnung festzustellen.

»Du bist doch nicht krank?« fragte mein Vetter. »Warum hast du das Bewußtsein verloren? Hast du Angst gehabt? Ich habe geglaubt, du bist tot.«

Plötzlich schluchzte er mit gebrochener Stimme, er warf sich ins Gras und überließ sich einem Anfall entsetzlicher Verzweiflung, das Gesicht an den Boden gepreßt, die Hände überm Kopf gefaltet. Minutenlang blieb er in dieser Haltung. Als sich sein Gram etwas beruhigt hatte, erhob er sich mühsam und strich sich die wilden Strähnen aus dem Gesicht.

»Ich schwöre dir...«, fing er an.

Er stockte, um sich zu fassen, und begann dann wieder: »Ich schwöre dir, ich wollte nicht das Böse tun. Als du umgefallen bist, habe ich dich nicht mehr angerührt, Marie-Thérèse. Du hättest nicht kommen sollen! Ich hatte dir doch gesagt... ich habe versucht, dich zu hindern...«

Stumm und zitternd hörte ich das an wie die Worte eines Verrückten.

»Ein andres Mal«, sagte er dann noch, »selbst, wenn ich dich anflehe zu kommen, gehorch mir nicht. Ich wollte ja gar nicht...«

Er suchte in der Tasche nach seinem Tuch, fand es nicht, wischte sich die Backen mit den Handrücken ab. Ein tiefer Seufzer stieg aus seiner Brust.

»Es ist vorbei«, sagte er leise.

Schweigend stand ich auf. Da sah er sein Taschentuch, ergriff es und machte sich daran, es mit größter Sorgfalt zusammenzulegen. Das war ganz Manuel, ich fühlte mich wieder sicher. Wir gingen quer über die Wiese, ohne den Mund aufzutun. Als wir an das niedere Mäuerchen kamen, drehte Manuel sich zu mir um und sagte:

»Du hast mir versprochen, zu niemanden von dem zu sprechen, was heut nacht passiert ist.«

Ich nickte zustimmend.

»Behalte das für später: als du auf den Stein gefallen bist, habe ich dich nicht berührt.«

Sein Gesicht bekam einen gequält ernsten Ausdruck, und langsam wiederholte er das Gesagte, wie um es mir einzuprägen. Dann setzte er seinen Strohhut wieder auf, schwang sich über das Mäuerchen und beschritt den Pfad, der bergab über die Felder führte. Ich folgte ihm. Der Wind ließ nach, die friedliche Nacht hallte von dem Geräusch unserer Schritte. Es mochte ein Uhr morgens sein.

9

Tief aufgewühlt, legte ich mich wieder in mein Bett, aber der Schlaf, in den ich sofort fiel, schwächte die schlimme Nachwirkung der Nervenerschütterung ab. Manuel weckte mich wie gewöhnlich auf, als er in die Küche hinunterging, ich hörte ihn von einem Zimmer ins andere gehn, dann schlief ich wieder ein, bis meine Mutter kam und mich wachrüttelte. Diesen Morgen frühstückte ich in einer Art Betäubung, ich konnte keine Verbindung herstellen zwischen der seltsamen Szene auf der Héritage und den alltäglichen Begebenheiten des wirklichen Lebens. Ich war wie eine Schlafwandlerin, die sich plötzlich an ihren Gang über die Dächer erinnert, aber Gott sei Dank hatte ich nicht Einbildungskraft genug, um lange bei solchen Träumereien zu verweilen. Der gesunde Menschenverstand, den ich von meinem Vater geerbt hatte, kam mir zu Hilfe, und ich sagte mir: da man mir weder den Hals abgeschnitten noch die Augen ausgestochen hat, müßte ich recht dumm sein, mich zu ängstigen. Und doch war ich betroffen. Etwas Schreckliches war dicht an mir vorübergegangen; mochte ich mir auch einreden, es sei nicht wahr, ich fühlte ein Unbehagen, das all meine Überlegungen nicht zerstreuen konnten.

In diesem Geisteszustand ging ich zur Schule und hatte das Gefühl, von einer langen Reise zurückzukehren. Meine Ängste von gestern waren vergessen, ich stürzte mich in den Garten wie an einen Zufluchtsort. Kaum war ich da, so wurde ich in das Amtszimmer der Oberin gerufen. Ich machte mich auf irgendwelche Vorwürfe gefaßt, allein Mutter Marie-Alphonsine ließ mich ihr gegenüber Platz nehmen und bot mir einen Bonbon an; dann beobachtete sie mich lächelnd. »Mein Kind«, begann sie mit sanfter Stimme, »ich hoffe, wir haben *eine gute Nacht* verbracht.«

Eine plötzliche Röte stieg mir ins Gesicht, als ich diese alltägliche, aber für mich so sinnreiche Redensart hörte, und mit einmal hungerte und dürstete mich nach einer Generalbeichte zu Füßen der frommen Nonne.

»Mutter!« rief ich.

Sie legte einen Finger an die Lippen, um mir Einhalt zu gebieten.

»Wenn wir zu schnell gehen, werden wir uns den Hals brechen, Marie-Thérèse. Wenn Sie allein sind, denken Sie ein wenig nach über das, was ich Ihnen sage. Nur keine Hast, keine Unvorsichtigkeit. Gott hat die Ewigkeit für sich. Mäßigen Sie sich. Gehorchen Sie Ihrer Mutter.«

Dann folgte ein Porträt meiner Mutter, so deutlich geschmeichelt, daß ich schließlich begriff, es würde nicht übel sein, dem Modell etwas davon zu berichten.

Danach sprach man mir von dem Gehorsam, den wir unsern Eltern schulden; sodann verglich man ihn mit dem, den man im Kloster gelobt. Mehrere Analogien ergaben sich aus dem Leben eines frommen Kindes, das bei seiner Mutter lebt, und dem einer Nonne in ihrem Kloster; aber meine Berufung wurde in alldem mit keinem Wort erwähnt.

Ich war nicht fein genug, um die Geschicklichkeit dieser kleinen Ansprache zu würdigen, von der man jedes Wort meiner Mutter hätte wiedersagen können und die mir nichtsdestoweniger eine Art inneren Aufstand unter der äußeren Form vollkommener Unterwerfung anriet. Mir war meine Enttäuschung anzusehn. Vom Beginn meines Gesprächs mit der Oberin an war all mein geistlicher Eifer der vergangenen Tage wieder in mir wach geworden. Hätte sich diese Frau nur ein wenig Mühe gegeben, sie hätte aus mir eine Fanatikerin, eine christliche Heldin machen, mich zu den Aussätzigen schicken können, und da empfahl sie mir weiter nichts, als meiner Mutter zu gehorchen. Das war alles, was ich ihrer doppelsinnigen Unterweisung entnehmen konnte. So brach sie denn auch, als sie Tränen in meinen Augen sah, kurz ab und entließ mich mit einem sanften Kuß auf die Stirn, gerade als die Glocke acht Uhr schlug.

Als ich schon auf der Schwelle des Amtszimmers war, rief sie mich zurück: »Mein Kind, wenn ich Ihre Mutter richtig verstanden habe, hatten Sie ihr gesagt, mir sei ihr Besuch angekündigt worden. Ich habe diesen Irrtum nicht richtigstellen wollen. Das ist alles, mein Kind.« Ich entfernte mich mit glühenden Wangen.

Es war das schönste Wetter von der Welt, aber mir kam der Tag trübselig vor. In der Klasse baute ich dicke Bücher auf mein Pult, um hinter ihnen ungesehn weinen zu können, wenn ich Lust dazu bekäme, und die bekam ich ziemlich oft. Es fiel mir auf, daß man nicht mit mir sprach. Als ich drankam, sagte mir niemand vor, meine Bewunderinnen von gestern sahen gleichgültig drein, als ich mich wieder setzte. Dieser Verrat traf meine Eitelkeit an der empfindlichsten Stelle. Schwester Luise war nicht zu sehn, eine Unpäßlichkeit hielt sie in der Krankenstube fest. Dafür war die alte Schwester Saint-François de Sales ungewöhnlich liebenswürdig zu mir, nahm mich beiseite und streichelte mich, aber ich war ihr für diesen Umschwung weiter nicht dankbar, denn sie redete ohne Ende und streifte dabei mein Gesicht mit ihrem Pestatem. Das Alter machte sie geschwätzig, sie erzählte mir die Kümmernisse ihrer Jugend, die Schwierigkeiten bei ihrer Berufung, ihre Novenen beim Bischof von Genf, einen prophetischen Traum, den sie einmal Weihnachten hatte . . . Die ganze Pause ging darüber hin; ein glühend blauer Himmel lachte über meinen Verdruß.

Indem ich diese Zeilen schreibe, werde ich mir meines unvollkommenen Gedächtnisses bewußt, denn wenn ich mich auch an die Einzelheiten dieser Tage erinnere, etwas Wesentliches ist mir verloren gegangen. Jahrelang habe ich in einer Schublade einen Rosenkranz aus Buchsbaumholz aufbewahrt, der aus dieser Zeit stammt. Der Duft der gelben Holzperlen war so stark: wenn ich ihn einatmete, lebten bestimmte Augenblicke meiner Kindheit in mir auf, nicht die Ereignisse oder die Worte, aber die Stimmung. Das gab mir einen seligen Taumel. Das war nicht mehr bloße Erinnerung, sondern Wiedergeburt einer entschwundenen Welt mit ihrem Licht, ihrem Hauch, ihren flüchtigen Träumereien. Schon Atheistin geworden, konnte ich mich doch noch in dies bezaubernde Element versenken, das man Glauben nennt. Ich brauchte nur mein Gesicht diesem Rosenkranz zu nähern und wurde wieder das kleine Mädchen, dem die Heimat der Seelen strahlt wie ein großer Garten jenseits der Ebenen dieser Welt. Heut ist mein Herz leer, und das Holz hat seinen magischen Duft verloren, ganz und gar, ja, ganz und gar. Das Wesen, das ich war, ist nicht mehr. Wenn ich zu ihm spreche, kann es mich nicht verstehen; ich denke an dies Wesen schon wie an jemand, den ich gekannt habe, der aber nicht mehr ich selbst ist.

Dieser Teiltod macht mich frieren. Das Leben stellt sich mir dar als eine Folge von Vernichtungen, die schließlich zur gänzlichen Auflösung jeder Erinnerung führen wird. An manchen Tagen frage ich mich, wie ich mich je in die Zahl der Katholiken habe einreihen können, denn es ist nichts mehr in mir, woraus man die laueste, die gemäßigtste der Christinnen machen könnte, und diese Seiten schreibt eine alte Ungläubige.

10

Als ich nach Hause kam, traf ich zu meiner Verwunderung Manuel an, obwohl es noch nicht einmal fünf Uhr war. Er saß auf seinem gewohnten Platz in einer Ecke des Eßzimmers, hatte die Hände auf den Knien und den Kopf auf der Brust und war so tief in Gedanken, daß er mich nicht hereinkommen hörte. Als ich vor ihm stand, hob er den Kopf und sah mich mit aufmerksamer Miene an; seine Augäpfel hatten einen schlechten Glanz, seine Backen war rot, als wären sie geschminkt.

»Ich bin nach Hause gekommen«, sagte er trocken. »Ich bin krank geworden, da hinter dem Laden.«

Vor seinem starren brennenden Blick bemächtigte sich meiner die Unruhe der vergangenen Nacht, ich war sprachlos.

»Gib mir zu trinken«, befahl er.

Ich lief in die Küche. Leontine pflückte Kerbel im Garten. Ich rief sie. Sie wußte nicht, daß Manuel nach Haus gekommen war, und schien, als ich sie fragte, was zu tun sei, verlegener als ich. »Warten Sie, bis die gnädige Frau nach Haus kommt«, sagte sie dann, »sie ist in der Abendandacht.« Zweifellos hätte sie mir denselben Rat gegeben, wenn ich ihr gesagt hätte, daß die Gardinen brannten, denn sie fürchtete sich vor meiner Mutter und hätte ohne ausgesprochene Erlaubnis keinen Eimer mit Wasser gefüllt. Ich machte ein Glas Limonade zurecht und brachte es Manuel, der es auf einen Zug austrank. Sein Gesicht rieselte. Nach langem Schweigen stand er auf und kam um den Tisch herum.

»Wo ist sie?« fragte er hastig.

»Wer, Manuel?«

»Die gute Amme.«

Ich suchte mir einzureden, er mache Spaß, und fing an zu lachen, da wiederholte er ungeduldig seine Frage. Wäre ich in der Nähe der Tür gewesen, ich wäre davongelaufen, aber er verstellte mir den Weg. Ich merkte, er redete irr, und bemühte mich, meine Angst zu beherrschen.

»Sie geht auf dem Rasen spazieren«, stammelte ich.

Mit verstörtem Blick flüsterte er: »Auf dem Rasen seh ich sie nicht.« Die Angst gab mir einen Gedanken ein:

»Setz dich, Manuel«, sagte ich, »ich hole dir dein Buch.«

Zu meiner großen Erleichterung gehorchte er; ich nahm das *Leben Jesu* vom Nipptisch, schlug es irgendwo auf und legte es offen vor Manuel. Die Gewohnheit wirkte auf ihn und verschaffte ihm einen Augenblick Ruhe; mit zitternder Hand schlug er die Seiten um, bis er sein Lesezeichen gefunden hatte. Dann sank sein Kopf etwas nach vorn, das Haar fiel ihm wirr in die Stirn, und ich hörte die schweren Schweißtropfen mit mattem Geräusch auf das Papier fallen. Nun kam ich glücklich bis an die Tür, verließ das Haus und lief fast den ganzen Weg zum Dom, wo ich meine Mutter traf.

Die Krise, die nun folgte, dauerte mehrere Wochen. In der Tiefe unserer Provinzen finden sich viele Leute, die nicht an die Tuberkulose glauben; meine Mutter gehörte dazu. Mit ihrer gewohnten Energie brachte sie selbst Manuel zu Bett und fuhr Leontine an, die schüchtern vorschlug, den Arzt zu holen. Ein für allemal wurden im Zimmer meines Vetters die Läden geschlossen, und Stille lagerte sich um ihn her. Die rötliche Flamme eines kleinen Nachtlichts brannte zu Häupten seines Bettes und beleuchtete meine Mutter, die ihre Zeit bei dem Kranken verbrachte. Da wurde eine andere Seite ihres Charakters sichtbar. Entschlossen, das böse Fieber ihres Neffen zu bekämpfen, schloß sie sich mit seiner Krankheit ein wie zum Zweikampf mit einem Gegner auf abgeschlossener Stätte. Sie ließ ein großes Klosterkruzifix so aufhängen, daß Manuel es immer sehen mußte. Dann pflanzte sie ihren Stuhl zwei Schritt von Manuel auf, nahm den Rosenkranz oder das Strickzeug in die Finger und wich nicht mehr vom Fleck. Von den ersten Stunden behielt Manuel nur eine unbestimmte Erinnerung, aber später beobachtete er in aller Muße dies unergründliche Wesen, bei dem selbst die Güte rauh und streng aussah. Einmal allerdings hatte er mitten im Chaos, in das ihn seine Geistesverwirrung stürzte, eine seltsame Vision von meiner Mutter, und davon blieben einige Bruchstücke in seinem Gedächtnis.

Es war wohl mitten in der Nacht, er kämpfte gegen den erstickenden Druck der Decken, aber umsonst, eine höhere Gewalt zwang ihn auf den Rücken. Er versuchte sich zu beruhigen und blieb still liegen. Ein Röcheln drang aus seiner trockenen Kehle. Nach einer Weile nahm er mit zornigem Stöhnen den Kampf von neuem auf, da bemerkte er, daß ihn jemand an den Handgelenken festhielt. Er konnte sich an nichts erinnern, er begriff nicht ... In seiner Angst und Qual rief er nach seiner Mutter, die schon über ein Jahr tot war. Fast unmittelbar wich der Schrecken von ihm. Die Schatten, die ihm den Blick verdunkelt hatten, schwanden hin, und es blieben nur die Fieberbilder. Im Schein des Nachtlichts erschien ein Gesicht, das lächelnd sich dem seinen näherte.

»Mama, gib mir zu trinken.«

Tränen schimmerten in den Augen der Frau, aber sie lächelte noch immer.

»Ich kann nicht«, sagte sie, »es wäre nicht gut.«

Manuel dachte nach.

»Wird es bald Tag?« fragte er mit schwacher Stimme.

Sie nickte. In diesem Augenblick erkannte er seine Tante.

»Versuch zu schlafen, mein Kind, mach die Augen zu.«

Er gehorchte. Langsam schlichen die Minuten. Ein Taschentuch wurde in frisches Wasser getaucht und ihm auf die Stirn gelegt, dann wurde das Nachtlicht heruntergeschraubt, und da er nun ruhiger war, setzte meine Mutter sich wieder auf ihren Platz am Kopfende des Bettes.

Morgens ruhte sie sich auf ihrem Bett von diesen Nachtwachen aus, aber Erschöpfung und Besorgnis wühlten in ihren Zügen. Dunkle Ringe bildeten sich rings um ihre Lider. Bei den Mahlzeiten war sie schläfrig. Manchmal aber fiel mir in ihrem Gesichtsausdruck etwas zugleich Müdes und Heiteres auf, das ich noch nie an ihr bemerkt hatte. Sie schien einem Traum verfallen, von dem in ihrem Blick ein Schimmer blieb. Ohne besonders scharfsichtig zu sein, konnte ich erraten: sie war glücklich in aller Angst und Sorge. Oft kam sie mir vor wie eine Seele, die ihre Berufung gefunden hat; das gab ihr im ergrauenden Haar etwas seltsam Jugendliches. Ich freilich sah nur das graue Haar, aber eine Photographie aus dieser Zeit zeigt sie wahrhaft verklärt. Sie steht, die Hand auf der Lehne des Sessels, auf dem ein schon genesener Manuel versucht, sich aufrecht zu halten. Sie trägt ihren Trauerhut, und sein Rand wirft über ihr Gesicht einen Schatten, der wie eine Maske wirkt; ihr Auge glänzt von Befriedigung, ein ziemlich natürliches Lächeln gräbt sich in die abgemagerten Wangen; ihre Haut, die für mich immer beängstigend aussah, hat auf diesem Bild einen geradezu kindlichen Glanz. Da lächelt ein junges Mädchen unter den Runzeln einer alten Frau. Ich möchte noch weitergehn. Trotz schwarzem Kleid und Schleier atmet meine Mutter auf diesem Bilde die stolze Lust der Liebe.

Ein peinliches Wort! Natürlich mußte meine Mutter den jungen Menschen lieben, den sie der Krankheit abrang, aber, um einen ihrer Lieblingsausdrücke zu brauchen: sie liebte ihn in Gott. Der Wortschatz der frommen Leute wimmelt von Wendungen dieser Art, die das Bequeme an sich haben, daß sie gewisse Grenzen ziehn, innerhalb derer alles erlaubt ist, und wollte ich meine Mutter schlecht machen, könnte ich sagen: ihre fromme Zuneigung zu ihrem Neffen hatte eine fatale Ähnlichkeit mit etwas Irdischerem. Aber ich suche jetzt ja vor allem, diese Frau zu verstehn.

Manuel hütete ungefähr vierzehn Tage das Zimmer. Eigentlich hätte er es früher verlassen können. Allein meine Mutter mochte seine Genesungszeit nicht abkürzen, es machte ihr zu viel Vergnügen, ihn zu pflegen. Hab ich von ihr diesen Drang zu allem, was kümmerlich und wund ist, geerbt? Mein Vetter hat mir später Sachen erzählt, die ich einer anderen als mir nicht zugetraut hätte. Moses' Stab berührte den Felsen, aus dem eine Quelle sprang: diese Frau, deren Herz schon so lange schlief, erlebte das Erwachen einer rein menschlichen Leidenschaft; als etwas anderes wüßte ich ihre Überspanntheit nicht zu bezeichnen. Nachts saß sie still auf ihrem Stuhl, den Rosenkranz in der Hand. Wenn sie nicht betete, nahm sie das ewige Leibchen zur Hand, das sie für ein armes Kind strickte. So wechselte sie zwischen ihren Beschäftigungen ab, um besser gegen den Schlaf ankämpfen zu können. Beim leisesten Stöhnen richtete sie sich auf mit vorgestrecktem Hals. Rief Manuel, so stand sie sofort auf, beugte sich über ihn und beruhigte ihn. Ob er einschlief, ob er aufwachte, immer war sie da. Endlich drang dann das graue kalte Licht der Dämmerung in das große nackte Zimmer, und Manuels Augen begegneten einem starr auf ihn gehefteten Blick. »Schläfst du?« fragte eine kaum hörbare Stimme. »Soll ich dir dein Kopfkissen umdrehen?«

Tagsüber zerstreute sie ihn, so gut sie konnte, mit Vorlesen. Damit wurde sie ziemlich schlecht fertig, bei den etwas längeren Worten kam sie ins Stottern. Gewöhnlich wählte sie ein Werk des Paters Gonneliu, der niemals schwierige Gedankengänge behandelte. Seine schlichte, kurzweilige Frömmigkeit rührte und bewegte sie. Nie werde ich den Reiz begreifen, den eine gewisse Sanftmut auf harte, mitleidlose Seelen ausübt. Der gesalbte Stil des Jesuiten gefiel meiner Mutter ungemein, sie hielt sich gewiß selbst für gütig, wenn sie so überzeugende Abhandlungen über die christliche Barmherzigkeit las. Dabei verwandelte sie sich, erzählte mir Manuel, das Blut belebte die Farbe ihrer Wangen, ihr ganzes Wesen wurde anders. Die Begeisterung, die sie so froh und frei machte, hätte sie, glaube ich, gern ihrem Neffen mitgeteilt, aber ob er nun zu schwach war, ihr zu folgen, oder ob er nicht so dachte wie sie, er bewahrte ein tiefes Schweigen und begnügte sich damit zu lächeln, wenn es sein mußte; allein sie ließ sich's nicht verdrießen.

Ich brauche wohl nicht zu sagen, daß dieser Bekehrungseifer sich nie auf mich ausdehnte, obwohl ich mich doch nach einem vollkommenen Dasein sehnte. Bei den Mahlzeiten, die in ein paar Minuten erledigt wurden, bekam ich das steinerne Gesicht zu sehn, das ich nur zu gut kannte, und wenn ich mich einmal gehn ließ und lachte, wurde mir meine muntere Laune mit einem Blick, einem barschen Wort verwiesen: wie konnte ich lachen, wo doch oben mein armer Vetter . . . Kaum war der Kräutertee aufgetragen, so verschwand meine Mutter.

Die ersten Tage peinigte mich die Angst. Von Leontine, die manchmal in das Krankenzimmer kam, erfuhr ich, daß mein Vetter noch phantasierte und vor der gnädigen Frau irre Dinge redete. Mehr erzählte mir die Alte nicht. Ich zitterte bei dem Gedanken, es könnte ihm etwas über unseren nächtlichen Spaziergang entschlüpfen. Wenn er davon gesprochen hat, wird er sich wohl zum Glück zu dunkel ausgedrückt haben, als daß meine Mutter etwas verstanden hätte; denn nie machte sie eine Anspielung darauf. Abends ging ich alle Augenblick zu Leontine und bat sie, der gnädigen Frau einen Krug Wasser für Herrn Manuel zu bringen oder den Sirup oder das Gebetbuch; ich hoffte, sie würde mir dann etwas Bestimmtes über die Fieberreden des Kranken berichten, aber das machte sie mürrisch, sie fürchtete sich vor ihrer Herrin, die dies beständige Kommen und Gehen nicht gern hatte. Bald setzte sich in meinem Kopf der Gedanke fest, meine Mutter wisse alles. Immer wieder glaubte ich Beweise dafür zu haben, alles bekräftigte meinen Verdacht, ein Schweigen, ein Blick, ein doppelsinniges Wort. Ich verlor den Kopf, wenn Mama mich um das Salz bat. Am meisten quälte mich dabei der Gedanke an die Schmerzen, die Manuel um meinetwillen ertrug. Wäre er krank geworden, wenn ich, statt mit ihm zur Héritage zu gehn, in meinem Zimmer geblieben wäre? Trotz meiner Unwissenheit begriff ich ungefähr, daß ich ihn fast über seine Kraft in Versuchung geführt hatte, das beunruhigte mein Gewissen, und eines Nachts konnte ich lange nicht einschlafen. Nun traf sich's, daß gerade am nächsten Tag Beichte war. Schweren Herzens wartete ich, bis die Reihe an mir war, und kaum fand ich mich auf den Knien vor dem Abbé Garot, so erzählte ich ihm in plötzlicher Eingebung meine Geschichte.

II

Überraschung, Traurigkeit, dann Zorn: das alles sah ich auf dem Gesicht des alten Priesters durch das Gitter des Beichtstuhls. Da fing ich an zu stammeln und geriet in solche Verwirrung, daß ich mit meinen Bekenntnissen nicht zu Ende kam. Umsonst ermahnte mich der Abbé. Schließlich gab er mir den Segen und sagte, ich solle in der Sakristei auf ihn warten.

Es gab einen großen Lärm unter den Schülerinnen, als herauskam, daß eine volle Viertelstunde Beichte nicht genügt habe, all meine Sünden aufzuzählen. Ich muß gestehn, in all meiner Erregung war es mir ein Genuß, von mir sprechen zu machen, und im Gefühl meiner Wichtigkeit begab ich mich in die Sakristei. Zudem fühlte ich mich schon etwas erleichtert, obwohl ich mit meiner Beichte noch nicht fertig war. Doch dieser innere Friede wich sofort von mir, als Abbé Garot erschien. Er zeigte auf die Stelle, wo ich hinknien sollte. Dann setzte er sich hinter einen vergitterten Verschlag, der rechtwinklig an die Wand stieß. Es war eine Art Beichtstuhl, der aber mehr einschüchterte als der in der Kapelle, denn hier war man im vollen Licht und das leiseste Flüstern hallte wieder. Jetzt wurde der Schalter hochgeschoben.

»Mein Kind«, begann Abbé Garot, »Sie wissen, wenn man Wäsche bleicht, so seift man sie nicht einmal, sondern zweimal, dreimal. Wollen Sie also Ihre Beichte von vorn anfangen?« Ich war bereit. Und dann hörte ich in dem großen weißen Raum, in dem die Fliegen vor dem Fenster schwirrten, meine von der Erregung erstickte Stimme alle Worte Manuels berichten und alles, was er getan, genau beschreiben, denn Abbé Garot erließ mir nicht die kleinste Einzelheit. Plötzlich mußte ich aufschreien: mir fiel ein, daß ich meinem Vetter versprochen hatte, über unseren Spaziergang unbedingtes Schweigen zu bewahren. Aber der Priester beruhigte diese Bedenken. »Vergessen Sie nicht«, sagte er in seinem derben, rauhen Ton, »Sie sprechen hier zu Gott. Überhaupt ist Ihr Versprechen ungültig, da es durch Einschüchterung erzwungen worden ist. Fahren Sie fort.«

Ich mußte alles auseinandersetzen und Manuel ganz verraten. Ich beschrieb, wie er im Grase zu meinen Füßen kauerte, mit gesenktem Kopf und mit der Hand auf meinem Knie. Aber lag nun diese Hand flach auf meinem Knie oder schloß sie sich halb, um mich gefangen zu halten? Blieb sie still? Verirrte sie sich weiter nach unten oder nach oben? Sagte der junge Mann in diesem Augenblick etwas? Konnte ich mich an seine Worte erinnern? Waren vielleicht unanständige darunter? Hatte ich, als ich sie hörte, sündhafte Gedanken, bekam ich Lust, mich zu berühren? Fast eine Stunde mußte ich, so gut ich konnte, auf Fragen antworten, die weder das Zartgefühl noch die Scham verschonten, mich dafür aber über so manche Punkte unterrichteten, denn so unschuldig ich war, dumm war ich nicht, und ich erriet jetzt besser, was Manuel vorgehabt hatte.

Als ich mit meiner Beichte fertig war und die Absolution erhalten hatte, erhob sich der Priester und ging eine Weile auf und ab, ohne ein Wort zu sagen. Er war ein großer Mann und hatte das verbrannte Gesicht eines Winzers; man konnte sich ihn gut auf dem Feld arbeitend vorstellen. Unter gerunzelten Brauen blinzelte er wie gegen die Sonne beim Sprechen, und seine gewaltigen, von grauen Stoppeln starrenden Kinnbakken malmten langsam kurze unbeholfene Sätze. In der Schule fanden wir ihn komisch und zugleich ein bißchen widerlich, wahrscheinlich wegen seines Alters, aber seine breiten Schultern imponierten uns, und wenn er sich räusperte, bekamen wir Angst.

»Stehn Sie auf«, befahl er.

Gleich war ich auf den Füßen. Hart und düster betrachtete er mich, dann veränderte sich plötzlich sein Gesichtsausdruck, und er lächelte.

»Wie alt sind Sie, Kleine?«

»Vierzehn Jahre.«

»Sie sind einer großen Gefahr entgangen in jener Nacht. Ein Wort, eine verwegene Bewegung, und Sie wären vielleicht verloren. Verstehen Sie, was das heißt, verloren?«

Ich antwortete nicht. Die Hände auf dem Rücken, bückte sich der alte Mann, bis seine Stirn die meine berührte. Sein Lächeln war verschwunden.

»Verdammt wären Sie, Kleine!« schrie er. »Noch ein wenig mehr, und Gott hätte Sie aufgegeben, ein wenig mehr, und Sie fielen und wurden des Teufels Beute, und vielleicht für immer. Bessere als Sie sind diesen Weg gegangen und in die Hölle gekommen. Es ist der kürzeste Weg. Glauben Sie, der Teufel weiß das nicht? Der Teufel lauert, der Teufel schläft nie, mein Kind; er ist überall zugleich. Sind Sie allein, sieht er Sie an; sieht er Sie mit einem jungen Mann, haucht er Ihnen Gedanken ein und spricht an Ihrer Stelle. Wissen Sie, wer Sie neulich Nacht behütet hat? Die Jungfrau Maria! Sie hat ihren Fuß auf Satans Haupt gesetzt. Na? Sie haben Angst bekommen, Sie haben das Bewußtsein verloren? Es wäre besser gewesen, Sie hätten das Leben verloren, wenn dieser Elende Ihr Fleisch befleckt hätte.«

Der Schreck machte mich ganz schwach, ich mußte mich auf einen Gebetschemel stützen, ich wich ein paar Schritte zurück. Der Priester folgte mir, als wären wir aneinander gebunden. Sein heißer Atem streifte bei jedem Wort meine Lider, meine Wangen, seine grauen Augen forschten gespannt in den meinen: ich mußte wegsehen und fing an zu zittern. Schweißtropfen rannen über meinen Körper.

»Auf die Knie!« befahl er.

Ich fiel ihm zu Füßen und wagte nicht aufzuschauen, mein Blick haftete an den Rändern der grünen Stola, die er anbehalten hatte. In meiner Brust sprang mir das Herz; mit aller Kraft faltete ich die Hände um meinen Rosenkranz, Kreuz und Perlen zerrissen mir das Fleisch, so fest preßte ich sie. Fast gleichzeitig kniete der Priester vor mir nieder und bekreuzigte sich, indem er Brust und Schultern mit der Faust schlug. Ich tat dasselbe und betete mit ihm das *Credo*, dann das *Paternoster*, schließlich die drei ersten *Ave* des Rosenkranzes. Da unterbrach er mich:

»Heben Sie den Kopf. Schauen Sie nach oben. Was sehen Sie?«

Ich sah an der Wand ein großes Kruzifix aus schwarzem Buchsbaumholz.

»Gott hört jedes Wort, das wir aussprechen«, fuhr der Priester fort. »Sie werden sich nun vor Ihm verpflichten, Ihrer Mutter den Spaziergang, den Sie mit jenem Elenden gemacht haben, zu erzählen.«

Da stand ich auf.

»Hochwürden, das kann ich nicht«, stammelte ich.

»Mein Kind, ich rühre mich nicht von der Stelle, bis Sie es versprochen haben.«

»Es ist unmöglich, ich kann es nicht, ich beschwöre Sie...«

»Mein Kind, Ihr Eigensinn ist sündhaft. Ich fordere Sie auf, um Ihres Seelenheiles willen, das Benehmen des jungen Mannes Ihrer Mutter zu enthüllen.«

Der Mutter die Stirn zu bieten, das war zu schrecklich, dieser Gedanke gab mir etwas Festigkeit.

»Ich habe dem jungen Mann versprochen, niemandem etwas zu sagen.«

»Dies Versprechen ist hinfällig, ich entbinde Sie davon. Zum drittenmal, liebes Kind, bitte ich Sie, mir zu gehorchen.«

Erschrockenes Schweigen war meine ganze Antwort.

Der Priester setzte sich: »Nun nehmen Sie einmal an, ich sähe Sie im Begriff, ins Wasser zu fallen oder aus dem Fenster zu stürzen. Werde ich da die Arme kreuzen oder Sie zurückzuhalten versuchen? Nicht wahr? Der Abbé Garot wird Sie aus dieser Todesgefahr retten. Das denken Sie doch auch? Nun, mein unglückliches Kind, Sie sind im Begriff, in einen Abgrund zu stürzen.«

Ich wich zurück.

»In einen Abgrund«, wiederholte er und wiegte den Kopf. Er wartete einen Augenblick, bis diese Worte genügend gewirkt hatten, dann schoß er einen scharfen Blick in meine Augen. Als er mich für hinreichend vorbereitet hielt, die Fortsetzung seiner Rede anzuhören, offenbarte er mir die seelische und sozusagen übernatürliche Seite meines nächtlichen Spaziergangs mit meinem Vetter. Durch ein Wunder war meine Seele heil geblieben. Durfte ich daraus schließen, der böse Geist werde nicht wieder zum Angriff übergehen? Wußte ich wenigstens, was das war, der böse Geist? An diesem Punkte angelangt, verschonte er mich mit der üblichen Darstellung des Teufels, brach ab und verbarg sein Gesicht in den Händen, als habe er etwas Entsetzliches erblickt. Fast eine Minute verweilte er in dieser Haltung; dann murmelte er, ohne die Hände vom Gesicht zu nehmen, mit düsterer, brechender Stimme: »Oh mein Kind, denken Sie nach! Haben Sie Mitleid mit sich selbst!« Dann noch leiser: »Ich habe Furcht, mein Kind. Ich habe Furcht für Sie.«

Ich fiel wieder auf die Knie. Er rührte sich nicht und sagte nur: »Beten Sie, mein Kind.«

In der Stille, die nun eintrat, hörte ich ihn aus tiefer Brust stöhnen, und meine Unruhe verwandelte sich in Schrecken, ich meinte, er sei krank.

»Hochwürden«, rief ich, »ich werde tun, was Sie wollen!«

Keine Bewegung verriet mir, daß er mich verstanden habe.

»Ich werde mit meiner Mutter sprechen.«

Ein tiefer Seufzer entrang sich seiner Brust.

»Ach, Kind, hoffen wir, daß es nicht zu spät ist.«

»Nein«, versicherte ich. Plötzlich sah ich, wie mir das Paradies entschwand, wie Schwester Luise und alle die frommen Nonnen ohne mich ins himmlische Vaterland flogen. Ich versprach dem Abbé, alles Mama zu erzählen. Da nahm er die Hände vom Gesicht und betrachtete mich schlau:

»Das müssen Sie Gott versprechen, Kind.«

»Hochwürden, ich verspreche es Gott.«

Bedächtig stand er auf, nahm die Stola ab und hing sie in einen Schrank.

»Bleiben Sie knien«, – er kam wieder zu mir – »versprechen Sie Gott, Ihre Mutter von allem zu unterrichten, was sich zwischen Ihnen und dem jungen Mann in der Nacht vom Mittwoch auf den Donnerstag zugetragen hat?«

»Ja, Hochwürden.«

»Ich gebe Ihnen einen ganzen Tag Zeit zur Erfüllung dieses Versprechens. Sie werden den günstigen Augenblick wählen. Es darf niemand sonst im Hause Sie hören. Sie müssen Ihre Mutter beiseite nehmen.«

Andre Ratschläge folgten, die äußerste Vorsicht und wohl auch tiefe Weisheit bezeugten, aber ich war ihm nicht dankbar dafür. Mir kam seit einer Weile der ganze Umfang meiner Torheit zum Bewußtsein, und ich mußte weinen vor Verdruß, so rasch nachgegeben zu haben. Jetzt dachte ich nur noch an die entsetzliche Szene, die es zu Hause geben würde. Ein jäher Groll überkam mich gegen diesen Geistlichen und den Mißbrauch, den er mit seiner Macht trieb. Immer noch auf den Knien, den Blick auf den Boden gerichtet, unterdrückte ich, so gut es ging, Seufzer der Wut und der Schande. Da fielen meine Blicke auf die groben ländlichen Schuhe des Priesters, und durch meine Tränen hindurch betrachtete ich sie böswillig: man konnte sehen, sie wurden nicht oft geputzt, ein feiner Staub hatte sie entfärbt, und durch langes Tragen hatten sie ihre ursprüngliche Form eingebüßt. Ein einfacher Bindfaden ersetzte den einen Schnürsenkel. Ich hätte die Anzeichen einer so offenbaren Armut achten sollen: sie erregten meine Verachtung. Der Haß gab mir eine der gemeinsten Taten ein, deren ich mich zu schämen habe. Ich öffnete den Mund, und auf den Fuß dieses Mannes, der mich vor dem Bösen zu bewahren versuchte, – spuckte ich.

1 2

Am nächsten Tag ging ich zum Heiligen Abendmahl, den Kopf gesenkt, die Hände gefaltet, aber das Herz voll gottloser Gedanken, denn, das ist mir heute klar, mir fehlte der religiöse Sinn. Alle Augenblicke verstellte mir ein menschliches Wesen den Ausblick auf den Himmel. Was ich für eine Berufung nahm, war nur das Verlangen, Schwester Luise und Mutter Marie-Alphonsine nachzuahmen. Aber die wahren übersinnlichen Reichtümer blieben andern vorbehalten, die rechtschaffener, schlichter und ärmer waren als ich. An jenem Morgen, während ich zum Chor hinaufstieg, machte mir der Gedanke, mich alsbald mit Gott zu vereinen, weniger Sorge als die Aussicht, dem Abbé Garot unter die Augen zu treten.

Der peinliche Augenblick kam. Kniend hielt ich unterm Kinn das geweihte Tuch und hob den Kopf, lange bevor die Reihe an mir war. Schließlich kam das Gemurmel der Einsetzungsworte näher, und plötzlich blinkte vor mir das gestickte Kreuz auf dem Meßgewand. Meine Augen begegneten denen des Geistlichen; die grauen Augäpfel hafteten auf meinem Gesicht und durchbohrten mich wie der Blick eines Richters. Ich senkte die Lider. Eins nach dem andern hallten die Worte langsam und deutlich in meinen Ohren wider, dann wurde die Hostie auf meine Zunge gelegt, und bebend vor Erregung zog ich mich zurück. Das Brot der Engel klebte erst an meinem Gaumen, dann glitt es in meine Kehle, die sich krampfhaft zusammenzog, es zu verschlucken. Ich verbarg meine Grimassen, so gut es ging, indem ich meine feucht gewordenen Hände an die Stirn legte; es sah wohl aus, als ob ich betete, in Wirklichkeit versuchte ich gar nicht, mich zu sammeln, alles in mir war seit gestern nur noch Unordnung und Tumult. Eine Viertelstunde früher hatte ich gemeint, ich würde in Ohnmacht fallen, wenn der Priester mir die Kommunion verweigerte; nun schien mir diese Prüfung leicht im Vergleich mit der, die mich jetzt erwartete. Als die genügende Zahl Minuten verlaufen war, gab ich meine andächtige Haltung auf und ließ mich neben Leontine, die mich in die Kirche begleitet hatte, auf meinen Stuhl sinken. Meine Mutter benutzte immer die Morgenstunden, in denen unser Kranker schlummerte, um sich zur ersten der stillen Messen zu begeben, zu kommunizieren (das tat sie jeden Tag) und dann eiligst an Manuels Bett zurückzukehren.

Mir kam der Gedanke, die alte Dienerin um Rat zu fragen. Wie würde sie es an meiner Stelle angefangen haben, der gnädigen Frau die ärgerliche Nachtspaziergangsgeschichte zu erzählen. Was denn für eine Geschichte, Fräulein Marie-Thérèse? würde sie dann fragen. Und von neuem müßte ich mein Geheimnis verraten. Ich zauderte, gottlob. Zu Leontine davon sprechen, das hieße die ganze Stadt nebst Vororten ins Vertrauen ziehen.

Zu Hause schleppte ich mich von Zimmer zu Zimmer und belauerte das Kommen und Gehn der Mutter. »Ein günstiger Moment«, sagte ich mir immer wieder vor. »Ich muß einen günstigen Moment wählen.« Aber gibt es einen günstigen Moment, um eine Tigerin zu reizen? Sollte ich beim Mittagessen den Frieden dieser Frau stören? Sollte ich sie nachher aufsuchen? Mir fehlte der Mut, ich beschloß, die letzte Minute der fünf oder sechs Stunden, die mir noch blieben, abzuwarten.

Eine Familiengewohnheit bestimmte den Sonntagnachmittag für eine Wagenfahrt zu einem kleinen Pachthof in der Nähe der Stadt, der meiner Mutter gehörte. Um zwei Uhr schickte uns der städtische Wagenverleiher einen mit rotem Plüsch ausgeschlagenen Fiaker mit weißem Leinwandverdeck, ein seltsames Gefährt, in dem wir, meine Mutter, Leontine, ich selbst und, seit er bei uns wohnte, mein Vetter, uns zusammenpferchten. Aus Rücksicht auf seine Krankheit, die ihm heute eine Art seelischer Überlegenheit gab, ließ meine Mutter Manuel neben sich Platz nehmen, wo gewöhnlich ich saß. Die alte Dienerin und ich ließen uns auf den Rücksitzen nieder; wir waren alle vier sehr eingezwängt in diesem Wagen und konnten keine Bewegung machen, ohne uns anzustoßen. Meine Knie berührten immer wieder die Manuels, der durch einen unglücklichen Zufall mir gegenüber saß. Ich sah ihn rot werden und wollte ein klein wenig abrücken, aber meine Mutter war dagegen, und Leontine knurrte. Nach einer Weile schloß Manuel die Augen und schien zu schlafen. Bald hatten wir die Stadt hinter uns und kamen in die Felder. Meine Mutter war in glänzender Laune, sie zeigte mit ihrem Sonnenschirm auf den Klatschmohn im Korn. Es gab eben im Leben dieser strengen Frau doch Minuten flüchtiger Freude, dann wurde sie wieder jung, und dann tat es mir leid, daß sie nicht immer glücklich gewesen war. Sie hatte ihren schwarzen Schleier zurückgeschoben und lächelte der Natur, den Vögeln und irgendwelchen Träumen zu. Der hellblaue Himmel wurde jetzt grau, Mücken tanzten in der unbewegten Luft, dicht über dem Boden von Schwalben verfolgt; eine drückende Stille lastete auf der Landschaft. Wir schwiegen, und Leontine ließ sich einwiegen von dem Trott des Pferdes und schlummerte mit den Händen auf dem Bauch. Ich rechnete mir mit Bangen aus, daß mir nur noch zwei Stunden bis zur Heimfahrt blieben. In welchem Zustand würden wir dann alle vier sein? Dann würde meine Mutter schon alles wissen, sie würde schreckliche Dinge gesagt haben, die der Zorn ihr eingab, sie würde vielleicht schreien, obwohl der Kutscher dabei war, der später der ganzen Stadt die Geschichte auftischen würde. Ach, wieviel lieber hätte ich mein Abenteuer zwanzig Priestern zugeflüstert und mich vor dem ganzen Klerus des Landes gedemütigt, wenn es nur im Schatten war und meine Mutter nichts hörte. Und nun wollte es die Ironie des Schicksals, daß sie gerade heute gut gegen mich gestimmt war.

Das Ziel unsrer Spazierfahrt war nicht mehr weit. Am Ausgang eines Wäldchens sah ich den Sohn unserer Pächterin, ein mißgestaltes, garstiges Kind, rothaarig wie die Kuh, die man ihm zu hüten gab. Er drehte sich nach uns um: sein Gesicht war beschmiert mit dem Saft der Brombeeren, die er unterwegs gegessen hatte. Er betrachtete uns heimtückisch und lief dann quer über die Wiese, seine Mutter zu benachrichtigen.

Langgestreckt und niedrig lag oben auf einem Hügel das Gehöft, es schien einzusinken unter der Last eines mächtigen moosbewachsenen, von Unkraut überwucherten Strohdachs. Stellenweise hatten die weißen Mauern den Putz verloren und roher Ziegelstein erschien, rosa wie eine Wunde. Breite, flach aufeinandergelegte Steine bezeichneten, wie es bei uns zu Lande üblich ist, die Grenzen des Hofs, den wir nun überschritten, während die ersten Regentropfen uns ins Gesicht schlugen.

Erst tat mir die Frische und Dunkelheit in dem großen Raum, den wir betreten hatten, wohl; hier roch es ein wenig nach Ruß wie nur in alten Häusern. Ich setzte mich, während Mama sich mit der Pächterin unterhielt, auf die Bank am Herd und sah auf den Kochtopf, der auf glühender Asche stand. Um nichts in der Welt hätte ich mich nach dem Menschen umgedreht, den ich gleich verraten würde, während er, glaube ich, kein Auge von mir abwandte...

ZWEITER TEIL

Manuels Bericht

Ich mußte all meinen Mut zusammen nehmen, um sitzen zu bleiben; ich rief die paar Grundsätze zu Hilfe, die mein Leben geleitet haben. Als Marie-Thérèse aufstand und ihrer Mutter winkte, ihr zu folgen, merkte ich plötzlich die Gefahr. Das Kind vermied meinen Blick und sah gerade vor sich hin wie eine Traumwandlerin. Als sie in der Mitte der Stube angekommen war, wandte sie sich nach ihrer Mutter um, die sich nicht gerührt hatte, und wild entschlossen flüsterte sie Worte, die ich in meiner Bestürzung nicht verstand. Seit Wochen fürchtete ich, sie werde unser Geheimnis preisgeben, jetzt war es so weit, sie würde sprechen, des war ich sicher.

»Was hast du denn?« fragte noch einmal ungeduldig meine Tante. »Wenn du mir was zu sagen hast, sag es hier.«

Marie-Thérèse schüttelte den Kopf. Sie hatte ein weißes Kleid an, das Arme und Beine nackt ließ. Es gab hübschere Mädchen als sie, aber keine, deren Schönheit so unschicklich wirkte, was jedoch außer mir niemandem aufzufallen schien; ihre Mutter kleidete sie aufreizend, sie zwang sie, vermutlich aus Sparsamkeit, Sachen vom vergangenen Jahr weiterzutragen, die ihr zu kurz und zu eng geworden waren. Diese sonst so um Sittsamkeit besorgte Frau machte aus ihrer Tochter einen Gegenstand des Ärgernisses und der Verführung, etwas Lächerliches und Schreckliches. Allein, die Leute sagten nichts. Marie-Thérèse selbst schien es nicht zu bemerken. Auch da war ich der einzige, der sah, mit Augen sah. Als nun das Kind unbewegt vor uns stand, die Hände hinter dem Rücken, hatte ich flüchtig den Eindruck einer Gerichtsverhandlung. Der Tisch, an dem wir saßen, stand auf einer Estrade, einen Fuß über dem Boden; das erhöhte noch das etwas feierliche Aussehen der weiten niedrigen Stube. Draußen verfinsterte ein Unwetter den Himmel, Regen blinkte im Halbdunkel des Hofes.

»Du setzt dich gleich wieder hin«, befahl die Tante.

Zu meiner großen Überraschung gab Marie-Thérèse nicht nach, sie schüttelte nur wieder den Kopf; sie war wachsbleich geworden, was sie verhäßlichte; ohne ihre ländlichen Farben und dies Übermaß von Gesundheit, das mir so verführerisch schien, wurde sie reizlos. Dann mit einem Mal machte ihre Verwirrung, ihr ängstlicher Widerstand gegen die Befehle ihrer Mutter und die Verlassenheit, in der ich sie sah, sie mir tausendmal lieber. Ich hatte Sehnsucht, die Arme nach ihr auszustrecken.

»Bist du krank, Kind?« fragte plötzlich Frau Plasse mit besorgter Stimme.

Dann stand sie auf, stieg von der Estrade hinab und ging zu ihrer Tochter. »Bist du krank?« fragte sie noch einmal.

»Ich möchte mich hinlegen.«

Einen Augenblick hatte ich die Hoffnung, es handele sich nur um ein kleines Unwohlsein und ich hätte das Kind zu Unrecht verdächtigt, mich verraten zu wollen.

»Geh in die Kammer hinauf und ruh dich auf dem Bett von Frau Vacasson aus«, sagte meine Tante. »Das geht vorüber, du wirst sehn.«

»Komm mit mir«, flüsterte Marie-Thérèse.

»Aber warum denn, du eigensinniges Kind? Macht es dir Spaß, mich mit meinen Schmerzen Treppen steigen zu lassen? Wie? Lauter!«

Sie beugte sich vor, denn die Stimme ihrer Tochter war kaum zu vernehmen; ich hörte aber doch die Worte: »Nicht vor Manuel«, und mir wurde eiskalt.

Dann war ich allein am Tisch mit Leontine. Seit Tante und Kusine die Stube verlassen hatten, wahrten wir ein tiefes Schweigen; wir rührten uns nicht, als Stimmenschall aus dem oberen Stockwerk uns erschreckte. Ich zog das Halstuch aus, das mich drückte, und wollte das Glas kalte Milch an die Lippen führen. Aber Leontine legte mir die Hand auf den Arm.

»Trinken Sie nicht«, sagte sie. »Ihnen ist zu heiß.«

Erstaunt setzte ich das Glas wieder ab. Nie sprach diese alte Frau sonst mit mir, und ich muß sagen, ich ermunterte sie gewöhnlich auch nicht dazu; sie schien Angst vor mir zu haben trotz meines sanften Benehmens, das mir bei den Leuten den Spitznamen »das Fräulein« eingetragen hatte. Ich sah sie an, ohne den Mund aufzutun: ihre Schultern duckten sich, sie zog ihre zitternde Hand zurück. Ihre fahlen Augen sahen mich so sanft an, daß ich bei all meiner Angst in dies gelbe verwitterte Gesicht lächeln mußte. Unter ihrer schwarzen Haube, die Haar und Schläfen verdeckte, hatte sie das demütige traurige Aussehen alter Bediensteter, die hartnäckige Ergebenheit an eine ungerechte Herrschaft fesselt. Eine lange schmale Nase gab ihr etwas Duckmäuserisches, wie es manche Waldtiere haben.

»Ihnen ist zu heiß, sie haben Fieber«, flüsterte sie. Und dann nach einer Pause: »... wie in der Nacht, als Sie ausgegangen sind.«

Mir dröhnte das Blut im Kopf.

»Was sagen Sie da?« fragte ich mit erstickter Stimme.

Von neuem streckte sie eine lange runzlige Hand aus und berührte mit den Fingerspitzen meinen Ärmel.

»Gott ist mein Zeuge, ich meine es nicht böse, Herr Manuel, im Gegenteil, aber ich habe einen leichten Schlaf, und in der Nacht neulich hab ich gehört, wie das Gitter aufgemacht wurde. Ich habe nachgeschaut und habe Sie beide hinausgehen sehen.«

Die letzten Worte hallten mir ins Ohr wie in einem schlimmen Traum. Ich blieb ganz steif sitzen, fröstelte unter meinem Plaid und starrte in den Hof, den ich durch die offene Tür sah.

»Für mich hatten Sie schon damals Fieber«, begann Leontine wieder. »Sonst wären Sie nicht um Mitternacht mit unserem Fräulein ausgegangen. Aber das Fräulein hätte Ihnen nicht folgen sollen, es war nicht vernünftig von ihr. Sie, Sie hatten Fieber, Herr Manuel, da ist es etwas anderes. Das könnten Sie der gnädigen Frau sagen, wenn sie Sie fragt. Sie könnten sich sogar einfach an nichts mehr erinnern, aber sagen Sie nicht, daß ich mit Ihnen gesprochen habe.«

Fast eine Minute verging, ehe ich imstande war zu antworten; ich begriff, daß diese Frau mich retten wollte, aber warum? Eine andre Frage beunruhigte mich noch mehr: was dachte sie von meinem Benehmen? Was vermutete sie, und vor allem, würde sie die Sache geheimhalten?

»Danke, Leontine«, sagte ich dann.

»Keine Ursache, Herr Manuel.«

Ängstlich schob sie mir die Zeitung hin, in der ein Stück Käse war, und ich konnte, als ich es abwies, eine Bewegung des Abscheus nicht unterdrücken.

»Nichts für ungut«, sagte sie sanft.

Zorn und Angst erstickten in mir die Dankbarkeit, die ich der alten Dienerin schuldete; ich faltete die Hände, preßte sie heftig und schloß die Augen wie um zu beten, aber ich wollte nicht beten. War es nicht eine Ungerechtigkeit, daß mir so etwas passierte, mir, der ich nur daran dachte, zu lernen und besser zu werden, mir, der ich keusch bleiben wollte und Unzucht nur dem Namen nach kannte, bevor ich die Augen auf Marie-Thérèse geworfen hatte. Ich dachte an meine harte fleißige Jugend, an die Studien, die ich mir vom Schlaf abgespart hatte, an meine Andachten in den Kirchen, an all die vergeblichen Bemühungen um Vollkommenheit. Sollte das alles mit einem Skandal enden? Dieser Gedanke war verbitternd, fast mußte ich weinen, aber die Selbstachtung gab mir Widerstandskraft. Für den Augenblick war es das Vernünftigste, Ruhe zu heucheln. Wenn meine Tante Erklärungen von mir verlangte, was unvermeidlich geschehen würde, wollte ich den Überraschten spielen und nötigenfalls den Entrüsteten, aber eingestehen würde ich nichts. An mein Gewissen dachte ich seltsamerweise erst viel später.

Inzwischen beruhigte sich der Lärm im oberen Stockwerk; nur ein Geflüster drang bis zu uns, ein zorniges Geflüster, das bisweilen von einem noch unheimlicheren Schweigen unterbrochen wurde, sodann hörten wir Frau Plasse einige Schritte in einer Richtung und dann in einer andern gehn, bevor sie ihren Monolog wieder aufnahm; einmal stampfte sie mit dem Fuß wie ein Mann.

Ich wartete. Es wunderte mich, daß sie so lange da oben blieb, aber ich war ganz froh, daß sie die Hauptmasse ihres Zorns an ihrer Tochter ausließ; da, mit einem Mal machte sie die Tür auf und rief mich mit einer Stimme, die ihren Spitznamen, die *Obristin*, rechtfertigte. Da ich einmal beim Bekennen bin, will ich lieber die ganze Wahrheit gestehen bis in ihre beschämendsten Einzelzeiten: ich band wieder mein Halstuch um und nahm eine jämmerliche Miene an; ich kannte ja den Nimbus, den die Krankheit für diese Frau hatte. Um mir beim Hinaufsteigen Mut zu machen, bemühte ich mich dann noch, die ganze Situation komisch zu finden, was mir aber nicht gelang.

Die Tür war offen geblieben; ich kam in eine niedrige Kammer, die nur von einer herzförmigen Öffnung im Fensterladen erhellt war. Meine Tante stand an einem breiten Bett, auf dessen rotem Bezug ihr Trauerhut groß dalag. Sie kam auf mich zu, nahm mich an der Hand und zog mich sanft, aber mit unwiderstehlicher Gewalt ans Fenster. Den Laden stieß sie mit der Faust auf. Der Regen netzte unsre Gesichter.

»Sieh mich an«, verlangte sie.

Ich gehorchte.

»Ist es wahr?« fragte sie dann in milderem Ton. Alles wäre mir lieber gewesen als die schmerzliche Resignation, die ich in ihren Augen las; Ermattung und Gram hatten dieses Gesicht gezeichnet, aber seine Züge waren dabei milder geworden. Als wollte sie mich küssen, legte sie mir beide Hände auf die Schultern und wiederholte ihre Frage mit einem Ernst, vor dem ich fast meine Fassung verlor; lange würde ich einer so geraden und rechtschaffenen Aufforderung nicht widerstehen können, das fühlte ich. Ich tat, als verstünde ich nicht, wurde aber dabei ganz rot und mußte den Kopf senken; ich bat meine Tante, mich setzen zu dürfen. Meine Schwäche war mir schrecklich; ich konnte also in keiner schwierigen Lebenslage auf mich vertrauen, und was ich zu begehen im Begriff war, würde sich vielleicht auf meine ganze Zukunft auswirken. In diesem benommenen Zustand wunderte es mich gar nicht, daß Marie-Thérèse nicht hier in der Kammer war. Ich dachte nur daran, wie ich mich aus dieser gefährlichen Lage befreien könnte. Ich hatte auf einem Kleiderkasten Platz genommen und führte mit einer verlogenen, wohl überlegten Bewegung das Taschentuch an die Lippen. Der Rat der alten Dienerin kam mir wieder in den Sinn; das war, als würde mir eine Waffe in die Hand geschoben.

Die Tante näherte sich mir wieder: »Manuel, mein Kind, wenn du dich nicht wohl fühlst, können wir diese Auseinandersetzung auf später verschieben.«

Sie ließ ein paar Sekunden verstreichen und fuhr dann mit härterer Stimme fort:

»Ich kann nicht glauben, was Marie-Thérèse mir erzählt. Wenn du wirklich mit ihr mitten in der Nacht zur Héritage gegangen bist...«

»Ich?«

Mein Erstaunen war gut gespielt; ich sah Hoffnung im Blick meiner Tante aufleuchten.

»Du warst gar nicht da oben mit meiner Tochter?«

Ich schüttelte den Kopf.

»Das ist gemein«, flüsterte sie. »Dann also...«

Das Blut stieg ihr zu Kopf. Mit einem Wutschrei ging sie quer durch die Kammer und bückte sich in dem Winkel, den Wand und Bettfuß bildeten, ins Dunkle. Es gab ein Kampfgepolter, und gleich darauf tauchte sie wieder auf und schleppte ihre Tochter am Handgelenk nach. Das Kind verdeckte sein Gesicht mit dem freien Arm und schluchzte. »Da hast du sie«, rief Frau Plasse, »schau sie dir an, Manuel! Wenn du noch nie eine Heuchlerin gesehn hast, bieten wir dir hier Gelegenheit, deine Kenntnisse zu erweitern. Diese Kleine, die immer zwischen den frommen Schwestern und in den Beichtstühlen steckt, hat nichts anderes im Kopf, als sich in den Augen der Gottesfürchtigen interessant zu machen. Bleib sitzen, Manuel, und hör mir zu. Um dem Abbé Garot eine Beichte aufzutischen, die der Mühe lohnt – rühr dich nicht, Mädchen, es nützt dir nichts –, erzählt sie ihm ganz einfach schändliche

Geschichten von dir; ich würde mich schämen, sie dir zu wiederholen. Gott allein mag wissen, woher sie erfahren hat, daß es so etwas gibt; ich werde mit der Oberin sprechen.«

Bei dieser Drohung schüttelte sie ihr Kind so heftig, daß es aufschrie; einen Augenblick tauchte Marie-Thérèses Gesicht vor mir auf: ich sehe noch ihre geschlossenen Augen und die schwarze Haarsträhne tränennaß an die Wange geklebt. Die Heftigkeit des Auftritts machte mich krank; ich war, glaube ich, drauf und dran zu sprechen, irgend etwas zu sagen, um meine Tante zu beruhigen. In meiner Erregung sah ich sie größer als sie war; sie schien die Kammer ganz auszufüllen und fast die Decke zu berühren. Fieber lief durch meine Adern. Ich mußte wieder an die Worte Leontines denken: »Sie könnten sich an nichts mehr erinnern, was in dieser Nacht geschehn ist. Das brauchten Sie der gnädigen Frau nur zu sagen...« Ich wollte schon den Rat befolgen, aber eine heimlichere, bestimmtere Stimme, die ich seither so manches Mal gehört habe, riet mir zu schweigen.

Ich war aufgestanden, nun setzte ich mich wieder. Da ich es auf mich genommen hatte, nichts zu sagen, mußte ich es nun auf mich nehmen zuzusehen, wie das Kind, das ich mit drei Worten rechtfertigen konnte, gestraft wurde. »Wenn ich ein Wort sage, bin ich verloren; wenn ich ein Wort sage, gestehe ich alles ein.« Das sprach ich mir immer wieder vor wie ein Gebet, das gab mir Kraft, mich nicht zu rühren und den Mund nicht aufzutun. Nach einer Weile wurde es mir schon leichter und dann so bequem, daß ich vor mir erschrak.

Meine Tante redete weiter, ohne den Arm ihrer Tochter, die sich schwach wehrte, loszulassen. Jetzt höre ich schon ruhiger zu, obwohl das Blut in meinen Ohren dröhnte und mein getrübter Blick immer noch dieser Frau eine Riesengestalt gab. Plötzlich hatte sie eine Erleuchtung:

»Du wirst Manuel um Verzeihung bitten!«

Bei diesen Worten stieß sie ihre Tochter auf mich zu und wiederholte ihr Gebot in triumphierendem Ton, als wäre es die Krönung ihrer Rache. Freude, aber eine entsetzliche

Freude hämmerte in meinem Herzen, als ich Marie-Thérèse herkommen sah; ich schlug die Augen nieder und faltete die Hände unter meinem Plaid, wie um die wachsende Aufregung zurückzuhalten. Mit einer Langsamkeit und einem Zögern, das meine seltsame köstliche Qual verlängerte, schritten ihre Beine (denn ich sah nichts als die) auf mich zu in ihrer gefährlichen Nacktheit. Es war mir, als gingen sie Meilen weit, um bis zu der Stelle zu kommen, an der ich saß, und doch trennten uns kaum drei Schritte. Um nichts in der Welt hätte ich meinen Blick abwenden können. In der Stille dieser langen Minute hörte ich Marie-Thérèses Schuhe knarren. Da hätte kein Beten mehr geholfen, die schlimmen Gelüste zu vertreiben; das Böse stellte sich mir mit zu mächtiger Verführung dar. Von neuem knarrten die Schuhe. Jetzt war sie vor mir.

»Auf die Knie!« befahl meine Tante.

Das Kind gehorchte. Die Knie, die ich in meinen Händen gehalten hatte, schlugen an die Steinfliesen mit einem harten und matten Geräusch: ich zitterte. Da kam Marie-Thérèses Stimme zu mir, aber kaum vernehmlich.

»Es ist nicht meine Schuld, Manuel. Ich habe es beichten müssen. Man hat mich gezwungen, Mama alles zu sagen.«

»Lauter!« rief Frau Plasse.

»Verzeih, Manuel.«

Ich wollte aufstehn und machte eine Bewegung. Hätte ich gekonnt, ich hätte geschrien. Da war es, glaube ich, meine Tante, die mich am Arm faßte und mir half, mich auf das Bett zu legen.

2

Der Rückfall war nicht schlimm und dauerte nicht lange, und so seltsam es klingen mag, er war für mich vorteilhaft, denn, wie ich schon gesagt habe, nichts flößte meiner Tante soviel Achtung ein wie ein leidender Mensch. Es wäre tatsächlich unrecht, sie für böse zu halten, die Enttäuschungen des Lebens und beständige Unpäßlichkeiten hatten sie wohl verbittert, aber es waren in ihr (das begriff ihre Tochter nicht) Abgründe von Güte. Ohne Murren ertrug sie die täglichen Kopfschmerzen, die sie ihrer Leber zuschrieb, und das geringste Unwohlsein bei einem andern erweckte in ihr bewundernswerte Triebe. Sie opferte ihre Zeit, ihre Beschäftigungen, wenn es sein mußte, ihre ganze Nacht. In ihrem Hause war der Kranke König. Die bloße Tatsache der Krankheit erhöhte ihn in den Augen meiner Tante über den Rest der Menschheit und verlieh ihm Tugenden, die er nicht besaß. Wäre ich Schriftsteller, ich würde nachweisen, welchem dunklen Willen zur Macht diese seltsame Aufopferung, diese aufdringliche Barmherzigkeit entsprach. Jedenfalls hätte sie den Obersten Plasse mehr geliebt, wenn er nicht so gesund gewesen wäre, und sie verzieh ihm nicht seinen plötzlichen Tod, denn der beraubte sie des schließlich und endlich berechtigten Glücks, ihren Gatten zu pflegen und sanft bis in die Todesstunde zu begleiten. Auch an ihrer Tochter haßte sie die blühende Gesundheit, die sie dumm fand. »Plumper Tölpel«, rief sie ihr manchmal ohne Anlaß nach, »mit ihren roten Backen und dicken Waden...« Hinterdrein gab es dann nur noch einen verzweifelten Blick, den meine arme Kusine nicht ausstehn konnte; und dabei hätte meine Tante Blut und Leben für Marie-Thérèse hergegeben, wenn dies Opfer nötig gewesen wäre.

So ergab sich also durch meine Krankheit eine in mancher Beziehung erträgliche Lage. Mir wurde weiter keine Frage gestellt, und fast eine Woche bekam ich weder Marie-Thérèse noch Leontine zu sehen; das war gut für mich, denn ich hatte nicht die Kraft, diesen beiden ins Augen zu schauen. Meine Tante nahm wieder ihren Platz an meinem Bett ein, nahm wieder ihren Rosenkranz, wieder ihr Erbauungsbuch und las es mir fast ganz vor mit langsamer dumpfer Stimme, die noch dumpfer und noch langsamer wurde, wenn vom höllischen Feuer die Rede war. Früher hätte mich diese Vorlesung aufgeregt, aber jetzt, da ich mich nach und nach von der Kirche frei machte, hörte ich ohne große Unruhe die Verheißung der entsetzlichen Strafen. Ich kam mir recht scheinheilig vor, daß ich die Vorleserin nicht unterbrach und über mich aufklärte. Zu meiner Entschuldigung wäre nötigenfalls anzuführen: meine Heuchelei war nicht absichtlich, und sie ließ sich von Stunde zu Stunde immer schwerer vermeiden. Jedem Wort unserer religiösen Unterhaltung entsprach ein neues Mißverständnis, das zu zerstreuen ich mich nicht mehr fähig fühlte, aus Furcht, eine Seele zu verletzen, die in dem Zweifel ein Verbrechen sah. Zum Unglück wurden diese Unterhaltungen immer häufiger, je mehr sich mein Zustand verbesserte. Mit einer Schamlosigkeit, die ihr nicht zum Bewußtsein kam, sprach Frau Plasse zu mir von meiner Seele, ungefähr wie ein Mann zu seiner Geliebten von ihrem Gesicht spricht. Dieser Vergleich klingt vielleicht zynisch, aber er ist zutreffend, und nicht zufällig gebe ich dabei meiner Tante die Rolle des Mannes. Die Religion lieferte ihr den Dolmetsch, dessen sie bedurfte. Erregt sprach sie zu mir von der Himmlischen Liebe, deren Gegenstand ich war, und schrieb in unbewußter Gotteslästerung alle Gefühle, die sie sich selbst nicht einzugestehen wagte, Gott zu. Der Himmel hegte mich wie ein Lieblingskind. Wer konnte wissen, ob ich nicht berufen war? Sie wunderte sich, daß ich noch nicht Gottes Stimme vernommen hatte. Sie sah mich, ich schäme mich, es zu sagen, fast schon als Heiligen. Auf all das konnte ich nichts erwidern. Sie war auf einen Irrweg geraten und schon zu weit, um eingeholt zu werden. Wider Willen mußte ich eine Rolle übernehmen, die mir befremdend und peinlich war. Und dann – ach, es fällt mir schwer, das auszusprechen – ich verachtete diese Frau, deren Tochter ich liebkost hatte und die darauf bestand, in mir einen Musterknaben zu sehen. Ironie des Schicksals: wenn sie mir von meiner Seele sprach, hatte ich immer besonders viele schlimme Gedanken.

Indessen kam ich wieder zu Kräften, mein Blut floß leichter durch die Adern, ich atmete besser. Nach fünf oder sechs Tagen schien es nicht mehr angebracht, mich das Zimmer hüten zu lassen, obgleich meine Tante Lust dazu hatte. Ich fühlte deutlich, die Genesung würde mir bei ihr schaden, und wenn ich erst wieder im Laden von Herrn Ernest arbeitete, würde sie wieder ankommen, meine Bücher durcheinanderwerfen und mir auf die Finger treten. Aber es erwarteten mich noch andre Schwierigkeiten.

Welche Haltung hatte ich Marie-Thérèse gegenüber einzunehmen? Dies Problem ward dank der unglaublichen Sorglosigkeit meiner Kusine rasch gelöst; sie schien sich an nichts mehr zu erinnern und fing gleich am ersten Abend, den ich zu Tische erschien, wieder mit ihren Neckereien an. Sie zwinkerte mir zu, wenn ihre Mutter sich abwandte, um Leontine zu rufen, und ging in ihrer seltsamen Keckheit so weit, mir wie früher Stöße unterm Tisch zu versetzen. Da fragte ich mich, ob Frau Plasse nicht doch am Ende recht hatte, sie für idiotisch oder wenigstens sehr einfältig zu halten.

Am selben Abend wurde mir zur Zeit des Kräutertees von Leontine geheimnisvoll ein Brief überbracht. Ich hatte wieder meinen gewohnten Platz am Kamin eingenommen und blätterte in meinem Renan, da machte die Alte, nachdem sie der gnädigen Frau ihren Tee hingestellt hatte, beim Hinausgehen einen Umweg und zeigte mir in ihrer Schürze den Briefumschlag. Gewandt griff ich danach und machte ihn geräuschlos auf. Ich erkannte die Schrift, die ein Hohn auf die gerade Linie war; die ganze untere Seite war ein Wortzusammenstoß.

»Mein Junge«, hieß es in dem Brief, »möchte nun wissen, wann das ein Ende nimmt, zum Teufel auch, das sind ja bald vierzehn Tage, daß der Laden nicht ausgefegt ist (ich verbessere die Orthographie). Du hast deinen Käse in der Schublade gelassen, da sind natürlich die Ratten drüber gekommen, zwei habe ich mit dem Besen erschlagen, das hat großen Schaden gegeben, werde es dir erklären, erstens das Schaufenster, ich hab das Loch mit einer Zeitung verstopft, und dann die Lampe, die ich ersetzen mußte; das macht nichts, ich zieh es dir von deinem Monat ab, außer den vierzehn Tagen, die du nicht erschienen bist. Dann sind die beiden Fräuleins vom

Steuereinnehmer dagewesen und haben ein Buch von mir verlangt, wo ich nie von gehört habe. ›Wie?‹ haben sie da gesagt. ›Sie sind wohl nie auf Schule gegangen, Herr Ernest? Sie sollten nicht Bücher verkaufen, sondern Heringe.‹ Ich habe nicht geantwortet wegen des Vaters, aber all das wäre nicht passiert, wenn du da gewesen wärst, Junge, und du sollst mir's büßen.«

Ich legte das *Leben Jesu*, in das ich den Brief geschoben hatte, auf die Knie. Wo war, dachte ich kleinmütig, die wunderbare Verachtung Christi für die, die ihn bedrohten? Da brauchte einer nur ein paar Zeilen quer über ein weinbeflecktes Stück Papier zu schreiben, und ich bekam es mit der Angst.

»Du stellst dir wohl vor«, ging der Brief weiter, »daß der *Petit Parisien* und der *Eclaireur Auvergnat* ganz von allein zu den Kunden fliegen. Ich habe Beschwerden bekommen. Der General von den Zweiundvierzigern ist dagewesen und hat mit der Reitpeitsche auf den Ladentisch gehauen. Ich habe nichts gesagt wegen meiner politischen Überzeugungen; kannst dir denken, daß ich keiner von denen bin, die sich mit einem Säbelrassler einlassen. Ehre, wem Ehre gebührt! Aber das ist alles deine Schuld...«

Es ging noch eine Seite weiter, auf der mein Chef seinem Zorn in den gemeinsten Worten Luft machte. Einen Augenblick hatte ich Lust, den Brief Frau Plasse zu zeigen und zu sagen: »Sehen Sie, liebe Tante, bei solch einem Rohling lassen Sie mich ruhig arbeiten...« Aber ich war zu stolz, um mich zu beklagen.

Am nächsten Morgen um sechs Uhr ging ich über den noch leeren Marktplatz und trat in den Laden ein. Unsagbare Gerüche stiegen mir in die Nase, die Tür zum Abort war wie gewöhnlich offen geblieben. Ich wollte sie schließen oder doch versuchen, sie zu schließen, dann ging ich wieder aus dem Laden hinaus, setzte mich auf die Steinstufe und stützte den Kopf in die Hände. »Was hätte«, fragte ich mich verzweifelt, »des Menschen Sohn unter dergleichen Umständen getan?« Fast hätte ich geweint, aber dazu war ich zu stolz. Ich ging

wieder hinein, holte meinen Besen von hinten, fegte den Fußboden und versuchte dabei den Atem anzuhalten.

Nach einer Weile fiel mir ein Pack Bücher vor die Füße, und
der Briefträger begrüßte spöttisch das »Fräulein«. Dann kam
der Milchmann dran, ein hübscher Bursche, frech und albern,
den mein natürlicher Ernst zu den verletzendsten Ausfällen
reizte. Ich habe nie verstehen können, warum er mich nicht
leiden konnte, ich hatte ihm doch nichts getan. »Herr Pfarrer«, rief er mir zu, und seine Stimme hallte wider unter den
langen Arkaden des Platzes; man kann sich nicht vorstellen,
wie mich dieser Spitzname quälte. Es war, als ob er nicht nur
jeden Tag von neuem mein körperliches Aussehen verhöhnte,
sondern etwas Tieferes, Verborgenes, das dieser rohe Bursche
witterte. Diesen Morgen tat er sehr erfreut, mich wiederzusehen, und fragte, wo ich so lange gewesen wäre. »Zu Hause«,
antwortete ich sanft. »Du willst sagen, bei den *Wanzen*.« So
nannte man bei uns die Zöglinge des Priesterseminars. Ergeben nahm ich die Milchflasche, die er abgesetzt hatte, und
ging durch den Laden nach hinten, da rief er mich zurück. Wider Willen kehrte ich um. An der Tür gelehnt, kreuzte er seine
nackten, unverschämt kräftigen Arme über die Brust, sah
mich erst groß an und schnitt mir dann eine widerliche Fratze.

Danach hatte ich bis sieben Uhr mit Herrn Ernests erstem
Frühstück zu tun. Im Halbdunkel des Hinterraums überwachte ich den Spirituskocher und gab mir Mühe, an nichts
zu denken als an die blaue Flamme, die ein leichter Zugwind
von einer Seite auf die andre wehte. Ein dumpfes Schweigen
lastete auf dem Hause, aber draußen erwachte die Stadt; von
einer entfernten Straße kam das Geklirr der Müllkästen, die
übers Pflaster geschoben wurden, und ich weiß noch, wie
schön mir in der Morgenfrische und trotz meiner Traurigkeit
dies Eisengeräusch vorkam.

Als die Uhr schlug, ging ich, ich muß schon sagen, schweren Herzens hinauf, in der einen Hand den Milchnapf, in der
andern die Kaffeekanne.

Das Zimmer von Herrn Ernest war klein, das Bett füllte ein

Drittel aus, und wenn ich die Hand hochhob, kam ich bis an die Deckenbalken. Nie konnte man die Tür aufmachen, ohne an ein Küchenmöbel zu stoßen, das als Kommode diente, darauf war die schmutzige Wäsche meines Chefs hingeworfen. Der Steinfußboden war nackt. Postkarten, von denen die meisten mir sehr ›frei‹ vorkamen, schmückten die Gipswand bis zu halber Höhe. Herr Ernest war stolz auf diese Sammlung, die er, wie er mir einmal sagte, schon bevor ich auf die Welt kam, begonnen hatte. Über seinem Bett hingen farbige Photographien, die schönsten und seltensten waren in Fächerform angeordnet, sie stammten aus den Kolonien und dem Ausland, während die anderen, gewöhnlicheren, bei uns zu Lande zu kaufen waren.

Als ich eintrat, sah ich, Herr Ernest hatte den roten Vorhang vors Fenster gezogen und schlummerte noch in rosigem Halbdunkel. Muß ich hinzufügen, daß kein Hauch frischer Luft seit gestern in diesen Raum gedrungen war? Der Magen drehte sich mir um vor Ekel. Wie konnte ein menschliches Wesen in solch einer Höhle leben? Die Ausdünstungen im Hinterraum des Ladens waren nicht so widerlich wie der Geruch, der hier herrschte. Als ich die Kanne und den Topf absetzte, glaubte ich, mir würde schlecht werden.

Inzwischen wachte mein Chef auf. Ich möchte hier ein genaues Bild von ihm geben, ihn so sehen, wie ihn alle Tage gleichgültige Leute sahen, ohne Groll, Abscheu und Zorn, ohne meine Galle in die Farben zu mischen. In den Augen unserer Kundschaft war Herr Ernest ein schöner Mann. Weit über mittelgroß, bot er angezogen einen recht imposanten Anblick, zumal er sich wenig bewegte. Bald stand er auf der Schwelle und senkte das Kinn, wenn ein Bekannter ihn grüßte, bald saß er an der Kasse, die Hände gefaltet, den Rücken rund und die Schenkel weit auseinander, und überwachte den Raum, der vor ihm lag, mit starrem Blick, wobei er schließlich in eine Art Betäubung verfiel. Nach den Mahlzeiten bekam seine Unbeweglichkeit manchmal etwas Erschreckendes; ich wage nicht auszusprechen, was ich dabei hoffte, aber es wird später immer noch Zeit sein, darauf zurückzukommen. Zur Zeit dieses Berichtes näherte er sich den Fünfzigern, und noch war keine Runzel auf seiner Stirn zu sehen, und sein in Bürstenform geschnittenes Haar fing nur über den breiten Ohren an, etwas grau zu werden. Backen von unanständigem Umfang hoben den Mund hervor, der klein und von einem kurzen militärischen Schnurrbart gekrönt war. Wie ich kleidete er sich schwarz, aber mit dem Unterschied, daß er nie einen Kragen umhatte und sein Rock immer mit Flecken übersät war. Zur Abrundung dieses so ähnlich, so gerecht und so maßvoll wie möglich entworfenen Bildes möchte ich noch eins hinzufügen: sein ganzer Tag war eine lange Verdauung, er aß zu jeder Zeit, und seiner Gesichtsfarbe waren die beständigen Anstrengungen eines überladenen Magens anzumerken. Manchmal aber war in den geschwollenen, geröteten Fleischmassen dieses armen Menschengesichts eine plötzliche Angst zu lesen; dann erriet ich, das Schweinefleisch, die Radieschen oder die Kartoffeln wollten nicht ›rutschen‹. Es folgten Seufzer und Grimassen, vor denen ich in den Hinterraum flüchtete, denn ich konnte dies Schauspiel nicht aushalten; ich genierte mich, ich hielt mir die Ohren zu, um nicht die Fußtritte zu hören, die mein Chef dem Untersatz des Kassentisches gab. Dann ging diese Krise vorüber wie so viele andere, und Herr Ernest holte aus einer Schublade der Kasse einen in eine Zeitung eingewickelten Rest kaltes Fleisch oder Wurstscheiben und schlang sie mit vorgehaltenem Ellbogen hinunter.

Als er hörte, ich war im Zimmer, machte er die Augen auf und sah mich lange an, ohne etwas zu sagen. Ich will mich aber nicht länger bei dem Auftritt, der nun stattfand, aufhalten; er gehört zu den Erinnerungen, die ich am schlechtesten unterdrücken kann. Genug, mein Chef ließ seine unwürdige Wut an mir aus, eine Wut, die ihre Worte im Kot suchte und mir mit ekelerregendem Atem ins Gesicht fauchte. Ich war bis an die Wand vor diesem Menschen, der im Hemd auf mich zukam, zurückgewichen, ich biß die Zähne zusammen und versuchte vergebens, mir klar zu machen, daß diese Situation et-was Komisches hatte; irgendwo hatte ich gelesen, etwas Sinn für Komik gebe den Schwächsten Mut, aber mir mangelte es an diesem Morgen gänzlich an Ironie. Mit geschlossenen Augen erwartete ich, daß Herr Ernest mich schlüge. Das tat er nicht, er fürchtete vermutlich, das würde mich zum Äußersten treiben, und ich würde für immer fortgehen. So schimpfte er denn weiter und zog sich dabei an. Nun fange ich doch an, ausführlich zu erzählen, was ich vergessen wollte, aber die Roheit dieses Menschen hatte etwas Fesselndes und fesselt mich noch. Kaum hatte er seine Hose übergestreift und seine Stiefel geschnürt, so unterstrich er jeden Satz mit einem Fußtritt gegen den Stuhl. Es war, als schöpfe er aus dieser Freiübung neue Willenskraft, und das kleine Möbel, dessen Querstangen kaum noch hielten, wurde von einem Ende des Zimmers ans andere befördert, bis Herr Ernest alles gesagt hatte, was er zu sagen hatte.

In dieser Zeit führte ich ein Tagebuch, das mir später dazu gedient hat, gewisse Teile dieses Berichts zu schreiben. Ich bedeckte die Seiten kleiner Groschenhefte mit winziger Schrift, die man nur mit Hilfe einer Lupe entziffern konnte. Aus Vorsicht versteckte ich diese Zeugen meines geheimen Lebens hinter den fünf Bänden von Racines Dramen, die niemals jemand herausnahm. Ich werde noch davon zu sprechen haben, was für ein Trost mir diese Selbstprüfung, dieser peinlich genaue Bericht meiner täglichen Erlebnisse wurde. Als ich Herrn Ernest, der sich über sein Essen hermachte, verließ, hatte ich nichts Eiligeres zu tun, als mein Tagebuch hervorzuholen. Das war mein übliches Heilmittel in Stunden der Verzweiflung. Ich setzte mich in den Raum hinterm Laden und verzeichnete bis ins einzelnste den Auftritt, den ich soeben erlebt hatte, ich vergaß keine Beleidigung, die Herr Ernest mir an den Kopf geworfen hatte, und nach und nach schrieb meine erst zitternde Hand gerade, und mein Herz klopfte nicht mehr so heftig. Aus Genauigkeit und um auch diesen Kummer loszuwerden, griff ich noch weiter zurück und kam auf den unverschämten Milchjungen zu sprechen, der mich eine ›Wanze‹ genannt hatte. Auf diese Weise verloren die Erniedrigungen, die mir das Schicksal auferlegte, etwas von ihrer Bitterkeit. Zwar befestigte ich durch solche Herzenserleichterungen die Erinnerung an alle Kränkungen und wollte doch in mir die Verachtung der Welt und ihrer Schlechtigkeit pflegen, aber die Lösung dieses Problems verschob ich auf später, stand auf, lief an die Tür des Ladens und sah nach dem Wetter. Hellblauer Himmel verkündete einen warmen Tag. Über den grauen Häusern rund um den Platz ragte die unförmige Ruine des sogenannten Cäsarentums, die gewöhnlich einer erloschenen Kohle glich, heute aber von der Sonne, die sie verbarg, einen hellen Rand bekam. Dieser Anblick stimmte mich fast heiter. Ich ging wieder in den Hinterraum, notierte die Stunde und das Wetter und tat mein Tagebuch in sein Versteck zurück.

Mein Leben nahm wieder seinen gewohnten Gang. Ich mußte die Neugier der Kunden befriedigen, die alle den Grund meiner Abwesenheit wissen wollten; mehrere glaubten nicht an meine Krankheit und sagten es mir offen, worin sie von Herrn Ernest unterstützt wurden, der mich einen Schwindler nannte. Ich bin immer den meisten Leuten, die das Leben mir in den Weg gestellt hat, unsympathisch gewesen. Man liebt mich nicht, das ist nun einmal so. Es muß in meinem Gesicht etwas Abstoßendes sein. Meine Häßlichkeit verdrießt manche Leute, besonders Männer, mit den Frauen ist besser auszukommen. Aber lassen wir das.

Am Abend brachte Marie-Thérèse mir wie früher meine Limonade. Als das Mädchen trällernd um mich herumsprang, fragte ich mich, ob sie mich vielleicht reizen wollte. Ich versuchte mit ihr zu sprechen; allein, sie lachte nur immer, und es schien nicht möglich, sie in eine ernsthafte Unterhaltung zu ziehn. Selbst beim Essen unter den Augen ihrer Mutter, die nie lachte, fand Marie-Thérèse in allem Anlaß zur Fröhlichkeit. Dieser Übermut verwirrte mich, ich mußte den ganzen Abend darüber nachdenken. Ich mutmaßte, wie man dies bewegliche Wesen beherrschen, es mit Geduld und Sanftmut fesseln könnte, etwa wie man ein Reh zähmt; denn an ein Geschöpf dieser Art erinnerte sie mich manchmal, das scheu und dabei wohlbeschaffen und harmlos ist.

Wohin war mein Entschluß, nicht mehr an sie zu denken, entschwunden? Auf meinem gewohnten Platz sitzend, mein Buch in den Händen, sah ich ihr zu, wie sie müßig auf und ab ging und nichts anzufangen wußte mit ihrer Zeit und mit sich selbst, mit dem, was ihre Mutter »ihren großen dummen Leib« nannte. Seltsam, dieser Ausdruck erregte mich. Ich wurde rot, wenn Frau Plasse in Augenblicken der Ungeduld ihn auf ihre Tochter anwandte; ich hoffte immer, sie werde es unterlassen, aber wenn sie es tat, war ich entzückt und leise verletzt. Mir war, als würden beim Aussprechen dieser Worte Marie-Thérèse die Kleider abgerissen und der Leib, den sie betrafen, erschiene plötzlich. Eines Abends, erinnere ich mich, vertrieb sie sich die Langweile, indem sie sich auf jeden der Lederstühle setzte, die die Wand entlang standen, und ob ich wollte oder nicht, ich mußte diesem geheimnisvollen Kleinmädchenspiel zuschauen: sie nahm auf einem Stuhl Platz, sprach mit sich allein, zählte an den Fingern, lächelte, setzte sich dann auf den nächsten Stuhl und begann von neuem die stumme Komödie. Als sie mir gegenüber anlangte, was unvermeidlich kommen mußte, bemerkte sie, daß ich sie betrachtete, und fing an, verlegen mit den Beinen zu schaukeln. Ich mußte krampfhaft lächeln, als ich die Beine sah, die nicht mehr anzuschauen ich mir doch vorgenommen hatte. Was ich in diesem Augenblicke durchmachte, läßt sich nicht beschreiben, ich glaubte mich verloren.

»Tante«, sagte ich unvermittelt, »Soll ich Ihnen vorlesen?« Das war mir nur so durch den Kopf gegangen, aber Frau Plasse, die die Maschen ihrer Häkelarbeit zählte, fand meinen Einfall ausgezeichnet und schickte ihre Tochter, das Erbauungsbuch aus meinem Zimmer zu holen. Wir blieben ein paar Minuten allein. Ich atmete auf.

»Es kommt mir vor, als ob Marie-Thérèse etwas gewachsen ist«, sagte ich und setzte mich an den Tisch.

Noch heute frage ich mich, warum ich diese Worte aussprach; vielleicht aus Lust an der Gefahr oder damit die Tante von dem »großen dummen Leib« ihrer Tochter spreche.

»Das will ich nicht hoffen«, antwortete Frau Plasse ärgerlich. »Sie ist schon groß genug.«

Sie netzte die Lippen an ihrer Tasse Kräutertee.

»Sie finden sie so groß?« beharrte ich mit verwunderter Miene und faltete meine Hände auf dem olivengrünen Tischbezug.

»Groß für ihr Alter, jawohl.«

Ich begriff, sie würde *es* nicht sagen, und verhielt mich ruhig, bis Marie-Thérèse zurückkam.

»Lies uns die Gedanken über das Fegefeuer«, sagte meine Tante, ohne von ihren Nadeln aufzublicken.

Ich räusperte mich, schob einen Finger in meinen Kragen und begann. Meine Kusine saß auf einem Hocker fast zu meinen Füßen und hob die Augen zu mir empor. Von Zeit zu Zeit legte Frau Plasse ihre Arbeit hin und heftete auf den Vorleser einen tiefen Blick. Beide hörten mir mit andächtigem Schweigen zu.

3

Mehrmals in der Woche erhielten die *Manen des großen Corneille* den Besuch von Fräulein Berthe, der Schwester meines Chefs, die am anderen Ufer des Flusses allein lebte. Das war eine unscheinbare, etwas unbeholfene Person. Sie mochte vierzig Jahre alt sein. Geredet wurde nicht über sie, und ich hielt sie für unbedeutend. Still und klein ging sie im Laden umher, sah alles genau an, brachte aber nichts in Unordnung. Ihr Bruder sprach wenig mit ihr und war offenbar nie sehr erfreut über ihre Gegenwart; er tat, als verstünde er nicht, wenn sie ihm eine Frage stellte; wobei man allerdings zugeben muß, daß sie sich oft etwas unbestimmt ausdrückte und selten ihre Stimme zu normaler Höhe erhob. Gewöhnlich war sie dunkelblau gekleidet; über den Hüften schweifte ihr Jackett aus, um den Hals trug sie einen Fuchs, und ihr Schädel stak tief in einem Glockenhut, der ihr Nacken, Ohren und Stirn verdeckte. Sobald die Aufmerksamkeit sich auf sie richtete, wandte sie den Kopf heftig, aber nicht unliebenswürdig ab. Sie hatte magere Wangen und eine winzige Nase, den unteren Teil des Gesichts entstellte ein fliehendes Kinn. Manchmal schien es mir, als habe sie sich geschminkt, bevor sie zu uns kam, aber es war so dunkel im Laden und so schwierig, Fräulein Berthe genauer anzusehen, daß man es schwer beurteilen konnte. Sie sprach nicht mit mir und sah mich nicht an, obwohl sie mich seit acht Jahren kannte, aber wenn sie mich husten hörte, bot sie mir, ohne ein Wort zu sagen, aus einer Büchse, die sie immer in ihrer Handtasche hatte, eine Lakritzenpastille an. Ihr Bruder sagte mir gelegentlich, sie habe früher studiert, um Lehrerin zu werden, und habe sich den Namen für die Buchhandlung ausgedacht.

Sie ließ sich nicht anmerken, ob sie zufrieden oder unzufrieden war, mich wieder im Laden zu sehen, und erkundigte sich nicht nach den Gründen, die mich ferngehalten hatten, aber es fiel mir auf, daß sie seit meiner Rückkehr häufiger kam. Einmal erschien sie am frühen Morgen. Herr Ernest schlief noch. Wir waren allein. Nachdem sie etwas unentschlossen das eine und das andere Buch aufgeschlagen hatte, kam sie auf mich zu und hielt mir ihre Lakritzenbüchse hin. »Nehmen Sie«, flüsterte sie. »Das ist zu jeder Jahreszeit gut.« Bei diesen Worten heftete sie auf mich einen scharfen Blick, und innerlich mußte ich ihre feuchtschwarzen Augäpfel mit den Pastillen vergleichen, die sie unter meiner Nase in der Büchse schüttelte.

»Nehmen Sie doch, Herr Manuel.«

Ich gehorchte. Sie selbst nahm mehrere Pastillen in den Mund und lutschte sie, ohne mich aus den Augen zu lassen, dann sagte sie mir dicht ins Gesicht:

»Sie sind krank. Sie müssen sich pflegen.«

Ich zuckte die Schultern.

»Doch, doch«, fuhr sie mit tiefer rascher Stimme fort, und ich bekam den Apothekengeruch ihres Atems ins Gesicht. »Sie müssen zum Arzt gehn. Ich kenne einen. Sie werden gleich auf meine Empfehlung hingehn.«

Ihr Ernst erschreckte mich. Es war, als hätte sie nur deshalb jahrelang im Laden herumgespürt, um eine Gelegenheit zu ergreifen, mir das zu sagen. Ich wich bis zu den Bücherregalen zurück und preßte meine feuchten Hände dagegen.

»Herr Ernest will nicht, daß ich den Laden verlasse«, stammelte ich. »Und dann, ich bin nicht krank, Sie täuschen sich.«

»Herrn Ernest nehme ich auf mich. Um aber alle Schwierigkeiten zu vermeiden, gehn Sie gleich hin. Es ist rue de l'Entrepôt, Nr. 17, Doktor Blard. Er weiß schon Bescheid, aber vergessen Sie nicht zu sagen, daß ich Sie geschickt habe, sonst läßt man Sie bis zur Sprechstunde waren.«

Überraschung und Besorgnis nahmen mir die Kraft zu antworten, ich rührte mich nicht, während Fräulein Berthe sich über den Tisch mit den Neuerscheinungen beugte. Nach ein paar Sekunden hob sie den Kopf.

»Noch da?« flüsterte sie. »So gehn Sie doch, lieber Freund. Sie haben keine Zeit zu verlieren. Ich werde mich um die Kunden kümmern, wenn einer kommt. Haben Sie keine Sorge, ich weiß mit Büchern Bescheid.«

Sie nahm meinen Hut, den ich auf einen Stuhl gelegt hatte, und setzte ihn mir auf.

»Ach so«, meinte sie plötzlich, »ich habe vergessen ... Um das Honorar brauchen Sie sich nicht zu kümmern.«

»Aber gnädiges Fräulein...«

»Schnell, gehn Sie...«

Und sie schob mich hinaus. Als ich draußen ein paar Schritte getan hatte, rief sie mich leise. Sie stand auf den Stufen, eine Hand am Türrahmen, und hob, Lehrerin, die sie im Herzen war, den Zeigefinger:

»Aber nicht laufen!«

Folgsam ging ich, wohin mich Fräulein Berthe schickte, glücklich wie immer, wenn ich einem Willen gehorchen konnte, der stärker als meiner war. Doktor Blard bewohnte am andern Ende der Stadt ein kleines gediegenes Haus, nah bei der Eisenbahn gelegen. Man überschritt den Viadukt, die Landstraße und kam in einen schmalen Garten, der nach Heliotrop roch. Eine Bäuerin in schwarzem Kopftuch führte mich in den Salon hinauf und schloß die Tür hinter mir; ich wartete. Ich blätterte in alten Nummern der *Illustration*, die den Tisch von vergoldetem Holz bedeckten; wie ein Kind probierte ich die Sessel mit den gewundenen Armlehnen, dann betrachtete ich mich im Spiegel, der so schräg hing, daß ich mich bis zu den Fußspitzen sehen konnte, und da ich mich weder magerer noch blasser als gewöhnlich fand, fragte ich mich, warum ich hier war. Wohl sah ich schlecht aus, aber von Jugend an bekam ich alle Tage zu hören, ich sähe schlecht aus. Warum beunruhigte man mich? Was mir an diesem Morgen vor allem auffiel, war meine Häßlichkeit. Die Häßlichkeit eines Intellektuellen, dachte ich bei mir. Eine volle Viertelstunde verging.

Als ich in das Sprechzimmer des Doktors trat, war ich ganz eingeschüchtert, ich konnte die Fragen, die er mir stellte, nicht verstehen. Er war ein großer, kahlköpfiger alter Mann, er hielt sich etwas gebückt und trug einen altmodischen Gehrock. Er lächelte gütig und sprach von meinem Vater, den er einstmals behandelt hatte. Ich hatte die wunderliche Vorstellung, der Verstorbene käme in das Zimmer und gesellte sich zu uns, vorgebeugt und mit sorgenvoller Miene, unterm Arm hatte er eine Kaninchenpastete für Herrn Ernest. Beim Plaudern machte der Doktor einen Knopf an meiner Weste auf, und mechanisch fuhr ich fort, zog die Jacke, das Hemd und den Flanell aus, und schließlich ließ ich den armen Körper sehen, dessen ich mich schämte.

Wie schön war es an diesem Tag! Während der Alte sein kaltes Ohr an meinen Rücken legte, sah ich zum Fenster hinaus auf die großen Ulmen, deren Blätter in der Sonne glitzerten, auf die Allee, die eine lange Rasenfläche teilte und an einem Bach entlang zum Walde führte. Mein Herz schlug; ich hatte

Angst, ich begriff nicht, warum der Doktor so lange den Atem in meinen Lungen belauschte; jetzt wanderte sein Kopf auf meiner Brust nach rechts und nach links, sein glänzender Schädel, der nach Kölnisch Wasser roch, blieb einen Augenblick haften und rückte dann plötzlich weiter, als wäre er jemandem auf der Spur, einem Dieb, der sich von einer Stelle zur andern flüchtete. Ich sah auf die Wipfel der Bäume, die sanft in Wind und Licht herübergrüßten, ich gab mir Mühe, nicht zu schwitzen, nicht Fieber zu haben, aber der Schweiß rann mir unter den Armen. Ich zeigte mich folgsam, ich atmete so tief, wie der Doktor wünschte, ich zählte so oft, wie er wollte, ich hustete.

Als ich mich wieder angezogen hatte, hielt der Alte mir eine kleine Rede, in der Verlegenheit und, wie ich glaube, eine große Traurigkeit durchklang. Er klopfte mir ein bißchen auf die Schulter und sprach mir Mut und Geduld zu. Ich hörte diese unbestimmten Wendungen, ohne ihren Sinn zu erfassen. Stumm vor Schreck, betrachtete ich diesen Mann, der mir mit seinen blauen bekümmerten Augen zuzulächeln versuchte; hätte er nicht so vornehm ausgesehen mit seinem weißen Bart und seinem Gehrock, ich hätte ihn vielleicht ausgefragt, aber dazu fehlte es mir an Mut. Und dann hatte ich im innersten Herzen Angst, zuviel zu erfahren und Worte zu hören, besonders ein Wort . . . Dieses Wort sprach er aus.

Draußen machte ich ein paar irre Schritte auf der Landstraße, mein Rezept in der Hand, die Wangen naß. Durch meine Tränen sah ich den Umriß der Häuser zittern: Schiffbruch zu erleiden in so jungen Jahren – es ist nicht möglich. Daß dies schon meine letzten Lebensjahre sein sollen – es kann nicht sein. Nachdem ich mich der Rührung über mein eigenes Schicksal genügend hingegeben hatte, beruhigte ich mich etwas, verließ die Landstraße und ging auf die Ulmen zu, die ich vorhin aus dem Fenster betrachtet hatte. Ich knüllte zwischen den Fingern das Taschentuch, mit dem ich immer meine feuchten Handflächen trocknete, und dachte nach. Man hatte mir nicht gesagt, ich müsse sterben. Im Gegenteil, der Doktor hatte von Heilung, von Hoffnung gesprochen; worauf allerdings meine bessere Einsicht antwortete: im Mund eines Arztes konnte das Wort Hoffnung nur Unheil verkünden. Von Hoffnung spricht man nur zu einem gefährdeten Menschen. Von Hoffnung spricht man, wenn es zum Verzweifeln ist.

Statt umzukehren, ging ich über den Rasen auf den Wald zu. So viele Vögel sangen in den Bäumen: ich mußte ihnen zuhören. Ich ging weiter; hier und da zerriß die Sonne das Halbdunkel und traf das Wasser des Baches, über dem Insekten tanzten. Ich versuchte mich für dies Schauspiel zu interessieren, seine Schönheit zu würdigen, aber ich konnte die Schwester meines Chefs nicht warten lassen; ich kehrte um. Praktische Fragen blieben: zunächst Fräulein Berthe die Auslagen zurückerstatten; das wollte ich tun, sobald ich mein Monatsgehalt bekommen würde. Dann Herrn Ernest ankündigen, daß ich ihn verlassen würde, da der Doktor mir sechs Monate lang jede Arbeit untersagt hatte. Zum ersten Mal in meinem Leben konnte ich also zu Herrn Ernest sprechen, wie es mir beliebte. Meine Stunde war gekommen, eine recht düstere Stunde, aber sie kam, sie war da, das machte mich seltsam glücklich mitten in der tiefsten Herzensnot, die ich je erlebt habe. Mein Leben würde anders werden. War es nicht, als erwache auf meinem Sterbebett mein Herz, um beim Klang dieser Worte neu zu schlagen? Ich wußte nicht, was mit mir geschehen noch wovon ich leben würde, wenn ich die Buchhandlung verließ, noch ob ich überhaupt leben würde, allein der Gedanke, daß ein Zustand beseitigt war, um einem andern Platz zu machen, mischte Freude in die bitterste Angst.

Als ich mich der Buchhandlung näherte, überkam mich wieder das alte Grauen vor Herrn Ernest. – »Aber was habe ich denn noch zu fürchten? Verurteilt bin ich sowieso!« – Es war, als hätte ich eine neue Seele bekommen. Ein Element verschwand aus meiner Welt: die Angst. Die Wahrheit zu gestehen, ich war dabei nicht ganz aufrichtig, ich glaubte mich noch nicht verloren, aber in der Wirrnis dieser letzten Stunde war mir jeder Gedanke willkommen, der mich ein wenig begeisterte. Ich konnte nur in einem gewissen Grade von Fieber leben.

Ich trat ein, stellte mich ziemlich ruhig und sogar kalt. Ohne den Hut abzunehmen, ging ich am Kassentisch vorbei, an dem Herr Ernest verwundert gaffte, und begab mich in den Hinterraum, um die paar Bücher, die mir gehörten, zusammenzupacken. Fräulein Berthe tauchte aus dem Dunkel auf.

»Nun?« fragte sie leise.

»Ich war bei dem Doktor, gnädiges Fräulein.«

»Ah! Gut.«

»Gut ist gut gesagt«, erwiderte ich bitter. »Aber Sie hatten recht, mich zu ihm zu schicken. Ich danke Ihnen.«

Als ich ihr die Diagnose mitgeteilt hatte, drückte sie mir sanft den Arm. »Wir wollen hierin den ersten Schritt zur Heilung sehen«, sagte sie und hatte dabei ein Lächeln, das sie in meinen Augen fast schön machte.

Nunmehr galt es, Herrn Ernest zu erklären, was er nicht begreifen wollte, das war eine undankbare Aufgabe; während wir miteinander sprachen, hatte er die ganze Zeit unaufhörlich mit der Faust auf seinen Kassentisch gehämmert: ein kindisches Benehmen, ich schämte mich für ihn.

»Er hat nicht das Recht«, sagte er immer wieder. »Ich sage euch, er hat nicht das Recht.«

»Schweig doch, du dummer Kerl.« Seine Schwester erschien plötzlich vor dem Kassentisch.

Er hielt inne, und sah sie verwundert an; sie imponierte ihm als gebildete Frau, die ihre Examen glänzend bestanden hatte, aber eben deshalb konnte er sie nicht leiden.

»Wer wird sich um den Laden kümmern?« fragte er.

»Du wirst einen Stellvertreter finden.«

»Einen Stellvertreter!« brummte er und versetzte dem Kassentisch einen Fußtritt. »Wo, zum Teufel, soll ich denn einen Stellvertreter finden? Manuel ist mir von seinem Vater anvertraut worden, damit ich ihm einen Beruf beibringe. Er hat nicht das Recht, wegzugehen, er hat nicht das Recht. Er ist nicht kränker als ich. Ein Schwindler ist er!«

Fräulein Berthe winkte mir, ich solle mich beeilen, dann wandte sie sich wieder zu ihrem Bruder und bot ihm eine Lakritzenpastille an. Die paar Gegenstände, die mein ganzes Hab und Gut auf Erden ausmachten, waren bald in ein Stück schwarze Leinwand gepackt; auch vergaß ich nicht, meine drei Hefte hinter den Racines vorzuholen. Eine ungewöhnliche Munterkeit überkam mich mit einem Mal, und ich vergaß meine Krankheit ganz; die Wut meines Chefs war mir ein äußerst angenehmes Schauspiel. Der kam gewiß um vor Gier, mich zu prügeln, und nur die Gegenwart seiner Schwester hinderte ihn, sich auf mich zu stürzen. Mein Bündel in der Hand und den Strohhut auf dem Kopf, hätte ich ihm nun gern noch etwas recht Ironisches gesagt, nicht aus Rachsucht – ich verachte die Rache –, sondern um meinem Tyrannen Trotz zu bieten und mich in meinen eigenen Augen zu rehabilitieren. Leider fiel mir nichts Scharfes und Geistreiches ein.

»Worauf warten Sie noch?« flüsterte Fräulein Berthe. »Gehn Sie!«

»Manuel, du bist ein Elender«, sagte Herr Ernest. Er spuckte die Pastille, die ihn am Sprechen hinderte, aus und stand auf. »Fünf Jahre lang habe ich dich ernährt. Du hast nicht das Recht, du hast nicht das Recht, verstehst du?«

Jetzt war der Augenblick gekommen zu sprechen, zu zeigen, daß ich ein Mann war. Auf der Schwelle des Ladens stehend, fing ich an:

»Herr Ernest, fünf Jahre lang bin ich Ihr Sklave gewesen, ja, Ihr Sklave und weiter nichts; fünf Jahre lang haben Sie ... habe ich ...«

Tränen der Wut stiegen mir in die Stimme, ich stampfte mit dem Fuß auf.

»Wollen Sie endlich gehn!« rief Fräulein Berthe und drängte mich fort.

»Ich verbiete dir, die Schwelle zu überschreiten!« schrie mein Chef.

Diesen Befehl zu übertreten, war mir eine Freude, die mich darüber tröstete, vorhin meinen Pfeil nicht abgeschossen zu haben. Draußen hatten sich, durch den Lärm angelockt, die Leute schon angesammelt; meine Stirn war fieberrot, ich mußte mich durch eine Gruppe Neugieriger, die mir den Weg versperrte, drängen, ich kam unter die Arkaden. Als ich mich umdrehte, sah ich Herrn Ernest auf der obersten Stufe vor dem Laden; er ballte über die Menge hin gegen mich die Faust und schrie:

»Schwindler! Ich schmeiße dich raus, verstanden, du Schwindler?«

Und ob ich ihn verstand! Seine Stimme folgte mir bis in die kleine gelbe Straßenbahn, die mich forttrug zu meiner Tante.

4

Es war mir peinlich, daß ich in meiner Aufregung vergessen hatte, Fräulein Berthe auf Wiedersehen zu sagen, und ich nahm mir vor, ihr zu schreiben. Ein anderes, nicht minder schweres Versäumnis: ich hatte nicht daran gedacht, das Monatsgehalt zu verlangen, das Herr Ernest mir seit zwei Wochen schuldete. Erst bekam ich Lust, zum Laden zurückzukehren und mein Geld zu verlangen, und sei es auch nur, um die Furcht zu überwinden, die mein Chef mir einflößte. Es war in der Tat einer meiner Grundsätze, sehr schwer praktisch durchzuführen, aber hundertfach belohnt, nie meiner natürlichen Schüchternheit nachzugeben und mich nie mit einer Drohung abzufinden. Ach, schöne Worte! In allen wichtigen Lebensumständen habe ich schmählich versagt. Zu meiner Entlastung muß ich sagen, ich bin nie ohne Kampf gefallen und habe immer mit mir selbst gerungen, um meiner Wahrheit treu zu bleiben. In den Augen eines unvoreingenommenen Richters sind diese Niederlagen vielleicht soviel wert wie Siege; das sage ich mir, wenn ich geneigt bin zu glauben, mein Leben sei verpfuscht. Nun, damals verschob ich die Ausführung meines Vorsatzes auf später, nicht aus Feigheit, sondern aus Müdigkeit. Als ich an den Gartenzaun kam, zitterten mir die Beine vor Ermattung, und ich mußte mein Bündel auf dem Mauerrand abstellen.

Ich fand meine Tante in der Anrichte, wo sie Leontine ausschalt; als sie mich sah, runzelte sie die Brauen und befahl mir, ehe ich noch den Mund aufgetan hatte, ihr zu folgen, denn sie war mißtrauisch gegen die Köchin, die sie, wie sie sagte, im Verdacht hatte, eine Spionin zu sein. Im Eßzimmer schloß sie Tür und Fenster, ließ mich dicht neben sich auf einem Stuhl, der den ihren berührte, Platz nehmen und hörte mir zu mit dem starren zornigen Ausdruck, der fast immer auf ihrem Gesicht war. Im Lauf meines Berichtes sah ich in ihren Augen alle Regungen auftauchen, die sie nicht verbergen konnte, ihren Abscheu gegen Fräulein Berthe, deren Mild-tätigkeit sie aufdringlich fand, und gegen Berthes Bruder wütende Entrüstung, die ihre Brust schwellte und ihren Atem hetzte. Als die Rede auf Doktor Blard kam und ich seine Freundlichkeit und sein gutes Benehmen rühmte, machte sie eine Bewegung, als ob sie eine Fliege verscheuchen wollte. »Worein mischen sich die Leute? Dieser alter Blard ist ein Esel.«

Ich hätte mich ihr am liebsten in die Arme geworfen.

»Ich bin also nicht krank, Tante?«

Sie wich etwas zurück.

»Habe ich das gesagt?« meinte sie in einem Ton, der meinen Schwung bremste. »Ich bin kein Arzt, mein Lieber. Ich weiß nur soviel: Husten läßt sich mit Sirup stillen – manchmal – und gegen das Fieber helfen heiße Getränke und kräftiges Schwitzen – manchmal – denn freilich, das Fieber...«

Und diese Feindin aller Freude machte ein Gesicht, das viel schrecklicher war als alles, was der Doktor gesagt hatte; und wieder einmal stellte ich fest, sie liebte mich nur, wenn ich traurig und gedemütigt war. Lange sah sie mich mit zweifeln-der Miene an, als wöge sie mein Leben und meinen Tod gegen-einander ab.

»Na, da wärst du also«, seufzte sie. »Ohne Stellung. Ohne

Zukunft. Mein armer Manuel! Und ich glaubte dich sicher untergebracht.«

Ich wollte etwas dagegen sagen, da stand sie auf und stellte ihren Stuhl an die Wand zurück.

»Bildest du dir ein, ich sei reich?« Sie legte mir die Hand auf die Schulter und zwang mich, sitzen zu bleiben. »Mein armer Junge, ich habe kaum das Nötigste ... Mein Pachthof trägt nichts ein. Der Oberst hat mir nur Schulden hinterlassen, und die Pension, die die Regierung den Kriegerwitwen gibt...«

Sie lachte laut auf, es war wie ein Schrei der Verachtung.

»Ich werde arbeiten!«

»Ich werde arbeiten«, wiederholte sie finster. »Und was willst du anfangen, mein Kerlchen? Willst du im Wald Kastanien sammeln und sie auf dem Markt verkaufen? Schau dich an, mein Kind. Ja, dein Vater, der hatte eine prächtige Natur bis zuletzt, jawohl! Schulter wie ein Grenadier, eine Brust ... (Sie schlug mit der Faust auf die ihre und warf den Kopf in den Nacken.) Verstehst du?«

Es folgte die mir nur zu gut bekannte Beschreibung des Mannes, den sie nicht bekommen hatte; Groll mischte sich mit Bewunderung. Um sich am Vater zu rächen, warf sie dem Sohn alle Eigenschaften an den Kopf, die er nicht geerbt hatte: Kraft, Schönheit, gute Laune, Anmut; es war, als wende sie sich an einen Schatten, dem sie die Ruhe rauben wollte, sie rief ihn an, um ihm in mir den Bankrott aller Hoffnungen zu zeigen, mit denen sich der Sterbende geschmeichelt hatte.

Ihre Hand lastete schwer auf meiner Schulter; ich versuchte mich sanft frei zu machen und streichelte die Finger, die mein Fleisch quetschten, und mit einem Mal konnte ich meine Erregung nicht beherrschen. Zum dritten oder vierten Mal wunderte sich meine Tante, daß ein so schöner Mann wie mein Vater seinem Sohne gar nichts von seinem Wesen vererbt hatte; meinen Zügen fehle doch alle und jede Anmut ... Da rollten Tränen über dies unglückselige Gesicht, das fast täglich beschimpft wurde; ich fiel meiner Tante zu Füßen und bat sie zu schweigen. Sie lauschte einen Augenblick, dann packten mich ihre kräftigen Hände unter den Armen und hoben mich hoch, sie drückte mich an ihre Brust und schluchzte vor Erregung.

»Sorge dich nicht«, flüsterte sie mir ins Ohr, »hab keine Angst. Ich werde mich um dich kümmern, mein Kerlchen, ich werde über dir wachen.« Und ihre Wange rieb die meine, wie um meine Tränen zu trocknen.

5

Wenn ich je die Freude gekannt habe, so ist es in den Wochen gewesen, die nun folgten, und dabei verließ mich doch fast nie mehr eine schreckliche Todesangst. Wer nicht gelitten hat, dem werden diese Worte unverständlich sein, aber ich hatte in mir solche Lebenslust, daß die kürzeste Minute des Wohlbefindens Stunden der Beklemmung und Angst wiedergutmachte. Meine Nächte waren entsetzlich, ich lag wie im Todeskampf, die berühmten Schwitzkuren und heißen Blütentees meiner Tante heilten mein Fieber nicht, es stellte sich immer wieder getreulich um fünf Uhr nachmittags ein, um mich erst mit Tagesanbruch zu verlassen. Aber dann kam der Morgen, ich setzte mich ans Fenster mit meinem Buch, die Sonne schien mir auf die Seiten, auf die Hände ... Manchmal schlief ich im Lichte ein, zerschlagen vor Müdigkeit, aber voll Hoffnung, weil ich seit zwei, drei Stunden wieder Luft bekam.

Zum Glück war mir die frische reine Luft unserer Gegend günstig und mit Hilfe der Ruhe machte ich in wenigen Wochen einen fühlbaren Fortschritt; ich hütete mich aber, meiner Tante etwas zu sagen.

Sie verwöhnte mich; im Garten hatte sie mir eine Hängematte mit roten Fransen zwischen zwei überhängenden Ulmen anbringen lassen; wenn schönes Wetter war, rückte sie manchmal ihren eisernen Gartenstuhl unter einen dieser Bäume und schaukelte die Hängematte, in der ich lag, sanft mit einer Hand. Sonnenstrahlen drangen durch das Laub und zwangen mich, die Augen zu schließen, ich hörte das leise Knarren der Seile und manchmal das eintönige Summen meiner Tante, die mir Wiegenlieder trällerte. Ein süßer Friede kam über mich.

Dann wieder trieb ich mich, während Frau Plasse ihre Besuche bei den Armen machte, allein im schweigenden Hause herum. Ich setzte mich in Marie-Thérèses Zimmer nieder und schaute rings umher, aber weiter ging ich nicht. Wohl gab es Schubladen, die ich hätte öffnen, Taschentücher, die ich hätte stehlen können, ich tat es nicht. In meinem Schwächezustand wurde mir jeder fleischliche Gedanke fremd, und kam mir einer in den Sinn, so war es nur aus Gewohnheit. Einmal legte ich meine Wange auf das Kopfkissen, auf die Stelle, an der meine Kusine die ihre wärmte, aber dies verliebte Gebaren kam mir selbst nicht ganz ehrlich vor, und ich schämte mich. Man sieht, ich glich durchaus nicht dem traditionellen Schwindsüchtigen, aus dem man eine Art Liebeswahnsinnigen gemacht hat. Ich konnte keinen Stuhl rücken, ohne daß mir heiß wurde. Was habe ich nur in diesem Zimmer gewollt? Ich kehrte zu meiner Hängematte zurück mit dem Gefühl, »es« sei entschieden vorbei.

Das seltsamste an meiner Geschichte ist vielleicht diese Unterbrechung meiner Begierden. Sie dauerte fast einen Monat, und in dieser Zeit betrachtete ich meine Kusine mit ganz entzaubertem Auge. Oft sah ich in ihr nur ein albernes kleines Mädchen, das die Nonnen behext hatten und das mit der Zeit eine Betschwester werden würde, nicht wie ihre Mutter (die war ein wildes Tier, das sich in den Netzen des Katholizismus verfangen hatte), sondern wie die scheußlichen alten Weiber, die man in der Messe sieht, diese letzten Stützen einer bröckelnden Kirche. Eines Abends war sie weinerlich, weil die Oberin sie gescholten hatte. »Das war recht von ihr«, sagte meine Tante. »Mutter Marie-Alphonsine ist trotz ihrer Haube eine verständige Frau. Übrigens«, wandte sie sich dann an mich, »du kennst noch nicht unser Geheimnis...« Sie hatte ihre Tasse Kräutertee abgesetzt, und ich sah im Dampf des heißen Getränkes ihr grausames Lächeln. »Wir haben bisher darüber Schweigen gewahrt, weil du krank warst, aber die Neuigkeit ist noch ganz frisch. Unsere Marie-Thérèse hat Aussicht, eine kleine Heilige zu werden...«

»Mama!« rief meine Kusine in erschütterndem Ton.

»Allerdings«, fuhr Frau Plasse fort, »eine kleine Heilige oder doch wenigstens eine fromme Schwester. Allem Anschein nach glaubt sie, berufen zu sein.«

Als ich das hörte, hatte ich das Gefühl, einen bittern Trank zu schlucken. Für mich steht die Nonne auf der letzten Stufe der Gesellschaft, auf der tiefsten; ich war ungeschickt genug, mir meinen Gedanken anmerken zu lassen, als ich meine Kusine ansah. Sie brach in Schluchzen aus. Tränen, Tränen, ewiges Argument der Schwäche! In diesem Augenblick schämte ich mich aller Tränen, die ich vergossen hatte, und in einem Umschwung meines ganzen Wesens bereute ich jetzt, nicht begangen zu haben, was man das Böse nennt, als sich mir da oben in der Héritage die Gelegenheit bot.

Die ganze Nacht hielt mich das Fieber wach, und ich überblickte mein Leben. Es ging nicht an, daß es mit einer Niederlage endigte. Sollte ich nur noch kurze Zeit durchhalten, so wollte ich versuchen, in irgend etwas Erfolg zu haben, aber worin? Meine Ausbildung war sehr vernachlässigt worden; ich hatte mich, so gut es ging, mit zufälliger, fast heimlicher Lektüre im Hinterraum des Buchladens unterrichtet. Bis an das Ende meiner Tage würde ich wohl ein Halbgebildeter bleiben, nie würde ich die Geduld haben, einen schwierigen Gedankengang zu Ende zu denken, dazu fehlte mir einfach die Zeit, ich lebte ja im Schatten eines nahen Todes wie eine Pflanze, die am Fuß eines großen dichtbelaubten Baumes vegetiert.

Erfolg haben, das hieß vielleicht in meinem Fall, Christus gleichen, nicht dem Christus der ›Wanzen‹ oder der betenden Nonnen; der blieb mir ebenso unverständlich wie Hermes oder Apollon, – nein, dem tapferen gütigen Menschenkind, dessen Wort die Seelen bezauberte. Seit meiner Kindheit liebte ich diesen Christus. In der Stille der Nacht wachte ich manchmal auf und dachte an ihn wie an einen Menschen, den man das eine oder andere fragen möchte. Er allein, das fühlte ich deutlich, hätte mich verstehen, mich beraten können, aber etwas Übernatürliches in ihm zu sehn, das lag mir fern. Dabei hatte ich im vierzehnten Lebensjahr Stunden der Frömmigkeit gehabt, die meine Umgebung irreführten und mich über mich selbst täuschten, denn im Innern der Kirchen, in den Weihrauchwolken und im Schimmer der Kerzen herrschte ein absoluter Monarch, mit dem man nur lateinisch redete und zu dem ich schüchtern mein unwissendes Herz zu erheben versuchte. Es half nichts, daß ich mir sagte: »Das ist er, das ist er doch!« Sein Luxus störte mich. Ich betete, ich verbarg, um es Nacht werden zu lassen, mein Gesicht in den Händen, aber die Worte, die ich mit leiser Stimme hersagte, waren nicht aufrichtig, ich hätte zu einem Freunde, zu einem älteren Bruder sprechen mögen; zu einem Gott konnte ich nicht sprechen.

Meinen Eltern und später dann meiner Tante auseinanderzusetzen, daß mein Glauben sich umwandelte, war zu schwer. Indem ich Christ wurde, hörte ich auf, Katholik zu sein. So entstand ein Mißverständnis, das mich in den eigenen Augen herabsetzte: ich machte den Eindruck eines Heuchlers. Da ich am Sonntag nicht mehr in die Kirche ging, bildete man sich ein, ich ginge aus Bescheidenheit heimlich hin. Jetzt, da ich in einem feuchten Fieberbett lag, kamen mir diese Fragen nichtig vor. Jetzt kam es nicht darauf an zu wissen, ob es einen Gott gäbe, sondern ob ich die Nacht überstehen würde. Wieder einmal machte ich die Beobachtung, wie wenig die Religion in der Nachbarschaft des Todes mitzählt; alles, was man mich über die Seele und das künftige Leben gelehrt hatte, erschien mir wie ein abgeschmackter Betrug im Vergleich zu der schaurigen Wirklichkeit, die mich erwartete, und die Gebete, die man mir beigebracht hatte, konnten mir nicht gegen die Todesfurcht helfen. Ich zog einen Lakenzipfel über mein Gesicht, um mir die Stirn zu wischen. Ach, daß doch jemand gekommen wäre! Aber in solchen Augenblicken war ich allein.

Eines Nachts jedoch (ich wage es kaum zu glauben), als ich mit lautem Selbstgespräch mich zu beruhigen suchte, kam es mir vor, als wäre jemand bei mir. Das ganze Haus schlief schon lange, wir näherten uns der Stunde, die der Dämmerung vorangeht; die Kranken kennen sie gut, es ist die Stunde, in der das Leben sich aus der Welt zurückzieht wie eine unsichtbare Ebbe, die den Odem der Sterbenden entführt. Mein Herz begann heftiger zu schlagen, aber ich fürchtete mich nicht; im Gegenteil, ich bekam mit einem Mal eine innere Festigkeit. Ich wartete mit weit offenen Augen, ohne etwas zu sehen, denn es herrschte dichte Finsternis. Mehrere Minuten vergingen. Mir kam ein seltsamer Gedanke, ein Fiebergedanke, der das Mögliche und das Unmögliche nicht mehr unterscheidet: »Das ist vielleicht Er.« Da legte sich, ich glaube es, ich bin sicher, auf meine Stirn eine Hand von köstlicher brennender Frische. Ich schauerte, und alsbald schlief ich ein.

Um Fronleichnam besserte sich mein Zustand erheblich, ich hatte wieder Appetit wie früher, und meine Wangen bekamen wieder Farbe, die nicht Fieberfarbe war. Ich konnte schon ausgehen und, ohne dabei sehr zu ermüden, für meine Tante Besorgungen machen. Ich fühlte mich verpflichtet, sogleich Fräulein Berthe einen Besuch abzustatten. Sie bewohnte am andern Ende der Stadt zwei kleine Zimmer über einer Gastwirtschaft; man mußte in einem schmalen Billardzimmer zwischen der Wand und den hemdsärmeligen lauten Spielern hindurchgehen und kam dann auf eine ganz dunkle Treppe, wo der Fuß bei jeder Stufe anstieß.

Die Schwester meines früheren Chefs lebte in einem unbeschreiblichen Durcheinander winziger Gegenstände. Alles, was ihr zugetragen worden war an »Andenken«, Ansichtspostkarten, Muscheln, Handschuhkästen, Perlensäckchen, Scherenetuis, Lichtputzern, alles, was auf- und zugeht, sich auseinander- und zusammenfaltet, sich aufrollen und anhängen läßt und zu nichts dient, war gestrandet in den fünfzehn oder zwanzig Quadratfuß, in denen das alte Fräulein ihr Leben untergebracht hatte. Als ich eintrat, gab es ein großes Gebimmel von Glöckchen.

Fräulein Berthe saß hinter den rosa Vorhängen des Fensters und fütterte eine Schildkröte. Meine Anwesenheit verursachte ihr anscheinend weder Freude noch Überraschung; sie wartete ruhig, bis das Reptil mit seinem Salatblatt fertig war, ehe sie sich zu mir umdrehte. Schließlich zog sie den Vorhang beiseite.

»Nun also?« sagte sie mit Verschwörerstimme.

Errötend reichte ich ihr einen versiegelten Briefumschlag, den sie gleich aufmachte.

»Was soll denn das heißen?« fragte sie beim Anblick des Fünfzigfrankenscheines, den ich in den Umschlag getan hatte. »Sie machen sich lächerlich, mein Lieber.«

Ich widersprach, sie wollte nichts hören und gab mir mein Geld zurück.

»Da Sie einmal hier sind«, brach sie kurz meine Erklärungen ab, »will ich Ihnen einen Rat geben: gehen Sie nach Hause und bleiben Sie zu Hause.«

Das kam recht schroff heraus, ich glaubte schon, sie gekränkt zu haben, und versuchte vergebens, noch etwas vorzubringen. Allein, sie schien mich gar nicht mehr zu beachten, sie befaßte sich wieder mit der Pflege ihrer Schildkröte, der sie den Rückenpanzer mit einem ölgetränkten Wattebausch sanft abrieb. Ich stand die ganze Zeit, das machte mich noch verlegener. Um mich her beleuchtete die Sonne eine Welt von Nippsachen: hundert Täßchen, alle verschieden, hingen an Nägeln unter einer Doppelreihe von Tellern; weiter unten verlor sich der Blick in einer Überfülle von unbrauchbaren Tischchen und von Stühlen, die mit Seidenschleifen verziert waren und auf die man sich nicht setzen durfte. Photographien drängten sich auf dem Kamin zu Füßen einer chinesischen Vase, aus der ein Strauß von blauen und roten Federwischen ragte. Alle Lampenschirme waren ausstaffiert wie Tänzerinnen. Dieser Wirrwarr erinnerte an gewisse unterseeische Landschaften, in denen die Materie toll geworden scheint im verzaubert gebrochenen Licht. Mit einem Mal wurde der Vorhang heftig beiseite gezogen.

»Immer noch da?« hauchte Fräulein Berthe. »Gehen Sie doch schon, mein Lieber. Und lassen Sie sich nicht zuviel in der Stadt sehen.«

Ich wollte noch etwas sagen, Fragen stellen, aber schon war der rote Vorhang wieder zugezogen und ließ mich nur eine kleine energische Hand sehn, die langsam über den Rückenpanzer mit den bronzenen Reflexen glitt.

Als ich wieder durch das Billardzimmer ging, kam es mir vor, als ob die hemdsärmeligen Spieler mich merkwürdig feindlich betrachteten, aber ich ließ mich dadurch nicht zur Eile drängen. Mehrere Tage lang dachte ich immer wieder über dies rätselhafte Benehmen nach, dann vergaß ich es schließlich.

Am nächsten Donnerstag besuchten in Abwesenheit meiner Tante zwei junge Freundinnen Marie-Thérèse. Sie erschienen Schlag drei Uhr, obwohl sie erst zum Vesperbrot eingeladen waren. Die eine war sehr häßlich und mager, hatte langes glattes Haar und trug eine Brille, sie sprach über alles in verächtlichem Ton und rühmte unaufhörlich die hohe Herkunft ihrer Eltern, was ihr in den Augen ihrer Gefährtinnen das Ansehen einer Erwachsenen gab. Die andre, wacker und niedlich, weich an Wesen und Gestalt, brach unablässig in tolles Gelächter aus, schüttelte ihre gelben Locken und erzählte Geschichten, bei denen sie die Hauptsache vergaß.

Ich hatte mich in eine Ecke des Eßzimmers gesetzt, in dem sie alle drei plauderten, und stellte mich lesend, um sie bequemer zu beobachten; ich war neugierig, was sie sich zu sagen hätten, und zwei von ihnen waren hübsch. Erst unterhielten sie sich leise, und da ich mich nicht mehr bewegte als der Stuhl, auf dem ich saß, vergaßen sie schließlich meine Gegenwart. Ich sah, wie sie kleine Gegenstände aus ihren Taschen holten, einander zeigten und dabei alle gleichzeitig redeten; in der Hitze des Gesprächs pusteten sie sich ins Gesicht, und ihre Köpfe berührten sich. Edmée von Gaillardet, die Aristokratin der Bande, ließ ein winziges Gebetbuch bewundern. Es war in Perlmutter eingebunden, und auf dem Deckel war, das betonte sie, das Wappen ihrer Familie. Meine arme Marie-Thérèse hatte nichts so Vornehmes zu zeigen; munter zog sie aus ihrer Schürze ein paar flache Kieselsteinchen, die sie im Garten gefunden und mit ihrem Taschentuch blank geputzt hatte. Das wurde verächtlich belächelt, und dann fing Edmée an, ihr Wappenschild zu erklären, während Pauline in ihrem rosa Perkalkleidchen strampelte und die Goldmedaillen, die sie zum Geburtstag bekommen hatte, aufzählte und beschrieb. Ich hörte dem albernen Geschwätz mit einem fast sinnlichen Vergnügen zu. Nichts ist so aufreizend wie eine bestimmte Art Dummheit, und alle möglichen bösen Begierden wurden in mir wach beim Schall dieser atemlosen Stimmchen.

Mit einem Mal klappte ich mein Buch zu und – was ich mir dabei dachte, weiß ich nicht mehr – bot den kleinen Mädchen an, mit ihnen in den Wald von La Combe vespern zu gehen. Edmée nahm nicht gleich an, denn sie konnte nicht vergessen, daß ich in einer Buchhandlung angestellt gewesen war, und hatte vermutlich Angst, ihr Wappenschild zu beflecken, wenn sie sich mit mir auf der Straße zeigte, aber Pauline und vor allem Marie-Thérèse, die vor Freude hüpfte, redeten ihr zu. Man goß also die Limonade in eine Flasche, tat die Honigbrötchen in ein Netz, das ich über den Arm hing, und dann brachte uns die kleine gelbe Straßenbahn an den Waldrand, und knapp eine Viertelstunde später waren wir in La Combe.

Das Glück der Kinder ging mir zu Herzen, zum innersten Herzen, und ich erlebte die Befriedigung der anständigen Leute, die das tun, was man das Gute nennt, aber ich erlebte sie wie einer, der ein fremdes Land durch eine Reisebeschreibung genießt. Als ich sah, wie Marie-Thérèse mit Pauline durchs Gras sprang und selbst die ernsthafte Edmée lachte und lustig aufschrie, kam mir die Vorstellung eines stillen, holden ehelichen Lebens, in dem man Kinder bekommt und sie nach guten Grundsätzen erzieht. Heute erscheint mir dieses Lebensziel als ein Hohn, und ich liebe hundertmal mehr die unfruchtbare Mittelmäßigkeit meines gegenwärtigen Zustandes, der doch immerhin Elemente der Empörung enthält. Doch damals auf dem Weg über die Wiese, welche die Landstraße von dem Walde trennt, empfand ich eine Weile etwas, das ich Heimweh nach dem ehrenwerten Leben nennen möchte, und zugleich tiefen Ekel vor mir selbst.

Unter den Bäumen fingen sie an zu singen und hielten sich dabei an den Händen; ich war ganz gerührt. Ich ging ein paar Schritte hinter ihnen drein und machte ein Schulmeistergesicht; ich hatte eigens ein Buch unter den Arm geklemmt, und wenn sie losliefen, rief ich ihnen mit näselnder Stimme, die sie lachen machte, Ermahnungen zu. Ich ahmte den Tonfall der Eltern nach. Diese Späße erheiterten den Spaziergang, und nach und nach gerieten wir ins Dickicht von La Combe. Das ungewisse Licht, ein tiefes Schweigen und die Waldstille stimmten mich bald wieder ernst. Rings umher stieg der mit Blättern bedeckte Boden unabsehbar an, und die düstre Masse der Eichenwipfel verdeckte den Himmel. Die kleinen Mädchen schwiegen still. Jetzt waren wir am Fuß der Druidenkanzel, eines großen Steinblocks, der wie die Schulter eines Riesen, schwarz und grün gesprenkelt, aus der Erde ragte. Um wieder die Lustigkeit von vorher aufzubringen, wollte ich dem Echo alberne Worte zurufen, ich lehnte mich also an den Steinblock; man mußte sich da an einen bestimmten Fleck stellen und sehr laut schreien, sonst kam keine Antwort. Ich drückte den Kopf an den Stein und schrie, und wir spitzten die Ohren: ein dumpfer Ton ahmte meinen Lärm nach; das war die Stimme des Druiden, wie man hier sagte, der uns willkommen hieß. Da brüllte ich das dümmste Zeug, aber zurück klang immer nur die eintönige Klagestimme, die aus der Tiefe der Zeiten zu kommen schien.

Wir setzten uns auf die welken Blätter und ließen uns das Vesperbrot schmecken. Bald war die Limonade ausgetrunken, und ich schleuderte die leere Flasche weit im Bogen gegen einen Baum, an dem sie zerschellte. Nie hatte ich mich so munter aufgelegt gefühlt. Ich lachte, erzählte Geschichten und, geschmeichelt durch die Teilnahme der drei aufmerksamen Gesichter, schmückte ich unsere alten Märchen mit neuen Erfindungen aus. Mein Schwung berauschte mich. Die Kleinen unterbrachen mich, neckten mich mit Zwischenfragen; wir sprachen alle zugleich, und in der allgemeinen Angeregtheit drückte ich manchmal meine Nachbarinnen an mich, aber noch hatte ich dabei keine bösen Gedanken, ich war einfach glücklich wie sie.

So verging eine knappe halbe Stunde, und zur Abwechslung stimmte ich die Ballade vom Holzschuhmacher an, die lang, aber unterhaltend ist. Marie-Thérèse und Pauline sahen mich bewundernd an, denn ich machte meine Sache nicht schlecht, und händeklatschend sangen sie den Refrain mit. Edmée sang zwar nicht mit, aber sie lächelte doch mit etwas hochmütiger Milde.

»In Gaillardet«, bemerkte sie, als wir mit der Ballade fertig waren, »singen nur der Kutscher, das Stubenmädchen und die Hausschneiderin den Holzschuhmacher.«

»In Gaillardet, in Gaillardet ...«, wiederholte ich lachend. Und ich küßte das häßliche Kind. Edmée war zu überrascht, um sich zu wehren, ich ließ ihr auch gar nicht Zeit, wütend zu werden: ich zog ein Tuch aus der Tasche und schlug eine Partie Blindekuh vor. Der Ort war denkbar günstig gewählt für dieses Spiel, und mein Gedanke wurde mit Begeisterung aufgenommen. Marie-Thérèse verband mir die Augen, aber schlecht, so daß ich ein bißchen sehen konnte, wenn ich zu Boden blickte. ›Jetzt ist der Augenblick gekommen‹, dachte ich. Welcher Augenblick? Das hätte ich nicht recht sagen können, aber ich fühlte mich zu entschiedener Tat getrieben. Einige Sekunden war es still, dann riefen mich zwischen den Bäumen die Mädchen, eine nach der anderen und die letzte von so weit, daß ich eine unbestimmte Angst bekam. Wenn sie sich verirrten? Aber das war unwahrscheinlich. Ich lief absichtlich in die falsche Richtung. Mein Irrgang wurde mit Lachen begrüßt. Nachdem ich eine Zeitlang herumgestolpert war wie ein Blinder, stürzte ich mich plötzlich nach rechts und war drauf und dran, Pauline zu packen. Warum ließ ich sie entschlüpfen? Ich hatte sie fast berührt. Sie stieß einen kleinen Schreckens- und Freudenschrei aus, und flüchtete sich zu Marie-Thérèse, die loslachte.

Da fühlte ich mich plötzlich abgelenkt und nahm meine Richtung auf den Steinblock zu, hinter dem Edmée saß. Ich hatte dies kleine Brillenwesen in Verdacht, weniger unschuldig zu sein als die Freundinnen und seit dem Kuß von vorhin etwas zu ahnen, und mein Instinkt gebot mir Vorsicht. Trotzdem ging ich auf sie zu und legte ihr meine beiden Hände auf die Schultern. Sie schrie nicht, stand aber auf und sagte leise, ich solle sie loslassen. Ich lachte und tastete nach ihren nackten Armen. »Das ist Pauline«, sagte ich dümmlich. Sie wiederholte ihre Aufforderung in bestimmterem Ton. Da drückte ich sie an mich und befühlte den kleinen reizlosen, dürren Körper, der mich gar nicht verführte; erst sträubte sie sich, dann bekam sie Angst und schluchzte. Ich lachte, um ihr Weinen zu übertönen, und stellte mich äußerst erstaunt. »Ich hätte beschworen, es wäre Pauline«, und damit machte ich mich davon.

Hinter einem dicken Baum, den der Wind zu bewegen begann, fand ich Marie-Thérèse; sie verhielt sich ganz still in der Hoffnung, ich würde an ihr vorübergehn; ich erkannte sie an ihren Beinen. Mein erster Gedanke war: fliehen, aber etwas Mächtigeres hielt mich fest. Ich hatte fast vergessen, wie stark die Not der Begierde sein kann; mein Bauch zog sich zusammen, ich wollte einen Schritt vorwärts gehen und konnte nicht. In diesem Augenblick fiel es wie Nacht über mich, aber ich bewahrte Hellsichtigkeit genug, um das Gewissen zu verfluchen, das mich immer noch in Bann hielt. Ich hatte Furcht vor diesem kleinen Mädchen und Abscheu vor mir selbst; es war, als stiegen alle guten Grundsätze, die ich gelernt hatte, mir vom Herzen zu den Lippen, wie eine Nahrung, die man ausspeit. Ich riß meine Binde ab und schrie: »Geh weg!«

Sie fuhr erschrocken auf und lief davon. Ich lief hinterdrein, Gott weiß, warum: seit einer Weile war ich wie besessen. Wenn ich gewollt hätte, ich hätte sie in drei Sätzen eingeholt, aber bald hörte ich auf, sie zu verfolgen, und lief der Pauline nach, die meinte, das sei ein neues Spiel; dann kehrte ich plötzlich um und schlug den Pfad ein, der aus dem Wald führte; Tränen der Wut rannen mir über die Wangen: wieder einmal hatte ich's nicht gewagt ... Wieviel solche Niederlagen waren noch nötig, um mich ganz zu vernichten? Als ich mich ein wenig beruhigt hatte, setzte ich mich auf einen Stein, um den Kindern Zeit zu geben, mir nachzukommen. Durch das Sprachrohr der Hände rief ich sie. Marie-Thérèse und Pauline kamen endlich, aber Edmée, das hörte ich mit Bangen, hatte nicht auf uns gewartet und war schon nach Hause gegangen. Die kleinen Mädchen schwiegen. Ich nahm an jede Hand eine und ging zwischen ihnen, und obgleich mir das Herz nicht danach stand, neckte ich meine Kusine mit ihrer Angst, bis sie wieder lächelte. Als wir über die Wiese kamen, traf uns die sinkende Sonne mit ihren roten Strahlen.

Meine Tante war noch nicht nach Hause gekommen, aber im Salon traf ich zwei Personen, die sie erwarteten. In der einen erkannte ich einen jungen Vikar vom Domkapitel, den Abbé Sanctis, dessen Frömmigkeit, Freundlichkeit und hübsches Aussehn die Leute zu seinen Predigten lockten; schlank, mit rosa Wangen und großen falschen Augen lächelte er alle an und legte beim Sprechen seine Hand flach aufs Herz, als wolle er das Schlagen dieses allzu empfindlichen Organes dämpfen. Man sagte von ihm, er sei zu rühmlichster Laufbahn berufen, aber ich konnte ihn trotzdem nicht leiden. Er begrüßte uns beide und senkte dabei den Kopf so tief, daß ich seine Tonsur zu sehen bekam.

Der andere Besucher sah mir ins Gesicht, ging an mir vorbei und lehnte sich wieder schweigend an den Kamin. Sein Auge glänzte hart und kalt unter niedriger Stirn. Die von übermäßiger Nahrung kupferrote Gesichtsfarbe hätte besser zu einem fröhlicheren Menschen gepaßt; trotz seiner vollen Bakken und behäbig breiten Bauernschultern hatte dieser Fremde die gepreßten Lippen und herausfordernden Kinnbacken eines Prinzipienreiters. Das in Bürstenform geschnittene Haar bildete eine braune samtene Kappe, die ihm Schädel und Nacken bedeckte.

Obwohl er sicher nicht über fünfunddreißig Jahre alt war, hatte er in Haltung und Benehmen die Sicherheit eines Fünfzigers, für den das Leben ein Geschäftsabschluß ist. Nichts Schwebendes, nichts Unbestimmtes war in diesem Gesicht, der geübteste Beobachter konnte nur eine gewaltige Selbstzufriedenheit und das sichere Gefühl, sich nie zu täuschen, darin lesen. Ich wollte mich zurückziehen, da warf er eine Frage wie ein Lasso nach mir aus.

»Sie sind Verkäufer bei einem Buchhändler hier in der Stadt?«

»Ich war es, ich bin es nicht mehr.«

»Man hat Sie vor die Tür gesetzt?«

Der Geistliche lächelte beiseite; ich fühlte, wie ich rot wurde.

»Man hat mich nicht vor die Tür gesetzt. Ich bin gegangen.«

»Das läuft auf dasselbe hinaus. In meinen Augen sind Sie vor die Tür gesetzt worden.«

»*Bis repetita placent*«, sagte der Abbé leise.

Ungestüm wie eine Dogge warf der Unbekannte den Kopf herum.

»Mit Ihnen rede ich nicht, mein Herr.«

»Meine Bemerkung richtet sich an niemand«, erklärte der junge Priester mit einer Handbewegung. »Im übrigen bin ich nur gekommen, um mit Frau Plasse zu sprechen, wenn sie so gütig sein will, mich anzuhören.«

Mit diesen Worten setzte er sich auf den Rand eines Stuhles, legte seinen Hut auf die Knie und betrachtete ihn demütig. Der andre zuckte mit den Bauernschultern und kehrte uns beiden den Rücken mit einer Verachtung, die wir uns teilen konnten. Ich ging hinaus.

Sie warteten noch eine halbe Stunde auf meine Tante. Dann

trat sie mit ihrem militärischen Schritt in den Salon und fragte die Besucher nicht gerade freundlich nach dem Grund ihrer Anwesenheit; ich muß zu Ehren dieser Frau sagen, so durchdrungen sie von katholischen Voreingenommenheiten war, sie liebte die Schwarzröcke nicht, und da sie die Gäste für befreundet hielt, sprach sie zu beiden in demselben trocknen Ton und bat sie nicht, Platz zu nehmen. Mit einem Blick schickte sie mich aus dem Zimmer, in das ich ihr aus Neugier gefolgt war.

Eine Stunde lang irrte ich außen um den Salon herum, dieser Besuch, der sich ausdehnte, machte mir Angst, mit dem Latein des Abbé Sanctis konnte ich nichts anfangen, und ich habe noch nie einen Priester gesehen, der nicht Scherereien in den Falten seines schwarzen Rockes mitbrachte. Um mir Klarheit zu verschaffen, ging ich an ein Bücherregal, das an der Außenwand des Salons stand, und stellte da ein paar Bände um, schließlich aber überwand ich alle Bedenken und drückte mein Ohr an die Tür.

»Beweise!« sagte meine Tante. »Beweise, Herr Abbé!«

»Gnädige Frau, ich habe das Zeugnis eines Kindes, einer der Kleinen, von denen geschrieben steht...«

»Das Zeugnis eines Kindes genügt nicht. Diese kleine Edmée ist einfältig. Sie wird nicht begriffen haben, daß es sich um ein Spiel handelte.«

»Gnädige Frau, als ich ihr ganz zufällig auf der Straße begegnete, war sie weiß vor Schreck. Atemlos, denn sie war den ganzen Weg gelaufen, berichtete sie mir den schmachvollen Vorgang. Es handelte sich nicht um ein Spiel, gnädige Frau. Wir waren zwei Schritt vom Haus ihrer Eltern, ich habe sie heimgebracht und, so gut ich konnte, beruhigt, dann bin ich eiligst hierher gekommen.«

»Sie haben sich umsonst bemüht, Herr Abbé. Ich glaube nicht ein Wort von dieser Räubergeschichte.«

»Sie wissen, es sind Gerüchte über die Sitten ihres Neffen im Umlauf.«

Hier fiel der Unbekannte ein:

»Sein Chef hat ihn sogar vor die Tür gesetzt deshalb.«

»Schweigen Sie, mein Herr«, sagte trocken meine Tante. »Manuel hat die Buchhandlung verlassen, weil diese Stellung ihm nicht mehr zusagte. Er wird etwas Besseres finden. Nötigenfalls werde ich ihm dazu verhelfen«, fuhr sie in einem Tone fort, der das ungläubige Lächeln der Herren unterdrückte. »Ist das also alles, was Sie mir zu sagen haben? In diesem Falle will ich Sie nicht länger aufhalten, Herr Abbé, und auch Sie nicht, Herr...«

Als ich das hörte, stürzte ich fort in mein Zimmer. Unwillkürlich fiel ich auf die Knie, aber ich betete nicht, rief niemand an. Wäre meine Tante dagewesen, ich hätte ihr die Hände geküßt, so nah ging mir ihre Großmut, aber Wut packte mich, wenn ich an den Schwarzen dachte, der seine Verleumdung bei uns aussäte, wie die Ratte eine Wohnung mit ihrer Pest ansteckt. Nach einer Weile hörte ich die Tür des Salons aufgehn, lief zur Treppe und beugte mich über das Geländer.

»Die Kleine wird sprechen, gnädige Frau, des können Sie sicher sein«, sagte der Abbé Sanctis.

»Mag sie sprechen. Wir machen uns nicht daraus!«

»Ich empfehle mich, gnädige Frau.«

Er schwenkte seinen schwarzen Hut weit nach der Seite und ging die Stufen der Freitreppe hinunter, während meine Tante zu ihrem andern Besucher zurückkehrte.

Kurz vor der Essenszeit kam sie auf mein Zimmer. Tiefe blaue Ringe umgaben ihre Augen, so ermattet war sie; ganz neu war mir der seltsame Blick, mit dem sie mich ansah.

»Mein Kind«, sagte sie dann, »der Mann, den du im Salon mit dem Abbé Sanctis gesehn hast, ist der Sohn von einem alten Freunde deines Onkels. Er macht eine kleine Geschäftsreise. Leider habe ich den Abbé nicht daran hindern können, vor ihm zu sprechen. Sie sind zusammen hergekommen, ohne sich zu kennen. Das Leben bringt solche Zufälle mit sich... Nun, da habe ich ihn zum Essen eingeladen, er ist unten.«

»Zum Essen eingeladen?«

Sie setzte sich. »Ja, wir müssen uns einen Verbündeten aus ihm machen. Er ist ein Dummkopf, ein Lärmer und Schwätzer, er ist aufgebracht gegen dich, er kann dir schaden. Aber wir werden ihn gefügig machen.«

Mit einem Mal wurde sie lebhaft. »Wir werden ihn schon gefügig machen. Zum Glück liebt er den Abbé Sanctis nicht und überhaupt keinen von den Herren in der Sutane. Daß er etwas gegen dich hat, kommt davon, daß man ihm gesagt hat, du wolltest ins Seminar eintreten.«

Ein Schrei der Entrüstung entfuhr meinen Lippen.

»Sei ruhig«, sagte meine Tante, die sich über meinen Zornausbruch freute. »Man könnte dich hören. Geben wir diesen Leuten nicht die Genugtuung zu denken, sie hätten uns eins versetzt.«

Bei Tisch saß ich also Herrn Georges Espinchat, Tuchhändler in der Hauptstadt des benachbarten Regierungsbezirks, gegenüber. Gleich bei den ersten Löffeln Suppe teilte er uns mit, sein »Betrieb« sei der bedeutendste in der Stadt und er hoffe sein Vermögen innerhalb der nächsten fünf Jahre zu verdreifachen. Sein Haus an der Place de Jaude bildete nach seiner Meinung den Brennpunkt dieser Stadt – in die ich nie einen Fuß zu setzen mir innerlich vornahm. Zwölf Fräulein stünden unter ihm (dabei sah er mich streng an, um sich zu versichern, daß mir keine unziemliche Auslegung über die Lippen käme), zwei Buchhalter und drei Subalternangestellte, die sich mit der *Säuberung* befaßten, denn die Räumlichkeiten seien weitläufig.

Schweigend hörten wir diesen hochmütigen Rechenschaftsbericht über eine glückliche Vermögenslage an. Meine Kusine lachte heimlich trotz der schrecklichen Blicke, die ihr ihre Mutter zuwarf. In mir kochte es: da hatte ich vor Augen den Erfolg, mit der Gabel in der Faust und mit malmenden Kinnbacken; diesem plumpen gesunden Gesicht würde immer das Glück lächeln. Ich mußte mich rasch in mein Innerstes zurückziehn, um dort die Stimme dessen zu vernehmen, den ich suchte.

Meine Tante lächelte ihrem Gast zu und ermunterte ihn

zum Trinken, aber die Arme konnte nicht verhindern, daß ihr Lächeln falsch aussah, denn sie verachtete diesen Menschen. Sie verachtete ihn noch viel mehr, als er dann in seiner plumpen Art höflich sein wollte und anfing, das Gedächtnis des Obersten Plasse zu feiern; der hatte ihn doch, als er ein Kind war, auf den Knien reiten lassen und ihm seine glorreichen Feldzüge erzählt, insbesondre den in Madagaskar. Nun folgte der dickaufgetragene Bericht dieses großen Kolonialabenteuers. Die Stirn meiner Tante verdüsterte sich bei der Beschreibung von Tananariwa, die sie soviele Jahre hindurch hatte aushalten müssen, aber das bemerkte unser Tuchhändler nicht und begleitete seine Worte, vom Weine angeregt, mit lebhaften Gebärden. Ich konnte nicht umhin, eine solche Dickfelligkeit zu bewundern. Wie sich so ein Mensch im Leben breit niedergelassen und mit seinen Ellbogen alles rechts und links beiseite geschoben hatte! Wie er da saß vor der warmen Suppe und dem blutigen Braten, vor diesem dampfenden Schmaus, von dem vier Bissen meinen Appetit schon stillten. Konnte ich gegen den kämpfen? Mit einem Mal wurde er für mich das Symbol der Welt. »Das ist mein Besieger«, sagte ich mir, »wenn er auch nichts davon weiß. Er tritt mich einfach mit Füßen. Ich gehöre zu denen, die er mit solcher Leichtigkeit zermalmt, daß er es überhaupt nicht merkt und ruhig verdauend seine breite flache Straße weitergeht. Wozu kämpfen mit diesem gewaltigen Gegner?«

Den Kaffee trug Leontine mit zitternder Hand im Salon auf; die gute Alte zog den Kopf zwischen die Schultern, so oft sie das Lachen dieses gewichtigen Herrn hörte.

Gegen neun Uhr kam ein neues Scheit in den Kamin, und Herr Espinchat stellte sich mit dem Rücken ans Feuer und stocherte sich die Zähne, da fiel ihm plötzlich meine Gegenwart auf. Seit der Einnahme von Tamatawa hatte er mich, glaube ich, so völlig vergessen, als hätte ich niemals existiert. Er zog die Augenbrauen in die Höhe.

»Also man hat Sie vor die Tür gesetzt?« fragte er, ohne den Zahnstocher aus dem Mund zu nehmen.

Darauf gab ich keine Antwort, ich näherte mich meiner Tante und sagte halblaut zu ihr, ich wolle mich zurückziehn, da faßte sie mich fest am Handgelenk und flüsterte: »Bleib hier. Wir wollen ihn gefügig machen.« Dies Wort aus dem Munde einer so ungewandten Person, wie die Obristin war, kam mir traurig und komisch zugleich vor. Ich setzte mich in die Ecke und kreuzte die Arme, entschlossen, den Mund nicht aufzutun. Um das Schweigen zu brechen, erteilte meine Tante Marie-Thérèse, die vor sich hinträllerte und dabei die Gegenstände in einem Glasschrank betrachtete, einen Verweis und schickte sie dann schlafen. Ich fühlte, wie sie sich zusammennahm. Mit ihrem würdevollsten Gesicht wandte sie sich dann an Georges Espinchat und fragte ihn, wie hoch die Bevölkerungszahl seiner Stadt sich beliefe: das nannte sie, ihn gefügig machen. Er gab eine Zahl an, mit der meine Tante nichts anzufangen wußte; sie wiederholte sie, drehte sie hin und her, tat verwundert und wollte dann plötzlich wissen, wie lange der Herr noch in unserer Stadt zu bleiben gedenke. Er putzte seinen Zahnstocher ab und steckte ihn in die Westentasche, bevor er antwortete, dann machte er die Beine breit und zog die Weste über den Bauch. »Das kommt darauf an«, meinte er. Wichtige Geschäfte würden ihn vielleicht eine Woche bei uns zurückhalten, er habe verschiedene größere Aufträge in Aussicht; das würde ihm Gelegenheit geben, die Sehenswürdigkeiten der Stadt zu besichtigen, er liebe es, sich zu bilden; er rieb sich mit beiden Händen das Kreuz, wie um die gute Wärme des Kaminfeuers eindringen zu lassen, und begann wieder, von sich zu sprechen. Ich weiß nicht mehr, auf welchem Umwege er dann auf Fragen der Moral kam, er vertraute uns seine Gedanken über dieses schöne Thema an und beklagte die Ungebundenheit, um nichts Schärferes zu sagen, die nun schon die Jugend unserer Provinzen ergriffen habe. Das rechtschaffene arbeitsame Leben, das den früheren Generationen vorschwebte, stand nicht mehr in Ehren bei diesen neumodischen Herren, die nur an ihr Vergnügen, an die Befriedigung ihrer Gelüste dachten. Er hielt inne, wie um seinen Worten Zeit zu geben, in unsere Gehirne einzudringen, und obwohl er sich beim Sprechen an meine Tante wandte, begriff ich, diese Rede war an mich gerichtet. Verächtlich beschäftigte ich mich mit einem Album, das auf dem Nipptisch lag und gähnte.

»Ich habe Manuel einen Vorschlag zu machen«, sagte er unvermittelt, »jawohl, mein Lieber, Ihnen, wenn Sie auch gähnen. Ist es nötig, Ihnen noch zu sagen, daß Sie hier einen abscheulichen Ruf haben? Ein Fremder wie ich bemerkt das im Lauf einer Stunde. Dieser Pfarrer, der Frau Plasse besucht hat...« – »Abbé Sanctis ist ein Tor«, sagte meine Tante heftig, »ein Gimpel.«

»Ein Gimpel, der wiederholt, was man in der Stadt über Ihren Neffen sagt, Frau Plasse. Ob er recht hat oder unrecht (ich habe darüber meine eigene Meinung), auf jeden Fall ist es doch wohl ärgerlich, wenn solche Geschichten über Manuel im Umlauf sind!«

Ich blätterte weiter in den Seiten des Albums, aber das Herz sprang mir in der Brust.

»Meines Erachtens«, fuhr er fort, »wäre es das beste für ihn, sich eine Zeitlang zu entfernen. Eine Abwesenheit von wenigen Monaten würde genügen, um den Schleier des Vergessens über gewisse Dinge zu werfen. Durch einen ganz unerhofften Glücksfall habe ich Ihnen, mein Lieber, in meinem Hause eine Anstellung anzubieten. Sie würden bei mir einen ehrenwerten Beruf lernen. Sie würden mit dreihundert Franken im Monat anfangen, wozu noch...«

»Es ist zwecklos, Herr Espinchat«, sagte ich mit zitternder Stimme, »ich lehne ab.«

»Manuel wird nicht fortgehen«, sagte fast gleichzeitig meine Tante. »Ich bin dagegen.«

Bei diesen Worten hatte sie sich erhoben und stellte sich zwischen uns beide, wie um mich zu verteidigen; bisher hatte sie sich zusammengenommen; aus Berechnung hatte sie eine bescheidene, linkische Haltung angenommen, die sie selbst am allermeisten störte, jetzt aber überließ sie sich ihrer wahren Natur und dem wachsenden Zorn.

»Was verdrießt Sie nur?« fing Georges Espinchat wieder an, ohne sich aufzuregen. »Wenn ich richtig verstanden habe, lebt Manuel, seit er ohne Arbeit ist, auf Ihre Kosten. Von dieser Seite gibt es für Sie eine Ersparnis zu machen und für ihn einen ernsten pekuniären und moralischen Vorteil, denn bei mir wird er nicht nur seinen Lebensunterhalt verdienen, sondern wird ein neues Leben anfangen.«

»Ich ein neues Leben anfangen!« schrie ich. »Bei Ihnen!«

»Allerdings bei mir, unter meiner Leitung. Sie haben einen Makel, junger Mann.«

Die letzten Worte wurden in einem so gleichmäßigen Tonfall ausgesprochen, daß ich vor Überraschung nichts erwidern konnte; aber meine Tante wurde leichenblaß. Mit ein paar raschen Schritten stand sie vor dem Tuchhändler, ließ die Arme lang herunterhängen und sah ihm in die Augen. Er rührte sich nicht und hielt ihren Blick mit einer Ruhe aus, die an die schwerfällige Gelassenheit eines Ackergauls erinnerte.

»Wie können Sie es wagen?« – ihre Stimme war dumpf. »In meinem Haus, in meiner Gegenwart ... Dies Kind, das ich liebe wie einen Sohn ...«

»Was denn?« Er zog die Augenbrauen in die Höhe. »Ich begreife nicht.«

»Gehn Sie!«

Auch ich stand auf und eilte mit klopfendem Herzen auf ihn zu.

»Hören Sie nicht, was man Ihnen sagt?« schrie ich mit scharfer Stimme. »Gehn Sie!«

Jetzt stieg ihm das Blut in die Stirn, und ich glaubte, er würde mich schlagen, aber er beherrschte sich, ballte die Fäuste in den Taschen und sagte nach kurzem keuchendem Schweigen:

»Wie es beliebt.«

Langsam richtete er seine Schritte auf die Tür zu und ergriff mit berechneter Sanftheit die Klinke.

»Ich weiß nicht, ob wir uns wiedersehen werden«, sagte er,

ohne sich umzudrehn, »aber Sie werden erfahren, was es kostet, einen ehrenwerten Mann zu beleidigen.«

Wir rührten uns nicht; er wartete noch einen Augenblick, ging ins Vorzimmer, wo er eine Zeitlang seinen Hut im Dunkeln suchte, und dann hinaus, ohne die Tür zu schließen. Die Kiesel knirschten unter seinen Schuhen. Als das Gitter zuschlug, fuhr ich auf:

»Was wird er tun?«

Meine Tante hatte beide Hände in die Hüften gestemmt. »Er mag tun, was er will« – sie starrte auf die Tür. »Ich fürchte mich vor niemandem.«

Tränen stiegen mir in die Augen, ich machte eine Bewegung zu ihr hin, sie zu umarmen, aber sie stieß mich mit dem Ellbogen zurück.

»Du geh schlafen«, sagte sie.

Ob meine Tante die unvorsichtige Art, wie sie unseren Tuchhändler verabschiedet hatte, bereute, weiß ich nicht, aber sie blieb den ganzen nächsten Tag schweigsam und verließ das Haus nicht. Sie ging und kam, in geheime Gedanken versunken wie eine Schlafwandlerin in ihrem Traum. Bisweilen heftete sie auf uns den tiefen Blick ihrer großen schwermütigen Augen und sagte nichts. Kopfschmerzen zwangen sie, sich am Nachmittag eine Zeitlang aufs Bett zu legen; zu beiden Mahlzeiten erschien sie, aß aber nichts.

Ich für meinen Teil hatte Muße, über die Ereignisse von gestern nachzudenken, und die Wendung, die die Dinge genommen hatten, war mir durchaus nicht angenehm. Die Geistlichkeit unserer Stadt übte eine unumschränkte Herrschaft auf viele Familien aus, und wo sie nicht herrschte, wurde sie gefürchtet. Ich hatte nichts Gutes davon zu erwarten, daß nach dem Abbé Garot nun auch sein Vertrauter, der Abbé Sanctis, über meine Schwachheit Bescheid wußte, nun hing es nur ihnen ab, ob mich die Leute auf der Straße beschimpfen und mit Fingern auf mich zeigen würden. Gewissensbisse hatte ich übrigens nicht, und wenn ich etwas bedauerte, so war es, daß ich meine Lust nicht gestillt hatte, als sich mir die Gelegenheit bot, da oben in der Héritage. Ich schämte mich meiner Bedenken von damals und meiner Schüchternheit. Wohlverstanden, ich spreche nicht von meinem wunderlichen Einfall, mich auf Edmée zu stürzen. Das war eine der am schwersten zu erklärenden Handlungen meines Lebens. Um mich recht zu verstehen, darf man nicht vergessen: ich war keusch und sogar, so lächerlich das Wort klingt, jungfräulich. Das Bild einer Frau erweckte in mir eine Art Wahnsinn, der mir Angst machte. Eine Laune meines Triebes, so stark wie der Trieb selbst, ließ mich fliehen, was ich am meisten begehrte.

Peinvolle Stunden verbrachte ich bei dem Gedanken, was alles die Herren im schwarzen Rock mir anzutun versuchen würden. Die Worte von Fräulein Berthe und die Miene, mit der sie mich empfangen hatte, kamen mir ins Gedächtnis: »Zeigen Sie sich nicht zuviel in der Stadt.« War es möglich, daß Abbé Garot das Beichtgeheimnis verraten hatte? Einen so ungeschickten Verstoß traute ich ihm nicht zu. Marie-Thérèse mußte gesprochen haben oder Leontine, die uns zusammen gesehen hatte. Jedenfalls fühlte ich mich in Gefahr und kam an diesem Tag nicht aus dem Gartentor.

Nachts beriet ich mich mit mir selbst allen Ernstes, dessen ich fähig war, das heißt, ich versuchte eine Stunde lang die Wanderkulisse meines Charakters festzuhalten. Gab es einen festen Punkt, auf dem ich aufbauen konnte? Ich wagte nicht, es zu glauben. Meine Unzulänglichkeit schien mir zu groß, meine Studien vergeblich, ich besaß ja kein genaues Wissen. Ich war ja nicht einmal imstande, etwas bis zu Ende zu wollen, und Bedenken, das Erbe einer Religion, an die ich nicht mehr glaubte, hemmten meine Begierden auf halbem Wege; mir fehlte alles.

Diese Feststellungen entmutigten mich, ich mußte mir die größte Mühe geben, nicht zu weinen, da kam mir der Gedanke, das Stück fester Grund, nach dem ich eben gesucht hatte, sei vielleicht gerade dieser vollkommene Mangel. Ich kann nicht ausdrücken, welch einen Trost ich da erlebte, ich meinte die heimliche Stimme des Freundes zu hören, den ich bisweilen in verzagten Nächten zu Hilfe gerufen hatte; hätte ich im Herzen ein wenig von dem Christenglauben gehabt, von dem meine Umgebung soviel sprach, ich hätte vielleicht an die Gegenwart eines Überirdischen geglaubt, aber gegen solchen Wahn war ich entschlossen zu kämpfen, wie man gegen eine erniedrigende Versuchung ankämpft. Eine Kraft, die mir, ich weiß nicht woher, kam, bestärkte mich in meinem Willen zum Unglauben, und aus der Tiefe meines Herzens schwor ich dem Gott der Schwachen ab, dem Heiland, der den Sklaven rettet und sich fernhält von den Mächtigen; diesem demütig glorreichen Christus, dessen Kreuz bei den Festen aufleuchtete, hatte ich nichts mehr zu sagen. Mein Blick wandte sich jetzt dem unbekannten Christus zu, der seiner Familie und der Menge die Stirn bot und mächtig und groß war durch seine Menschlichkeit; der fürchtete weder den Aufruhr noch die Obrigkeit noch die Priester und behielt bis ans Ende seine erhabene Verachtung der Amtsgewalt, das brachte ihn mir so nah. Ich beneidete ihn um seine unauffällige Tapferkeit, die Worte verschmähte, seinen unbeugsamen Willen, seinen Trieb zum Widerspruch, seine Geduld, die mit der Gesellschaftsordnung fertig geworden war, alle die menschlichen Werte dieses trotzigen Friedensfreundes. Wie geschickt hatte ihn die Kirche in die Tasche gesteckt, indem sie einen Gott aus ihm machte! Das wußte ich nur zu gut. Selbst in unserer kleinen Provinzstadt sah ich, wie alle Ungerechtigkeiten einem harmlosen Götzenbild huldigten, wenn sie den Namen des kühnsten Empörers anriefen, den die Erde getragen hat. Aus dem Manne, der die Händler mit einem Ochsenziemer aus dem Tempel jagte, hatte man das Jesuskind gemacht, das die Handelsunternehmungen segnete, den jungen Mädchen beim Examen beistand und einigen Gläubigen des Kirchsprengels schöne Erbschaften sicherte, wie es die Exvoto bezeugen, welche die romanischen Seitenschiffe unsres Domes entstellen.

Solche Gedanken beschäftigten mich eine Zeitlang, und davon stieg meine Temperatur. Ich beruhigte meine Begeisterung, indem ich über verschiedene Probleme praktischer Art nachdachte. Was sollte aus mir werden? Auf Kosten meiner Tante zu leben, schien mir durchaus nicht ehrenhaft, denn sie war nicht reich und hatte mir das selbst gesagt. Andererseits setzte mich der Anblick von Marie-Thérèse täglichen Versuchungen aus, die ich nur mit Mühe überwand...

Eine Zuflucht hatte ich jedoch in solchen Stunden der Herzensnot, aber so seltsamer Art, daß ich zögere, davon zu sprechen. Es war ein Spiel, ein kindliches Spiel, das ich ehedem mit Marie-Thérèse gespielt hatte, als sie ein kleines Mädchen war und solche Unterhaltungen noch nicht verschmähte; inzwischen ist sie herangewachsen und ich sehe sie mit Schrecken vernünftig werden, während ich Kind bleibe und mich über die verhaßte Langsamkeit des Lebens hinwegzutäuschen suche durch einen Traum von dem, *was hätte sein können.*

(Manuel beschreibt sodann das Spiel vom Schloß, von dem im Anfang von Marie-Thérèses Bericht die Rede gewesen ist. Ebensowenig wie seine Kusine kennt er das Innere dieses Schlosses, das er immer nur von fern zwischen Bäumen am Landstraßenrand erblickt hat. Erst ist dieses Spiel nur ein Zeitvertreib gewesen, aber mit Hilfe von Zeit und Kummer hat Manuel schließlich tieferen Anteil genommen, und da vermengte sich die eingebildete Welt, die er geschaffen hat, mit seinem täglichen Leben und wurde ein Teil seines Innern. Das ist die Zuflucht, der er sich am Ende eines langen Leidenstages zuwendet.)

In den Tagebüchern, in denen ich mein Dasein bis in seine kleinsten Erscheinungsformen notierte, nahmen diese Träumereien einen wichtigen Platz ein, denn ich hatte Bedenken, irgend etwas auszulassen, und die Abenteuer des Geistes, wenn er ins Phantasieren gerät, schienen ebenso beachtenswert wie die langweiligen Einzelheiten einer ekelhaften Krankheit und einer unfruchtbaren Leidenschaft. Nie schlief ich ein, ohne in der Phantasie einen Ausflug in die Gegend des Schlosses zu machen, und selten kam ich von dort zurück ohne eine neue eigentümliche Geschichte, die ich dann am nächsten Morgen mit äußerster Treue aufschrieb, wobei ich mich dagegen wehrte, ein Wort hinzuzusetzen oder das Geringste zu verändern. In der Nacht, wenn unser ganzes Wesen an der Grenze zweier Welten zu sein scheint, kurz vor der Sekunde, in der ich in einen großen, leeren Schlaf verfiel, *sah* ich. Für die Dauer eines Blitzes lebte ich ein andres Leben als das meine, atmete andere Luft, war fern. Das Spiel verwandelte sich in eine ernste, schöne Wirklichkeit, die mich mir selbst entriß. Die Zeit, die dabei verging, war nicht nach der gewöhnlichen Berechnung zu messen, denn so begrenzt eine unserer Sekunden auch sein mag, sie konnte doch Stunden und manchmal Wochen meines Lebens auf dem Schloß enthalten. Wenn es auf dieser Erde einen Menschen gibt, der so wie ich erdrückt ist von der Last der Tage, wird er den heimlichsten Gedanken meines Herzens erraten, wenn er hört, daß ich, um zu entfliehen und mein Geschick zu ändern, bereit war, gleichviel wohin zu eilen, und daß mir jede Straße recht war, wenn sie nur aus dieser Welt hinausführte, mochte sie auch in eine Stätte der Finsternis und Gewalttat auslaufen; ach, es war ein fremdartiges Paradies, wo ich die Erquickung suchte, die denen verheißen ist, die da Leid tragen.

So füllte sich mein Tagebuch mit einem außergewöhnlichen Bericht, neben dem die kleinen täglichen Ereignisse nicht die Mühe lohnten, überhaupt noch angedeutet zu werden. Es fiel mir gar nicht mehr auf, daß ich dieses und jenes Wort meiner Kusine, diese und jene ihrer gefährlichen Spielereien in Vergessenheit geraten ließ; ich faßte mich kurz, ich hatte nicht mehr die Energie, mich über die gute oder böse Laune eines kleinen Mädchens auszulassen oder meine Aussicht zu genesen nach den Launen meiner Fiebertemperatur abzumessen. Eine Sekunde meines nächtlichen Lebens glich den Überdruß von vierundzwanzig Stunden aus und vollzog, nach einem unbekannten Gesetz anwachsend, die geheimnisvollste Vertauschung. Mit aller Gewalt verleugnete ich mein alltägliches Leben; schließlich gab ich es eines Tages einfach auf zu notieren, daß ich gestern 38°5 statt 38°2 gehabt und daß Marie-Thérèse nach dem Essen ihren Arm unter meinen geschoben hatte. Für mich geschah alles anderswo. Ich war frei.

Was hätte sein können

Nun lebte ich seit einer Woche auf Nègreterre; ich war froh, mich Leontine anvertraut zu haben, und wenn es mir auch durchaus nicht angenehm war, mit den Bediensteten zusammen zu essen, fiel es mir doch nicht zu schwer, mich daran zu gewöhnen. Ich war entschlossen, auf keinen Fall um eines Vorurteils willen zu leiden; nur für einen Dummkopf ist es demütigend, sich zwischen Köchin und Gärtner zu Tisch zu setzen, und so überwand ich bald die falsche Scham, die mich im Anfang verlegen gemacht hatte. Wer war ich denn, daß ich mich meiner Nachbarschaft schämen sollte? Kind bedürftiger Kleinbürger, die mich nicht aufs Gymnasium hatten schicken können; gewiß hätte ich mich gern über meinen gegenwärtigen Rang erhoben, aber in Erwartung eines besseren nahm ich den kleinen Posten, der sich mir bot, dankbar an.

Hektor (so hieß Leontines Bruder) arbeitete seit neunzehn Jahren in den Gärten von Nègreterre, und weder der Vicomte noch selbst Antoine pflückten ohne seine Erlaubnis ein Blatt ab. Dieser aufrechte, magere Biedermann im schon ergrauenden Haar war eigensinnig wie ein Tauber; sein grauer, kalter Blick und sein rötlicher Schnurrbart, dessen längste Haare ihm die Schulter streiften, gaben ihm eine gewisse Würde; er bellte mehr als daß er sprach, wartete nie eine Antwort ab, hörte nie auf einen Befehl und ging brummig durch seine Alleen, eine Hand in der Tasche seiner blauen Schürze. Wenn er mit unzufriedener Miene an den Beeten entlang kam, sah es aus, als ob die Blumen »Stillgestanden« machten.

Um nicht zu zeigen, daß er mich gern hatte, tat er, als könne er sich nicht auf meinen Namen besinnen, und behandelte mich streng; doch vergaß ich es ihm nicht, daß ich es seiner Empfehlung verdankte, als Gärtnergehilfe auf Nègreterre angestellt zu sein. In einer Schürze, die mir viel zu weit war, irrte ich mit einer Gießkanne in der Hand umher und versuchte, niemandem in den Weg zu kommen. Meine Tätigkeit war ziemlich zwecklos: ich riß zwischen den Geranien die winzigen Pflanzen aus, deren Stengel, wenn man sie bricht, ein Tropfen Milch entquillt, oder ich harkte den Kies; war ich mit diesen kleinen Obliegenheiten fertig, schickte mich Hektor in den Schuppen, wo ich mich ausruhte, denn Leontine hatte vermutlich ihrem Bruder etwas von meiner schwachen Gesundheit gesagt.

Eine Zeitlang sah ich meine Herrschaft nur von fern; nach dem Essen spazierte sie mit ihren Gästen unter den Ulmen auf dem großen Rasen. Das Gelächter und heitere Treiben dieser vornehmen Welt schüchterte mich entsetzlich ein; aus Angst, man könne mich bemerken, verbarg ich mich hinter den Bäumen oder flüchtete mich in die Küche.

Eines Morgens gab mir die Vicomtesse den Befehl, sie in den Garten zu begleiten. In meiner Verwirrung nahm ich statt der Heckenzange eine kleine Schere, und als ich mein Versehen bemerkte, fühlte ich, wie mir die Schweißtropfen die Haut kitzelten. Die Vicomtesse hatte mich noch nicht angesehen, und es wäre mir schwergefallen, sie zu beschreiben, denn ich schlug beim Gehen die Augen nieder. Mit raschem Schritt führte sie mich an das schönste Beet und zeigte mit dem Griff ihrer Lorgnette auf eine Rose von wunderbarer Fülle und Größe. Nicht ohne Zögern schnitt ich die Blume ab, war aber dabei so ungeschickt, daß sie mir fast ohne Stiel zwischen den Fingern blieb ... Ein peinliches Schweigen; dann wurde die Lorgnette angesetzt, und ich erhielt den Befehl, den Kopf zu heben. Da sah ich in ein ruhiges Gesicht: graue Augen, die mich eher aufmerksam als streng betrachteten, eine lange fleischige Nase, ein spöttischer Mund und flache, keck geschminkte Wangen. Zu meinem großen Erstaunen bemerkte ich, daß meine Herrin eine Strähne weißen Haares hatte, aber von dieser Besonderheit abgesehen, hatte ich den Eindruck: sie ist ja kaum älter als ich.

»Zunächst, warum schneiden Sie die Blumen mit einer Schere?« fragte sie.

Ihre Stimme klang dumpf und etwas rauh; ich antwortete

nicht auf die Frage, aber ohne recht zu wissen, was ich tat, nahm ich meinen großen Strohhut ab. Erst murmelte sie etwas, dann sagte sie scharf.

»Sie sind ebensowenig Gärtner wie ich. Was ist das für ein Schwindel?«

Da wollte ich mich ihr erst zu Füßen werfen wie in den Romanen des achtzehnten Jahrhunderts, aber ich unterdrückte diese lächerliche Anwandlung und begnügte mich damit, den Kopf zu senken. Meine Stirn brannte vor Scham.

»Fassen Sie sich! Ich habe nicht gesagt, Sie seien ein Dieb. Aber trotzdem wünsche ich eine Erklärung.«

Mit einer Demut und Schamlosigkeit, die mir selbst tödlichen Ekel erregten, gestand ich ihr, ich habe infolge eines großen Kummers von zu Hause fortgehn müssen und hoffe nun, durch meine Arbeit mir das Glück zu verdienen, im Dienste der Frau Vicomtesse bleiben zu dürfen. Sie hörte meine langen Sätze mit unbewegter Miene an.

»Sie hatten ein Interesse, die Stadt, in der Sie wohnten, zu verlassen, und diese Verkleidung hat es Ihnen ermöglicht, sich in meinem Hause einzuführen. Das ist ganz einfach, mein Lieber. Warum haben Sie es nicht gesagt? Nun gehen Sie zu Hektor und sagen Sie ihm, ich wünsche drei Dutzend rote Rosen für den Eßtisch.«

Sie entfernte sich mit harten, bestimmten Schritten, bei denen sich keine Linie ihres Körpers verschob. Als sie die Mittelallee erreicht hatte, drehte sie sich plötzlich nach meiner Richtung um und rief:

»Wie heißen Sie?«

Zum zweitenmal zog ich meinen Hut und nannte meinen Namen; sie verstand nicht; ich mußte zu ihr laufen und diesen gewöhnlichen, alltäglichen Vornamen wiederholen, dessen Klang mir zuwider war. Ich könnte nicht beschwören, daß sie lächelte, aber ihr Blick erheiterte sich; sie schüttelte den Kopf und verschwand.

Gleich darauf verkroch ich mich in einen Winkel des Schuppens, wohin ich mich unter dem Vorwande, meine Schaufeln und Harken abzustellen, geflüchtet hatte. In meiner Wut suchte ich etwas zum Zerbrechen, und da sich nichts fand, zerriß ich die Tasche meiner Schürze. Das war kindisch und erleichterte mich nicht. Hätte sich mir in dieser Minute die Gelegenheit geboten, ich glaube, ich hätte mich mit aller Grausamkeit, deren ein sanfter junger Mann meiner Art fähig ist, an dieser Frau gerächt. Sie verachtete mich. Nein, sie verachtete mich nicht einmal, in ihren Augen war ich nicht mehr als die Leute, die sie von morgens bis abends bedienten; wie diese hatte ich sie ganz natürlich (und gerade das verletzte mich am empfindlichsten) mit der Unterwürfigkeit angeredet, die sie erwartete. War ich auch nicht als Bediensteter geboren, so ahmte ich doch Ton, Miene und Haltung der Leute dieses Standes glänzend nach. Diese Entdeckung traf mich, als habe ich eine neue seelische Krankheit auf die, welche mich bereits heimsuchten, aufgepfropft. Den ganzen Tag kaute ich an meinem Zorn. Ich weiß nicht mehr recht, was ich mir vorstellte, was ich wünschte, eine Revolution vielleicht, ein wunderbares Ereignis, das mir Vollmacht gab, hinzugehen und meiner Herrin ins Gesicht zu schlagen. Dann schämte ich mich meiner Rachephantasien; ihre unmittelbare Wirkung war, daß ich Fieber bekam. Nach einer Weile mußte ich an Ihn denken, den ich mir zum Vorbild erwählt hatte, an seine verächtliche Gelassenheit vor den Großen dieser Welt, aber er war eben selber groß, und ich hatte ein Sklavenherz. Diese Gedanken beschäftigten mich, bis es Nacht wurde.

Das Schloß Nègreterre bot den furchtgebietenden Anblick, den die Baukunst des Mittelalters vier Mauern und vier Türmen zu geben verstand, wenn es sich darum handelte, nicht nur eine hohe Persönlichkeit zu beherbergen, sondern auch den Nachbarn Schrecken einzuflößen. In unseren Tagen schüchterte die dicke schwarze Steinmasse niemand mehr ein, und ich selbst betrachtete mit kritischem Blick die großen nackten Flächen und trotzigen Kanten, die das alte Ungetüm nur noch dem Wind entgegensetzte. Gegen Ende des vergangenen Jahrhunderts hatten die Besitzer dieser Zwingburg, in der Hoffnung sie dadurch etwas einladender zu machen, die Ehrenpforte durch eine gotische Freitreppe und ein Glasdach erweitert; hohe Spitzbogenfenster teilten die Mauern, die nach Westen auf eine waldige Hügelkette, nach Süden auf eine große braune Ebene gingen, auf der man schwarze Schweineherden den Boden aufwühlen sah. Die ausgetrockneten Wallgräben waren mit Weiden bepflanzt, deren graues Laub an sonnigen Tagen wie ein metallener Gürtel rings um das düstre Gebäude schimmerte. Hingegen hatte man in das unheimliche Kastanienwälchen, das den Park verfinsterte, große Lichtungen geschlagen, und weiße und rote Geranienbeete bildeten am Rande der Rasenflächen das Wappen derer von Nègreterre nach.

Trotz all dieser Bemühungen behielt das Schloß ein traurig ungeselliges Aussehen. Wäre mein Herz leichter gewesen, ich hätte vielleicht Augen gehabt für die vergoldete Traufe mit Vipernköpfen, die ein Nègreterre längs der Zinnen mit großen Kosten hatte anbringen lassen, wohl in der Absicht, den düstern Stein, den seine Vorfahren als Bauherren gewählt hatten, ein wenig aufzuheitern. War die Dämmerung schön, so schlich ich mich tiefer in den Park und schaute auf die Türme, die sich in den roten Himmel zurückzulehnen schienen, um dem Ansturm eines Feindes standzuhalten. Dieses romantische Bild hielt mich bisweilen bis in die sinkende Nacht fest, und ich mußte mich beeilen, in die Küche zu kommen, wenn ich den Abendtau, der unser Klima so gefährlich machte, vermeiden wollte.

Als ich so eines Abends durch eine Kastanienallee eilte, stieß ich gegen zwei unbewegt dastehende Gestalten, die mich anscheinend nicht hatten kommen hören. Ich wollte mich entschuldigen, da warf mich ein Faustschlag zu Boden, und zu meinem großen Schrecken erkannte ich Antoine, den Bruder der Vicomtesse. Er bückte sich, um zu sehen, wer ich sei, und da er mich nicht erkannte, fuhr er mir roh mit den Fingern übers Gesicht und fauchte mir ins Ohr: »Wer du auch seist, ich zerschlage dir die Knochen, wenn du es wagst, meinen Namen auszusprechen.« Statt aller Antwort klapperte ich mit den Zähnen, dann stand ich auf, meine Hände waren von den Kieseln zerschunden. Die Person aber, die bei Antoine gewesen, war gleich verschwunden, und ich hätte nicht sagen können, ob es ein Mann oder eine Frau war; später erfuhr ich: es war die Vicomtesse. Meine Beine zitterten so heftig, daß ich nur mit Mühe einen Fuß vor den andern setzen konnte, und mehrere Male mußte ich mich an einen Baumstamm stützen; dabei stand ich seltsamerweise in diesem Augenblick weniger Angst aus als viel später in meinem Zimmer hinter vorgeschobenem Riegel. Ich lag auf meinem Eisenbett und zwang mich, zehn Minuten lang keine Bewegung zu machen: dieses Mittel hatte mir früher einmal ein Mönch zur Beruhigung innerer Erregung empfohlen. Ich rief mir alles ins Gedächtnis, was ich von den Gewaltsamkeiten und seltsamen Launen Antoines gehört hatte. Außer Hektor fürchteten ihn alle Leute der Vicomtesse, denn es verging fast kein Tag, ohne daß er die Hand gegen einen von ihnen erhob. Bisher war es mir gelungen, ihm aus dem Wege zu gehn, aber nun war auch ich dran gekommen. Was er im Park trieb und wer mit ihm war, das herauszubekommen, hatte ich kein Verlangen, und ich nahm mir fest vor, mit niemandem über die Begegnung zu sprechen.

Einige Zeit danach erhielt ich den Befehl, um zehn Uhr abends im Vorsaal zu sein. Ich legte meinen saubersten Rock an, wusch mir sorgsam Gesicht und Hände und fand mich am Fuß der großen Rundtreppe ein. Mir zu Häupten erhob eine große steinerne Frau einen Gasleuchter, der beim Brennen ein leises scharfes Geräusch machte. Sein bläuliches Licht, zu schwach, um die Seiten eines Buches zu erhellen, warf auf die schwarzen Quadern einen fahlen Fleck, dessen Ränder zitterten. Ich setzte mich auf einen Kasten für Brennholz. Es schlug zehn, ich war vor der Zeit gekommen, aber niemand erschien. Wieder vergingen einige Minuten; ich stand auf, um, wenn man mich überraschte, in einer Haltung gefunden zu werden, die meiner Stellung entsprach. An Lesen war nicht zu denken;

um mich zu zerstreuen, sah ich umher, ich wagte sogar, bis an die Glastür zu gehen, durch die ich die Fenster des Gesindehauses leuchten sah, ich wagte mich drei, vier Schritte die niederen Stufen der Treppe hinauf, die sich wie zu einem mächtigen Fächer rund ausbreiteten, dann kehrte ich wieder auf meinen Platz zurück. Die Kälte, die aus dem Boden stieg, durchdrang mich, ich nieste ein oder zweimal, so unauffällig wie möglich. Wieder schlug die Uhr; soweit ich es beurteilen konnte, befand sie sich auf dem Flur des zweiten Stockwerks. Erst hörte ich, wie der Klöppel schnarrend zum Schlage ansetzte, dann kam der schwere, harte Ton und sprengte die Stille und danach ein langes Gemurmel, das in meinem Geist die Form konzentrischer Ringe annahm, die immer größer und immer undeutlicher wurden, bis das Zischen des Gases die diesem Orte eigene Ordnung wiederhergestellt hatte.

Drei Viertelstunden vergingen so; meine Ungeduld bekam Zeit, sich zu beruhigen, und in mein Schicksal ergeben hörte ich die Uhr elfmal schlagen. Ich saß auf dem Holzkasten, hatte den Kragen meines Rockes hochgeschlagen und lehnte den Kopf an den Fuß des Standbildes, einen üppigen, von Grübchen durchlöcherten und mit einem eleganten Kothurn bekleideten Fuß. In dieser Haltung schlief ich ein.

Eine schwere Hand rüttelte mich derb an der Schulter, um mich aufzuwecken, eine Kerze blendete meine Augen, und eine Stimme wiederholte Worte, die ich erst nicht begriffen hatte: »Die Vicomtesse will dich sprechen. Schon dreimal hat man dich gerufen.« Ich erkannte Jean-Louis, den Lakaien, und sprang von meinem Kasten herunter.

Schlafbetäubt wurde ich in ein großes, schwach beleuchtetes Zimmer gestoßen und blieb dicht an der Tür stehen, die man hinter mir schloß. Bücherschränke mit Glasscheiben reichten zwischen düster rot verhangenen Fenstern bis zur Decke. Es wurde mir befohlen, näherzutreten; ich gehorchte wie ein Automat und sah meine Herrin am Feuer sitzen; ihr Sessel war aus westindischem Holz, kostbar gearbeitet, schwarz und glänzend wie Basalt. Eine Besonderheit unterschied ihn von allen Sesseln der Welt, und es wäre unrecht von mir, sie mit Schweigen zu übergehen: dank einem Einfall des Drechslers waren die Armlehnen dieses Möbelstücks Frauenarme, so rund, so voll und schön geformt, daß sie zu leben und sich zu regen schienen.

»Fegen Sie zunächst das alles weg«, sagte sie und wies mit dem Finger auf die Asche, die den Marmor vor dem Kamin bedeckte.

Ich nahm den Handfeger von rotem Roßhaar und tat, wie mir befohlen.

»Das Fegen machen Sie besser als das Rosenschneiden«, sagte sie nach einer Weile. »Wo haben Sie gedient?«

Während ich auf diese Frage antwortete, schob sie eine Lampe her, um mich bequemer betrachten zu können, und ich merkte, sie hörte mir gar nicht zu. Das Licht fiel voll auf ihr Gesicht, das mir gealtert und noch schlechter geschminkt als neulich vorkam; dunkle Ringe um ihre Augen hoben den Glanz der grauen Augäpfel, die mich nicht eine Sekunde losließen. Mitten im Satz unterbrach sie mich:

»Man hat mir gesagt, Sie seien fromm. Ist das wahr?«

Ich wurde rot, als hätte man mir die Kleider vom Leibe gerissen, und stammelte etwas Verworrenes, das ich nicht zu Ende brachte.

»Antworten Sie mit Ja oder Nein, mein Lieber, sonst kommen wir nicht weiter.«

Ihre ruhige Stimme machte mich wieder wütend wie neulich; ich ermaß die Gefahr, die mir drohte, wenn ich mich vor dieser Frau, auf deren Brust ein kleines Goldkreuz schimmerte, frei aussprach, aber ich war entschlossen, lieber meinen Posten zu verlieren als eine neue Beleidigung zu schlucken.

»Nun, ich warte...«

»Also dann: nein«, sagte ich mit Nachdruck.

»Nein, Frau Vicomtesse, sagt man, nicht wahr? Sie wollen sich aber doch dem Priesterstande widmen?«

Die verhaßte Fabel verfolgte mich bis hierher; ich glaubte

das unflätige Lachen des Milchjungen zu hören. Gewiß hatte Leontine für gut befunden, meine angebliche Frömmigkeit zu rühmen, die brave Alte sah mich ja häufig mit einem Evangelium in der Hand. Mit aller Bestimmtheit, deren ich mich fähig fühlte, versicherte ich der Vicomtesse, sie sei schlecht über mich unterrichtet. Und plötzlich packte mich der typische unnütze Eifer der Schüchternen, und ich fügte hinzu, ich könne mich nicht einmal mit gutem Gewissen katholisch nennen. Das klang mir selbst bizarr, und meine Herrin sah erstaunt aus, nicht als ob sie um mein Seelenheil besorgt gewesen wäre, aber sie empfand meine Worte vielleicht als Trotz, fast als Unverschämtheit.

»Was Sie glauben oder nicht glauben, ist von geringem Belang, mein Lieber«, schnitt sie mir das Wort ab. »Sagen Sie mir einfach, ob Sie Latein lesen können.«

»Wenn es sich um einen leichten Autor handelt, Frau Vicomtesse...«

»Es handelt sich um Kirchenlatein, und Sie brauchen nicht einmal zu verstehen, was Sie vor Augen haben. Ich wünsche, daß Sie meinem kranken Vater täglich das Brevier vorlesen. Ich werde Ihr Gehalt erhöhen. Nehmen Sie an?«

Nun war ich wieder zu sehr eingeschüchtert, um mich anders zu verhalten: ich nahm an.

»Wohlverstanden, Sie geben Hektor die Schürze zurück, mit der er Sie jeden Morgen ausstaffiert. Dieser Mummenschanz hat lange genug gedauert, und Hektor braucht Sie nicht. Das ist noch nicht alles. Ihr Name mißfällt mir; Sie heißen von nun an einfach Jean.«

Bei diesen Worten lächelte sie, aber ihr Gesicht wurde gleich wieder ernst.

»Noch etwas: Ich verbiete Ihnen, mit meinem Bruder zu sprechen. Wenn er in das Zimmer des Herrn Grafen tritt, während Sie da sind, ziehen Sie sich sofort zurück. Wenn Sie ihm im Park begegnen, entfernen Sie sich schleunigst. Mein Bruder mag Sie nicht.«

Sie betrachtete mich aufmerksamer und sagte eine Zeitlang

kein Wort; diese Untersuchung, die nicht enden wollte, machte mich verlegen, ich schlug die Augen nieder, blickte dann wieder auf und nach der einen und andern Seite; da fiel mein Blick auf eine kleine Uhr von rotem Schildpatt, die auf einem Schreibtisch stand, und verblüfft bemerkte ich, daß es halb zwei war.

Nun nahm die Vicomtesse ihr Verhör wieder auf, aber bei ihr war die Neugier nur von kurzer Dauer und mit tiefer Gleichgültigkeit durchsetzt; wenn sie Fragen stellte, hörte sie nicht immer auf die Antwort. Mehrere Male fragte sie mich, wo ich meine Studien absolviert hätte; ihre Zerstreutheit war aufreizend, ich biß mir auf die Lippen; als ich ihr schließlich klargemacht hatte, ich verdanke meine ganze Bildung langen Lesestunden im Hinterraum einer Buchhandlung, sagte sie unvermittelt:

»Ich habe vergessen, Ihnen mitzuteilen, daß Sie an Tagen, an denen wir Besuch haben, bei Tisch bedienen werden.« Mir stieg das Blut ins Gesicht, als hätte man mich geohrfeigt; ich wollte gern einen Rasen sprengen oder einem alten Mann vorlesen, aber Schüsseln auftragen, dazu war ich denn doch zu stolz.

»Nun, mein Lieber, haben Sie verstanden?« fragte meine Herrin.

Ich antwortete nicht.

»Wenn diese Arbeit Ihnen nicht zusagt, kann Sie kein Mensch auf der Welt zwingen, hier zu bleiben. Überlegen Sie es sich.«

Sie wartete; seit Beginn unserer Unterredung hatte sie ihren Sitz nicht verlassen, und trotz der Wut, in die sie mich brachte, konnte ich nicht umhin, die Würde ihrer Haltung zu bewundern.

»Ich brauche eine Antwort«, sagte sie schließlich. »Nehmen Sie an?«

Es ist mir eine Genugtuung, aufschreiben zu können, daß ich nicht angenommen habe! Verlor ich darüber meine Stellung, so würde diese Frau mich doch jedenfalls weniger verachten, da ich nicht klein beigegeben hatte. Diese Überlegung erwies sich als gar nicht so irrig.

»Wir werden sehn, wie Sie lesen«, sagte meine Herrin, stand auf und ging an einen der Bücherschränke. »Eins will ich Ihnen aber doch sagen: hätten Sie ja statt nein geantwortet, ich hätte Sie nicht einen Tag länger behalten. Aber schüchtern sind Sie, Sie werden sich bessern müssen.«

Sie kam wieder an ihren Platz zurück mit einem Buch, in dem sie blätterte.

»Das ist es nicht«, flüsterte sie.

Ich erbot mich, ihr den gewünschten Band zu suchen, aber sie schüttelte den Kopf.

»Es ist sicher nebenan. Bleiben Sie hier; ich gestatte Ihnen, sich zu setzen, wenn Sie müde sind.«

Mit diesen Worten ging sie quer durch das Bibliothekszimmer und hob einen Vorhang, der es von einem Nachbarzimmer trennte; sie machte Licht, und dann hörte ich, wie sie eine Leiter an der Stange schob. Minutenlang kramte sie in den Büchern, öffnete sie und schlug sie geräuschvoll zu, wie um den Staub auszutreiben; eine längere Stille ließ mich glauben, sie habe es endlich gefunden, aber schon wurde das Buch beiseite geworfen, und von neuem glitt die Leiter mit leisem Knarren am Regal entlang.

Todmüde hatte ich mich in einen Lehnstuhl gesetzt, und da meine Herrin länger fortblieb, versank ich mit Genuß in die dicken roten Polsterkissen. Die Lampe auf der Kaminecke verbreitete ziemlich schwaches Licht, das die Decke dunkel ließ; die Kehlleisten der großen Glasschränke und die Vorhänge mit den langen, säulengeraden Falten verloren sich in ein Dunkel, das dem Zimmer die geheimnisvolle Stille eines Waldes gab; auf Händen und Gesicht fühlte ich den guten warmen Atem des Kaminfeuers; die Augen fielen mir zu. Als ich erwachte, fiel mein Blick sofort auf das Fenster gegenüber, es stand weit offen und ließ mich zwischen schwarzen Baumwipfeln einen Himmel sehen, in den die erste Dämmerblässe stieg. Mit einem Satz war ich auf und dachte, ich würde mich entschuldigen müssen, aber ein Rundblick überzeugte mich, ich war allein, und das war tröstlich. Die Uhr zeigte auf drei. Ich glättete mein zerzaustes Haar und brachte meine Sachen etwas in Ordnung, dann schloß ich das Fenster; es ging in gleicher Höhe auf einen schmalen Baumgang längs des Wallgrabens.

Ich vermutete, meine Herrin habe das Fenster geöffnet, um das Bibliothekszimmer zu lüften, und habe sich dann zurückgezogen, ohne es nötig zu finden, mich zu wecken; erst später streifte der Verdacht, ich könne mich täuschen, zum erstenmal meinen Geist. Als ich mich anschickte, die Lampe, die noch brannte, zu löschen, bemerkte ich, es war da ein kleines Buch so auf den Schreibtisch gelegt, daß man es nicht übersehen konnte, ein in roten Saffian gebundenes Brevier, das auf dem Deckel das Wappen der Nègreterre trug; es mahnte mich an die Pflicht, die ich nun zu erfüllen hatte, und ich bedauerte es etwas, sie so schnell übernommen zu haben; indem ich in den Meßgebeten, mit denen das Buch begann, blätterte, fühlte ich ein leichtes Unbehagen beim Anblick dieser Blätter, die von unbekannten Fingern abgegriffen und stellenweise vergilbt waren. Ich mußte mir das kleine Buch am Bette der Sterbenden oder bei Kerzenschein gelesen vorstellen. Der Gedanke, einem kranken Greis Gesellschaft zu leisten, war mir mit einem Mal sehr zuwider; das war, fand ich, eine seltsame Art, mein Brot zu verdienen. Ich löschte die Lampe und ging, so rasch ich konnte, quer durch das Bibliothekszimmer.

Im Vorzimmer, wo die steinerne Frau immer noch ihren brennenden Leuchter hochhielt, hätte ich beinahe meine Herrin umgerannt, sie hatte die Eingangstür geschlossen und kam in einem Reisemantel auf mich zu.

»Sie sind fortgegangen? Ich habe Ihnen doch gesagt, Sie sollten sich nicht vom Fleck rühren.«

Wir gingen ins Bibliothekszimmer zurück.

»Ich vermute, Sie haben geschlafen.« – Sie heftete ihre Augen auf meine. – »Warum senken Sie den Kopf, mein Lieber? Es ist ja ganz natürlich.«

Bei diesen Worten wurde ihre Stimme sanfter, und ich

wagte die Frage, ob Frau Vicomtesse bereits geruht hätten. Ein tonloses Lachen.

»Geruht? Allerdings. Ich habe meine Nacht hinter mir. Wieviel Stunden Schlaf brauchen denn Sie?«

Ich kam mir vor wie ein Vielfraß, den man fragt, welche Masse Mundvorrat seinen Hunger stillen würde, und da ich nicht antwortete, fing sie wieder an:

»Sie wollen doch nicht behaupten, daß Sie acht Stunden brauchen wie ein Kutscher?«

Ich leugnete jede Ähnlichkeit mit diesem Individuum ab, hätte aber gern den Tag in meinem Bett erwartet, statt auf die Fragen der Vicomtesse zu antworten, deren Gesicht ausgeruht und durch einen nächtlichen Spaziergang erfrischt aussah.

»Da Sie so munter sind«, sagte sie, »werden Sie dies Büchlein in die Tasche stecken und mir folgen.«

Sie zeigte auf das Brevier, dann auf die Lampe und ging voran; ich folgte gefügig, die Lampe in der Hand, wir gingen durch das Vorzimmer und kamen in eine lange Galerie, die mit Büsten und Stichen geschmückt war. Graues Licht drang durch die nackten Fenster, und als ich einen Blick in den Park warf, sah ich einen feinen Regen fallen. Der unbedeckte Fußboden hallte unter der Sohle meiner Herrin; ich versuchte auf den Fußspitzen zu gehn, das fiel ihr auf, und ohne sich umzusehen, befahl sie: »Gehn Sie doch wie gewöhnlich. Hier wekken wir niemand auf.«

Am Ende der Galerie öffnete sie eine Tür, und wir stiegen einige Stufen hinunter. Vor uns erstreckte sich ein schmaler Korridor, der zu einer kleinen Wendeltreppe führte. Ich merkte, wir kamen in einen der Türme, die ich oft vom Park aus angesehn hatte, aber wir stiegen nicht so weit hinauf, wie ich es erwartete; schon nach fünfzehn Stufen blieb meine Herrin stehn. Wir befanden uns vor einer niedrigen Tür, die ohne Rahmen und Schwelle in die Wand eingelassen war, deren Krümmung und schmutzige Farbe sie angenommen hatte.

»Bevor wir eintreten«, sagte die Vicomtesse, »möchte ich Sie noch einmal daran erinnern, daß Sie hier sind, um meinem

Vater vorzulesen. Wenn er Ihnen Fragen stellt, werden Sie so kurz wie möglich antworten. Sie werden ihn nicht zum Sprechen anregen. Sie werden ihm nichts geben, um das er Sie etwa bitten sollte; wenn er aber etwas braucht, drücken Sie auf den Knopf am Kopfende seines Bettes; dann wird jemand kommen. Verstanden? Sie treten ein, setzen sich ans Feuer und fangen gleich an zu lesen, und zwar so deutlich wie es Ihnen möglich ist. An der Wand dem Bett gegenüber befindet sich eine Uhr; nach einer Stunde hören Sie auf zu lesen und klingeln; dann wird man Sie hinausbegleiten.«

Mit diesen Worten öffnete sie die Tür und gab mir ein Zeichen mit dem Kopf, wie um mich zu ermuntern; dann stieg sie die Treppe hinunter und verschwand. Ich trat ein.

Ein hohes, düsteres Zimmer, zweigeteilt durch einen großen schwarzen Wandschirm, hinter dem eine Lampe brannte, die ich nicht sah: auf der Decke zeichnete sich ihr Lichtkreis ab; die Wände waren mit rotem Damast bezogen. Ein starker Duft von Pflanzenharz bedrängte mir die Brust. Als meine Augen sich an das Halbdunkel gewöhnt hatten, bemerkte ich die Uhr, von der die Vicomtesse gesprochen hatte, aber nicht das Bett des Kranken, den ich unterhalten sollte. Mit äußerster Vorsicht schloß ich die Tür, und dann stand ich da und wußte nicht, wie ich mich verhalten sollte, das Herz schlug mir heftig. Ich horchte auf das Ticktack der Uhr und wartete mehrere Minuten, ehe ich mich zu bewegen wagte. Schließlich schämte ich mich meiner Schüchternheit und ging um den Wandschirm herum.

In einem schmalen Eisenbett, dessen Decken bis auf den Boden reichten, lag auf dem Rücken ein Mann. Sogleich blieb mein Blick an seinem gelben Gesicht haften: es war entsetzlich mager; hatte man mir einen Toten zu bewachen gegeben? Die Lider lagen in tiefen Höhlen und bedeckten halb die grauen Augäpfel, in denen der Geist zwischen Wachen und Schlafen zu irren schien; lag in den Augen etwas Unbestimmtes, so gab doch ein Ausdruck ungewöhnlicher Entschlossenheit den entstellten Zügen eine harte, heftige Schönheit. Die kleine gebogene Nase sah geizig aus; der lange, lippenlose Mund war gerade wie ein Strich; herausfordernd glänzte das schwere, sorgsam rasierte Kinn wie ein blank geriebener Knochen. Ein weißes Taschentuch, um den Schädel geschlungen, ließ über den hohlen Schläfen kurzgeschnittenes graues Haar frei und legte eine schmale Stirn bloß, ockerfarben wie Buchsbaum. Unter der Decke lagen längs des Körpers die Arme regungslos.

Schwankend zwischen der Angst vor diesem Menschen und einer Neugier, stärker noch als meine Angst, blieb ich einen Augenblick am Fußende des Bettes stehen. In der Furcht ist ein Zauber, den die Mutigsten kennen; ich fühlte mich durch das Schauspiel dieses lebenden Wesens, das in den Tod glitt, mir selbst entrissen und glaubte, bei ihm an die Grenzen eines Bereiches zu kommen, wo das Schweigen tiefer ist als unser Schweigen. Ahnte der Kranke etwas von meiner Anwesenheit in diesem Zimmer? Ahnte er etwas von seiner eigenen? Sein Blick war so erschreckend leer, und alles, was menschlich und irdisch in mir war, wich zurück vor diesem Menschen, der schon eine der unseren fremde Welt bewohnte. Ich beugte mich über ihn, versenkte meine Augen in seine und rief ihn leise an. Vielleicht wußte man überhaupt nicht, daß er am Verscheiden war.

In meiner Benommenheit fing ich an, für mich allein zu sprechen, und ich sah um mich her, als wollte ich die rot bezogenen Wände um Rat fragen. Ein hoher Sessel am Kamin mahnte an die Gebote der Vicomtesse; ich beschloß, sie zu befolgen, und merkte mir die Zeit auf der kupfernen Uhr: es war halb vier.

Als ich mich ans Feuer gesetzt und mein Buch aufgeschlagen hatte, flog ein Lesezeichen zwischen den Blättern auf; eine eifrige, aber sehr ungeschickte Hand hatte auf ein Stück Zeitung mit Bleistift Worte geschrieben, die sich vermutlich an mich richteten: *Hier anfangen.* Mit zögernder Stimme, die beides fürchtete: gehört und nicht gehört zu werden, fing ich also an. Das kleine Werk in meinen Händen schien mir, nach der Farbe des Papiers und der Form der Buchstaben zu schließen, sehr alt. Der Sinn dessen, was ich las, entging mir vollständig.

Ein Scheit, das die Flammen zerbrachen, schreckte mich auf, und das Buch sprang mir aus der Hand, als hätte man es mir weggerissen. Das brachte mich in die äußerste Verlegenheit: wenn mich der alte Mann beim Vorlesen beobachtete, mußte er mich recht lächerlich und recht schüchtern finden. Aber mit einem raschen Blick stellte ich zu meiner Beruhigung fest, daß er sich nicht rührte. Mit Schaufel und Zange beseitigte ich die Unordnung im Kamin und schlug mein Buch wieder auf. Mit jeder neuen Seite, die ich umschlug, irrte mein Geist weiter ab; manchmal konnte ich nicht glauben, ich sei im Turm von Nègreterre und läse im Tagesgrauen einem Sterbenden Latein vor; dachte ich aber darüber nach, so erschien mir diese Situation natürlich, denn in einer Weise, die ich nicht erklären kann, *sah sie mir ähnlich.* Sie gehörte in einen besondern Zusammenhang, von dem ich nie mehr als eine Einzelheit erfassen konnte, während das Ganze beständig wie in Nebeltiefe zurückwich. Meine Sprache klingt dunkel, aber ich spreche von dunklen Dingen. Ein dem meinen überlegener und darum fremder Wille leitete mein Leben, hielt mich hier zurück, schickte mich dort vor. Das kann jeder Mensch von sich sagen, aber mein Fall unterscheidet sich dadurch ein wenig von anderen, daß ich mir Rechenschaft gab über meine Abhängigkeit; davon hatte ich bisweilen ein ganz deutliches Gefühl und glaubte dann, gleich würde ich ein unbekanntes Etwas, das größer ist als wir, berühren, es gleich von Angesicht zu Angesicht sehen.

Mit diesen Gedanken war ich so beschäftigt, daß ich nicht mehr beurteilen konnte: hatte ich zehn Seiten gelesen oder hundert. Gleichwohl las ich weiter, da flüsterte eine Stimme, und ihr Flüstern überdeckte den Klang meiner Worte: »Wie schlecht Sie lesen, Herr!« Diesmal warf ich das Buch auf die Erde, sprang auf und schrie. Dann schämte ich mich meines Schreckens, als ich sah, wie der Kranke den Kopf nach meiner Seite drehte; ich hob mein Buch auf und wußte kein Wort zu sagen. Ein Lächeln grub zwei kleine Runzeln in die Wangen des Alten.

»Was tun Sie hier?« fragte er in demselben Flüsterton wie soeben.

Ich sagte, ich gehorche einem Befehl der Vicomtesse; er schloß die Augen.

»Gehen Sie nach nebenan«, raunte er. »Sehen Sie durch die Luke, und kommen Sie wieder hierher.«

Er zeigte auf eine kleine Tür, die durch das letzte Glied des Wandschirms halb verborgen war, da bemerkte ich zu meiner Überraschung und mit leichtem Ekel, daß das Zimmer, in dem wir waren, kein Fenster hatte; das gab mir einen Stoß, und viel schneller, als die Höflichkeit es eigentlich erlaubte, ging ich in das Nebenzimmer.

Das war ein bis zu halber Höhe meergrün und von da bis zur Decke weiß gestrichenes Ankleidezimmer; und da fand sich in der Tat, in die dicke Mauer gehöhlt, eine Luke, durch die ich den Kopf steckte, nachdem ich den Laden aufgestoßen hatte. Wie ein Siegesschrei stieg die rote Sonne am Himmel empor. Nie habe ich ein schöneres Schauspiel gesehen; lange Nebelschleier glitten langsam über die Wiesen und blieben an den Kornfeldern hängen bis zu den schwarzen Wäldern am Horizont. Einige Meter unter mir konnte ich in den Wallgräben die Weiden sehen, deren Zweige in den Scharlachstrahlen bluteten. Da ergriff mich ein unendliches Sehnen, glücklich zu sein, ich streckte beide Hände in das Licht und atmete mit Wollust den feinen Brandgeruch, der in der Luft meiner Heimat ist. Ich dachte an meine Kusine, an den Garten meiner Tante, an die Hängematte, in der sie mich schaukelte, und mir war, als gäbe es fast zuviel Glück auf Erden; ich nahm mir vor, mich zu bessern und nicht mehr dem Unreinen nachzugeben. Wenn ich eine hinreichende Summe Geldes zurückgelegt haben würde, wollte ich zu Frau Plasse zurückkehren und ihr meine Ersparnisse in die Hand zahlen; inzwischen würde ich ihr schreiben, würde auch an Marie-Thérèse schreiben und sie um Verzeihung bitten, ich wollte mit allen Frieden schließen, selbst mit denen, die ich nicht verletzt hatte.

Dieses Hochgefühl dauerte fast eine Minute. Es tat mir wohl, mir eine Welt vorzustellen, in der es keine Sorge gab, ein harmloses Paradies, dem Tode unerreichbar, es war durchaus nicht das so schwer zu verdienende katholische Paradies, sondern ein großer, allen offener Garten, wo der Böse das Schlechte und der Gerechte seine verdrießliche Tugend vergißt.

Als ich wieder in das rote Zimmer kam, betrachtete ich die Lampe mit ihrem kargen Licht. Entmutigung muß da in meinem Gesicht zu lesen gewesen sein, denn der Alte fragte mich, was ich hätte. Er sprach mir sanft zu, und ich war schwach genug, dem Sterbenden zu bekennen, daß Kummer aller Art mich hindere, glücklich zu sein. Das Ungehörige meines Verhaltens ging mir nicht gleich auf, und ich ließ mich zu halben Bekenntnissen hinreißen, die mit wohlwollender Miene angehört wurden; aber irgendeine Frage wurde mir nicht gestellt, und daraus konnte ich entnehmen, wie verächtlich ich diesem großen Herrn vorkommen mochte, der mich mit so bedrückender Höflichkeit behandelte. So unterbrach ich mich denn mitten im Satz und errötete heftig; dann bat ich um die Erlaubnis, mich zurückzuziehen, wenn der Herr Graf nichts weiter wünsche.

»Sie haben durch die Luke geschaut. Wie sieht der Himmel aus?«

Ich antwortete, es scheine ein besonders schöner Tag zu werden.

»Ist es denn schon Tag?«

»Heller Tag.«

Das schien ihn zu erleichtern.

»Sagen Sie meiner Tochter, daß es heute noch nicht sein wird.«

Und da mich diese Worte ein wenig überraschten, wiederholte er sie deutlicher, dann schloß er die Augen; damit war ich entlassen. Ich tastete nach der Klingel über dem Bett, wie mich die Vicomtesse geheißen hatte.

Die Person, die auf mein Klingeln erschien, war mir nicht ganz unbekannt: ich mußte sie wohl schon einmal gesehen haben, wie sie mit Nadeln im Mund durch die Wäschekammer ging. Kaum größer, aber viel breiter als ich, schien diese Frau durch ihre Beleibtheit keineswegs behindert; der Fußboden hallte unter ihrem behenden Schritt. Trotz ihres schwarzen Haares hielt ich sie für eine Fünfzigerin, denn ihr aufmerksamer, bedächtiger Blick verriet lange Erfahrung, und das von Fett belastete Gesicht hatte den eigentümlichen Ernst derer, die im Bedienstetenstande alt geworden sind. Mit ihrer engen Stirn, den schweren, aschenfarbenen Backen und der fleischigen Nase war sie für mich auf den ersten Blick aufreizend häßlich, aber die Sanftmut ihres Benehmens ließ mich bald ihr unvorteilhaftes Äußeres vergessen. Sie warf einen Blick auf den Alten, dann auf die Uhr und bat mich lächelnd, ihr zu folgen.

Durch das Ankleidezimmer, von dem ich gesprochen habe, kam man vom Zimmer des Kranken in ein viel geräumigeres, das ein hohes, breites Fenster erhellte. Kalkgetünchte Wände gaben diesem Raum ein strenges, aber nicht unangenehmes Aussehen; mächtige gastliche Möbel hoben den ersten Eindruck von kalter Nacktheit auf. Ein großes Bett mit roten Vorhängen nahm zwischen einem steinernen Kamin und der schweren Eichentür, durch die wir eingetreten waren, den schönsten Platz ein; ich bewunderte die Sessel aus schwarzem Holz, die längs der Wände mit stoffbezogenen Stühlen abwechselten; ich sah herüber und hinüber und hatte dabei ein unerklärliches Gefühl von Behagen und Besänftigung; hier war mir alles günstig, und ich möchte sagen: befreundet, wenn man dies Wort sinnvoll auf Gegenstände anwenden kann.

Meine Betrachtungen wurden unterbrochen durch die dicke Frau, die meinen Arm mit leichter Hand berührte.

»Ich bin Frau Georges«, sagte sie. »Wir werden uns verstehen, das fühle ich. Wenn Sie Hunger haben, kann ich Ihnen gleich Brot und Marmelade heraufbringen lassen, andernfalls warten Sie bis zum Frühstück, das man Ihnen hier auftragen wird. Was ist Ihnen lieber?«

Aus Schamhaftigkeit lehnte ich den angebotenen Imbiß, auf den ich doch mächtige Lust hatte, ab.

»Ist recht«, sagte sie. »Ich rate Ihnen, sich da auszuruhen, bis es sieben schlägt.«

Sie zeigte auf ein niedriges Kanapee am Fußende des Bettes und zog sich dann durch eine Tür zurück, die der ersten gegenüber lag. Ich streckte mich einen Augenblick aus, konnte aber nicht lange in dieser Lage bleiben, da ich gar kein Bedürfnis fühlte zu schlafen; selbst wenn ich müde gewesen wäre, die einfache Neugier hätte mich, glaube ich, wachgehalten. Kein Ton störte die Stille. Ich ging einmal durch das Zimmer und machte mich mit allen Ecken und Winkeln vertraut. Leise öffnete ich die Tür, durch die Frau Georges gegangen war, und erkannte eine schmale Galerie, die, mit rosa Ziegelsteinen gepflastert, zur Anrichte führte. Aber ich wagte meinen Ausflug nicht weiter fortzusetzen, und die Tür wurde ebenso vorsichtig geschlossen, wie ich sie aufgemacht hatte.

Während ich mich nun bis sieben Uhr zu beschäftigen suchte, fiel mir auf, daß die Nische des Fensters, die in eine zehn Fuß breite Mauer eingelassen war, ganz für sich einen Verschlag bildete, in dem man bequem ein Bett von kleinem Umfang hätte unterbringen können. Ich weiß nicht, wie ich auf diesen Gedanken kam; er erinnerte mich an einen Traum, den ich von Zeit zu Zeit hatte: da kam ich immer in ein winziges Zimmerchen, das innerhalb eines größeren Zimmers lag. Wie sicher war man in dieser Nische! Ich zog die hohen Vorhänge zu, die sie von dem Zimmer trennten, und betastete den schweren rauhen Stoff, dessen stumpfes Rot an die Farbe vor kurzem getrockneten Blutes erinnerte. In meinem Versteck war mir wohlig wie einem Kind, das sich den Blicken der Leute entzogen hat und einige Minuten im Verborgenen spielt. Da stand neben einem Nipptisch ein Schemel, mit verschossenem Plüsch überzogen; ich setzte mich und leerte meine Taschen aus. Das kleine Andachtsbuch, das ich zunächst hervorzog, war mir zuwider, und ich versteckte es unter einem Taschentuch. Schließlich fand ich das Wachstuchheft, in das ich die kleinen Ereignisse meines Tages notierte, und gleich machte ich mich an die Arbeit. Ich schrieb mit Bleistift und verwandte darauf eine Sorgfalt, über die ich heute froh bin. Meine Bemühungen, das Leben im Vorübergehn festzuhalten, sind doch nicht ganz vergebens gewesen. Jede Stunde, die im Geiste verlischt, ist dem Nichts zum Pfand gegeben, und letzten Endes ist der Tod nichts anderes als der gänzliche und endgültige Verlust aller Erinnerung; meine Furcht zu verschwinden war so lebhaft, daß ich vor keiner Pedanterie zurückschreckte, um eine Sekunde meines Daseins festzuhalten; ich gab das Wetter, den Wärmegrad und die Gegend, in der ich mich befand, genau an. Indem ich so eine der merkwürdigsten Nächte, die ich erlebt habe, erzählte, notierte ich auch die Landschaft, die sich jedesmal, wenn ich aufblickte, meinen Augen zeigte, und vergaß nicht die Bauern, die mit der Sense auf der Schulter und dem Sack an der Seite ins Kornfeld gingen.

Es schlug sieben: zitternd fuhr ich auf, denn ich war wieder einmal eingedämmert. Hastig steckte ich mein Notizbuch in die Tasche, als Frau Georges wieder erschien. Sie ließ sich keine Überraschung anmerken, mich in der Nische zu finden, und stellte keine Fragen; ihr schien nur eines wichtig zu sein: daß ich mit einem Lächeln auf ihr Lächeln antworte, und so lächelte sie denn, bis ihr Wunsch in Erfüllung ging. »Sie können frühstücken, wann Sie wollen«, sagte sie dann und sah dabei etwas verlegen aus. »Ich habe vergessen, Ihnen zu sagen, daß die Messe um halb acht ist. Falls Sie kommunizieren wollen, könnte Ihnen Ihre Schokolade später serviert werden...«

Ich wußte nichts von einer Messe; seit ich nach Nègreterre gekommen war, hatte man mir nie etwas davon gesagt; war meine Anwesenheit am Tisch des Herrn geboten?

»Wie könnte die Kommunion geboten sein! Aber es ist unerläßlich, daß Sie heute der Messe beiwohnen. Und wenn Sie dann später zwei-, dreimal im Monat zum Gottesdienst erscheinen, werden Sie einen günstigen Eindruck machen.« Die lächelnde Sicherheit dieser Frau Georges reizte mich, allerlei Scharfes und Gotteslästerliches zu sagen, aber ich war besonnen genug, mich zurückzuhalten; sie würde es ja doch nicht verstehen. Meine erste Regung: der Ekel vor diesem Weib war wohl doch ganz richtig gewesen.

So schwieg ich denn, und sie äußerte noch, in meiner Eigenschaft als Vorleser beim Herrn Grafen sei ich gewissermaßen verpflichtet, ein gutes Beispiel zu geben. In diesen Worten war eine Drohung enthalten, wie ich deutlich merkte, und so verschob ich alle schwierigen Aufklärungen auf später und ließ mich darauf ein, heute zur Messe zu gehn.

»Es heißt überall, Sie seien ein frommer junger Mann«, meinte Frau Georges und blickte freundlich drein. »Einige versichern sogar, Sie würden schließlich ins Priesterseminar eintreten.«

Diese Worte fielen in ein tiefes Schweigen; ich verschmähte es, auf sie einzugehen, und unterdrückte meine Gereiztheit, so gut ich konnte; aber, das nahm ich mir vor, eines Tages würde ich aufräumen mit diesem Mißverständnis, das mich demütigte wie eine Ohrfeige.

Abgesehen von einigen ziemlich rohen Skulpturen und einem modernen Kirchenfenster sah die Kapelle von Nègreterre ganz wie ein Gefängnis aus. Die Wölbung ruhte auf vier Säulen, die nicht der Schönheit, sondern des Zweckes wegen da waren; daher waren die Kapitäle ganz schmucklos. Da die Chorhaube im Turm lag, rundete sie sich ein wenig, aber man merkte, daß das ein glücklicher Zufall war und keine Absicht vorlag, sich alter Überlieferung anzupassen; wäre die Mauer gerade gewesen, so wäre es auch der Chor gewesen, entsprechend den Grundsätzen der ersten Nègreterres, die alle unbesonnenen Ausgaben vermieden hatten.

Als ich eintrat, fand ich etwa zwanzig Personen versammelt und glaubte zuerst, einer Totenmesse beizuwohnen, da alle in Trauerkleidung waren. Das Wappen an der Orgeltribüne verschwand unter einem Kreppschleier, der Altar unter einem schönen schwarzen, mit Silbertropfen besäten Tuch, das mich durch seine Pracht überraschte. Der Priester war in denselben Stoff gekleidet, aber sein Gewand war noch reicher geschmückt; er sprach den *Introitus* mit der üblichen stammelnden, sich überstürzenden Stimme, die mich zum Calvinisten machen könnte, wenn mich nicht alle christlichen Kirchen abstießen. In der ersten Reihe der Gläubigen erkannte ich die Vicomtesse; neben ihr saß ihr Gatte, ein dicker Mann mit rotem Gesicht, er trug zwar einen Gehrock, sah aber trotzdem aus wie ein Ochsentreiber; er seufzte, wischte sich die Stirn und warf von Zeit zu Zeit einen verdrossenen Blick nach der Tür; beim Meßopfer kniete er nicht nieder, sondern beugte sich nur vor, den rechten Ellbogen auf die Lehne seines Betstuhls, die linke Hand in die Hüfte gestützt, und in dieser herablassenden Haltung überblickte er die demütig gekrümmten Schultern ringsumher.

Das Glöckchen läutete zum drittenmal, und damit war das Zeichen zum Ausruhen gegeben, die Stühle knarrten, man schnäuzte sich, man flüsterte ungeniert. Wo war zwischen dieser Menge, die nicht zuhörte, und diesem Priester, der das Latein verschluckte, Platz für Aufrichtigkeit, für irgendeine, selbst abergläubische oder eigennützige Aufrichtigkeit? Da gab es doch nur eine einzige, und die trug ich in mir wie ein Licht: »Mein Gott«, dachte ich, während ich mich zum Ausgang wandte, »Gebete habe ich dir nicht zu bieten, so nimm denn das Wort eines redlichen Herzens: ich leugne dich.«

Dieser Gedanke packte mich im Innersten; er drückte zwar nicht genau aus, was ich sagen wollte, entsprach aber einer tiefen Wahrheit, und ich hatte das Gefühl, aus Versehen ein verbotenes Gebiet berührt zu haben. Eine seltsame Freiheit ward mir da geschenkt, mit der ich aber noch nichts anzufangen wußte; ich war der Sklave, der bemerkt, daß seine Kette nicht mehr hält. Ein leichter Taumel zwang mich niederzusitzen, und dabei stieß ich gegen mehrere Personen, die es zum Entgelt an Püffen nicht fehlen ließen. Die Hitze wurde lästig, ich mußte Gerüche einatmen, die einen krank machen konnten, denn man wäscht sich ziemlich wenig in unserer Gegend, und schon glaubte ich, es nicht länger auszuhalten, da legte sich eine Hand auf meine Schulter. Es war Frau Georges, sie forderte mich auf, ihr zu folgen, und bahnte sich ziemlich rücksichtslos einen Weg durch die Menge; wir kamen in einen stillen Winkel, wo ich, nachdem ich mein Taschentuch in das große bleierne Weihwasserbecken getaucht und meine Schläfen angefeuchtet hatte, mich bequem niedersetzen konnte. Ich wollte meiner Feindin danken, da traf sie mich mit einem Blick, der diese gute Regung hemmte; sie sagte mir, es habe dem Herrn Vicomte mißfallen, daß ich mich weigerte zu kommunizieren; »indessen«, fügte sie hinzu, »noch ist Zeit.« Ich tat, als habe ich nicht verstanden, und fragte sie nach der Bedeutung der Trauertücher; ohne zu antworten, begann sie, mit schmollender Miene ihren Rosenkranz abzuhaspeln, und drehte mir dabei ihren breiten, unzufriedenen Rücken zu. Dann wurde wieder geläutet, und es ging eine Bewegung durch die Gläubigen; ich aber nutzte den Augenblick, in dem Frau Georges ihren Platz verließ, um sich an den Tisch des Herrn zu begeben, machte mich aus dem Staub und suchte wieder das Zimmer mit den roten Vorhängen auf.

Mein Frühstück bekam ich von der, die meine Feindin zu nennen ich mich schon gewöhnt hatte, sehr übellaunig aufgetragen; sie grollte, weil ich mich so schnell davongemacht hatte. Hätte ich genügend Höflichkeit besessen, das Ende des Gottesdienstes abzuwarten, so hätte ich meine Schokolade im Eßsaal mit den Verwandten und Gästen des Herrn Vicomte getrunken. Mit hochtrabender Betrübnis teilte sie mir noch mit, die Messe, von der ich einem Teil beigewohnt habe, sei zur Erinnerung an den Vater des Herrn Grafen gefeiert worden. Am liebsten hätte ich ihr darauf gesagt, ich hätte auf dem Herbstjahrmarkt Viehhändler getroffen, die ebenso feine Manieren gehabt hätten wie die Vettern und Freunde meines Herrn, wenn ich nach der Gesellschaft heute in der Kapelle urteilen könne, aber etwas hielt mich zurück: dieses Weib, das die heilige Speise frisch in sich trug, dachte ja nur daran, mich zu unvorsichtigen Äußerungen aufzureizen. So begnügte ich mich damit, ihr zuzulächeln, und aus Gewohnheit oder Diplomatie tat sie desgleichen und ließ mich dann allein.

Gleich danach erhielt ich den Besuch meiner Herrin. Das schwarze Kleid machte sie in meinen Augen noch herrlicher, und obwohl sie es mir erlaubte, wagte ich nicht, in ihrer Gegenwart mein Frühstück aufzuessen. Sie erkundigte sich sofort, in welchem Zustand ich ihren Vater gefunden habe, und hörte meine Auskünfte mit einer Gier an, die mich erst überraschte und mir schließlich unbehaglich wurde. Ich mußte die Gesichtsfarbe des Kranken, seine Miene, sein Benehmen beschreiben und seine Stimme nachmachen. Sie ließ nicht nach; nicht nur den Auftrag, den er mir gegeben und der als die natürlichste Sache von der Welt hingenommen wurde, mußte ich ausrichten, sie wollte alle seine Worte, auch die unbedeutendsten, wissen. Ich mußte ihr auch noch sagen, wohin der Arme seinen Blick gerichtet habe. Diese Frage war nicht ohne Belang, denn bis auf wenige Sekunden hatte er seine Augen nicht von der Uhr gewandt; das fiel mir jetzt auf, und ich teilte der Vicomtesse mein Erstaunen mit.

»Seit drei Monaten sieht er diese Uhr an«, sagte sie. »Man sollte meinen, es fessele ihn ans Leben, wenn er so den Gang der Zeiger belauert.«

Der Tonfall meiner Herrin ermutigte mich zu der Frage, ob ihr Vater zu sterben fürchte.

»Ich weiß nicht«, antwortete sie. »Jeden Morgen läßt er mir sagen, er werde den Tag überstehen, das ist alles. Seit er aufgegeben ist, liest man ihm täglich mehrere Seiten aus seinem Gebetbuch vor, denn er will sich auf ein gutes Ende vorbereiten. Die Doktoren wundern sich, daß er es so lange aushalten kann.«

Ich war neugierig, aber zugleich fürchtete ich, sie würde mir zuviel sagen. Krankheit hat mir immer großen Schrecken und heftigen Ekel eingeflößt, so daß ich meine Fragen schon bereute; ich versuchte daher eine Art Ablenkung und erkundigte mich, wer dem Herrn Grafen vorgelesen habe, bevor man mich für diesen Posten ausgewählt habe. Sie erriet meine List, ihr Lächeln wurde recht verächtlich; andererseits sah ich wohl ein, ihr lag daran, mich in ihren Diensten zu behalten, weshalb sie mich schonend behandelte.

»Da es Sie interessiert, werde ich Ihnen gleich auf alle Fragen, die Sie mir stellen könnten, antworten, und dann sind wir quitt. Also, Sie müssen wissen, in unserer Familie sterben die Männer fast immer auf die gleiche Art, eine entsetzliche Art. Wie ich Sie zu kennen glaube, würden Sie die Beschreibung nicht ertragen: fürchten Sie nichts. Gottlob hat es uns bisher an Mut nicht gefehlt, aber die Kraft, die wir dem Übel entgegensetzen, verlängert den Kampf und verdoppelt die Qual. Als mein Vater vor nunmehr zwei Jahren die ersten Anfälle hatte, hat er sich von dem ziemlich stattlichen Leben, das er bis dahin geführt hatte, zurückgezogen, hat seinen Haushalt auf das Notwendigste beschränkt und sich entschieden, mit niemandem mehr zu verkehren und sich für immer in den Raum, den Sie gesehen haben, einzuschließen. Der Wunsch, uns nicht im Weg zu sein, hätte ihn von Nègreterre vertrieben, wenn nicht etwas Unüberwindliches ihn wider Willen hier zurückhielte. Jetzt wird der Tod nicht mehr lange auf sich warten lassen, aber beruhigen Sie sich, mein Lieber, Sie werden keinem Schauspiel beiwohnen, das Ihre Nerven auf die Probe stellen könnte. Wir bitten Sie einfach, eine leichte Aufgabe möglichst gut zu erledigen. Sie wünschten zu wissen, wer Ihr Vorgänger war: ein Bursche, den ich habe entlassen müssen, weil er trank und mir im Rausch widersprach. Sie trinken vermutlich nicht?«

Ich wurde rot. – Warum ohrfeigte mich diese Frau nicht? Das wäre viel freimütiger gewesen, als diese kleinen Beleidigungen, die sie im Gespräch anbrachte. – Und dennoch fühlte ich ihr gegenüber eine wachsende Anhänglichkeit.

»Sie müssen auf Ihre Aussprache achten«, fuhr sie fort. »Man teilt mir mit, Sie lesen zu schnell, Sie verschlucken die Worte.«

Ich bat sie, mir zu sagen, ob der Herr Graf sich beklagt habe.

»Der Herr Graf hat sich nicht beklagt«, erwiderte sie etwas verlegen. »Eine Person, die sich zufällig im Nebenzimmer befand, hat Sie gehört.«

»Frau Georges?«

Sie nickte, stand auf und ging ohne ein weiteres Wort.

Eine Woche verging, dann eine zweite. Erst war ich ganz froh, daß man mich in Frieden ließ; die Aussicht, den Kranken wiederzusehn, war durchaus nicht verlockend, aber nach drei, vier Tagen wurde ich unruhig und fürchtete, man sei mit meinen Diensten unzufrieden; es kam so weit, daß ich wünschte, die Vicomtesse würde mitten in der Nacht nach mir schicken, aber sie schien sich gar nicht mehr an mein Vorhandensein zu erinnern; andererseits wagte ich nicht, mich ihr in Erinnerung zu bringen, ich mied die Allee und den Korridor, wo wir uns hätten begegnen können, und so verging der Monat Juli, ohne daß ich einen Auftrag bekam.

Niemand kümmerte sich um mich, es kam mir sogar so vor, als vermieden es die Bediensteten, mich anzureden, und zu meinem Leidwesen bemerkte ich ein gewisses Mißtrauen in dem Benehmen des alten Gärtners, wenn ich ihn begrüßte; als ich mich eines Tages zum Zeitvertreib erbot, die Rasenschere zu bedienen, antwortete er mir mit spöttischer Höflichkeit und falschem Respekt, ich hätte jetzt doch ein anderes Arbeitsfeld, und wenn man ein *Monsieur* würde wie ich, begnüge man sich damit, auf dem Rasen zu spazieren, und kümmere sich nicht ums Rasenschneiden. Das war die längste Rede, die ich aus Hektors Mund vernommen habe; sie kränkte mich sehr. Ich ließ mir seine Worte wiederholt durch den Sinn gehen und merkte, man grollte mir wegen meines plötzlichen Aufstiegs. Ich habe eins zu erwähnen vergessen, etwas Wichtiges: ich aß nicht mehr in der Küche, sondern mit Frau Georges in einem traurigen, lichtlosen Stübchen neben der Anrichte. So stand ich also zwischen meiner Herrschaft und ihrer Dienerschaft, das war eine sehr schwierige Stellung, und sie brachte mir von der einen wie von der andern Seite nichts als Verachtung.

Es war kein Trost für mich, daß Frau Georges mein Los teilte. Ihr Ehrgeiz war, am Tisch der Herrschaft ihre Schokolade zu trinken, und das ist kennzeichnend für sie. Um dem Vicomte oder der Vicomtesse zu gefallen, hätte sie jeden hier im Hause verraten, aber diese gemeine Gesinnung nützte ihr gar nichts. Die Vicomtesse behandelte sie grob zum Dank für ihre Dienste und unterdrückte kaum den Ekel, den ihr die dicke Bäuerin erregte, die immer aufgelegt war zu spionieren. Für mich aber war es viel erniedrigender, meinen Teller unter den starren, trüben Blicken einer Frau Georges, die sich für eine Dame hielt, leer zu essen, als zwischen einer Köchin und einem Gärtner bei Tisch zu sitzen, die derbe Manieren hatten und redeten, wie man bei uns auf dem Lande redet.

Unsere Mahlzeiten, das brauche ich wohl nicht erst zu sagen, fanden unter düsterstem Schweigen statt. Von Anfang an war ich hochmütig zurückhaltend; ich muß zugeben, daß Frau Georges mit Lächeln und freundlichen Worten mich von dieser Haltung, die ihr die Lust am Essen nahm, abzubringen versuchte. Aber ihr schüchternes Entgegenkommen wurde immer wieder zurückgewiesen. Da fing sie denn zu schmollen an, und darauf verstand sie sich wie kein anderer, das muß ihr der Neid lassen: aufrecht stand ihr Kopf, die Augäpfel lauerten unter halb geschlossenen Lidern, das Kinn zog sie in die Fettfalten des Halses ein und schob die Unterlippe vor; beim Essen selbst wandte sie sich ein wenig ab, als wollte sie ihren Teller meiner Neugier entziehen. Erst lachte ich über ihre brummige Miene, dann wurde ich dieser unmenschlichen Mahlzeiten überdrüssig, und ich glaube, ehe noch eine Woche um war, bemühte ich mich um die Gunst von Frau Georges.

Durch die Macht der Umstände entstand zwischen uns eine falsche Vertrautheit. Da wir aufeinander angewiesen waren, galt es, sich mit der gegenseitigen natürlichen Antipathie abzufinden und sich, so gut es ging, zu vertragen. Nachdem ich bei Frau Georges abstoßende Dummheit, ausgesprochenen Hang zur Lüge, Gier nach kleinen Ehren und andere lächerliche Fehler zur Kenntnis genommen hatte, entdeckte ich in ihr einen Kern von Gutmütigkeit, die sicherlich nicht Güte war, aber immerhin unsere Beziehungen erleichterte. So wurde es mir nicht schwer, sie zu Bekenntnissen zu bringen, und da sie erwartete, daß ich Gleiches mit Gleichem vergelten würde, erfand ich einige interessante Unglücksfälle, die ihr sanft eingingen: seit dem Tode einer Schwester der Frau Vicomtesse hatte sie nicht mehr so gut geweint, erklärte sie. Man täusche sich nicht: sie haßte mich deshalb nicht weniger.

Seit mehr als fünf Jahren lebte sie jetzt auf Nègreterre, und hier war sie, wie ich zu meiner Überraschung erfuhr, geboren; mehr noch: sie und die Frau Vicomtesse hatten die Milch derselben Amme getrunken, nämlich der Mutter von Frau Georges, und daraufhin fühlte sich diese mit denen von Nègreterre ein bißchen versippt. Noch viel mehr aber verwunderte es mich zu hören, daß zwischen ihrem Alter und dem meiner Herrin kaum eine Woche Unterschied war. Es ist nicht ohne Belang, daß Frau Georges ihre schönsten Jugendtage damit verbracht hatte, in einem abgelegenen Winkel unserer Provinz die Kuh einer Verwandten zu hüten; sie selbst hat mir davon kein Wort gesagt, diese und die folgenden Einzelheiten habe ich von anderer Seite. Langsam, wie es die Art dieser Leute ist, arbeitete sie sich empor, verließ ihre Wiese und machte grobe Hausarbeit in einem ehemaligen Kloster der Umgegend, wo unheilbare Arme gepflegt wurden. Da fuhr sie mit ihrem Waschlappen und Strohbesen unter den Betten der Sterbenden entlang. Schwestern brachten ihr das Nähen bei und das Lesen und Mund halten, wenn er nicht gebraucht wurde. Ist meine Darstellung zu unnachsichtig? Um so glänzender wird die Fortsetzung herauskommen.

Mit Ränken und Demut besorgte ihr ihre Mutter, die dazumal die Wäsche der Nègreterre wusch, eine Stelle als Spülmagd in den Küchen des Herrn Grafen; dort arbeitete das Mädchen vier Monate unentgeltlich. Geduldig und duckmäuserisch wartete sie im stillen ihre Stunde ab. Schließlich kam es heraus, daß sie die Milchschwester der jungverheirateten Vicomtesse war; man schalt sie, daß sie solange geschwiegen habe, und die Geschirrwäscherin wurde zum Rang einer Beschließerin befördert. Im Grunde entsprach diesem Titel keine Tätigkeit, denn das arme Mädchen verstand weiter nichts, als an den Türen zu horchen und der Herrschaft zu hinterbringen, was ihre Leute sagten, aber der Herr Vicomte hatte eine persönliche Theorie des Schicklichen, er wollte nicht, daß seine Frau auf demselben Schoß geplärrt habe wie eine künftige Tellerwäscherin. Er befahl ihr, über ihre Vergangenheit zu schweigen und nicht mehr mit den Bediensteten zu verkehren. Im übrigen würde es genügen, wenn sie eifrig zur Messe gehe, oft kommuniziere und sich schwarz kleide, die Ehrbarkeit würde schon von selbst kommen; und er gab ihr den Namen Frau Georges, als ob sie Witwe wäre.

Nunmehr bemühte sie sich, das Vertrauen ihrer Herrin zu gewinnen, weniger aus Eigennutz als aus der tiefen, zähen Anhänglichkeit, von der oft die niedrigsten Naturen Beispiele liefern. Es ist nun an der Zeit, daß ich auf die guten Seiten meiner Feindin hinweise. Sie widmete ihrer Milchschwester eine mit Liebe gemischte Ehrfurcht, die mehr einem Kult als einer menschlichen Zuneigung glich. In ihren Augen verkörperte die Vicomtesse eine absolute Vollkommenheit; ihr gefiel die schlechte Laune ihrer Herrin, sogar ihre Härte, die hochmütigen, verletzenden Worte, mit denen sie sie vor den Bediensteten traktierte; diese Prüfungen nahm sie mit dem Eifer einer Betschwester als Urteile des Himmels hin. Auch die Sticheleien der Köchin und des Gärtners entlockten ihr kein Murren, sei es, daß sie nicht den Mut hatte zu widersprechen, sei es, daß sie ihren Zorn beherrschte und sich dem Wahn hingab, für ihr Idol zu leiden. So genoß diese Frau, die in der Küche beschimpft wurde, wenn man sie nicht im Salon anfuhr, ein heimliches Glück. In den Augen eines unparteiischen Richters hätte eine so getreue und geduldige Liebe manchen Fehler wiedergutgemacht, aber in denen der Vicomtesse verwandelte sie Frau Georges in eine Kröte, ein gemeines und ekelhaftes Wesen, und diese Abneigung war so stark, daß etwas davon selbst noch in dem Bild durchschimmerte, das die Beschließerin von ihrer geliebten Herrin gab.

Sie schilderte mir die Hochzeit, die der Herr Vicomte mit dem größten Vermögen der Gegend gefeiert hatte, den Empfang nach der Trauung, die Menschenmenge im Schloß, das Gedränge am Büfett, alles, was bei Tisch gesprochen und in der Küche wiederholt worden war. An der Art, wie sie von den Gruppen sprach, die pausenlos ankamen und die große Parkallee hinaufgingen, erriet ich, sie hatte stundenlang am Kellerfenster gestanden und von dem ganzen Festgetriebe nur die Beine der Gäste gesehen.

Die Vicomtesse liebte ihren Gatten nicht, seine Herkunft fand sie minderwertig, und auch Frau Georges war dementsprechend streng gegen diese kleinen Adeligen, bei denen man nie wissen konnte, ob sich nicht irgendein Kleiderhändler unter ihre Ahnen verirrt habe. Gott weiß, weshalb meine Herrin einen so gewöhnlichen Freier erhört hatte; vielleicht fand sie, er werde seine Pflichten so gut wie ein anderer erfüllen, denn was für sie nicht gut genug war, war überhaupt nicht gut genug, und sie sah keinen Unterschied zwischen dem, was niedrig, und dem, was noch niedriger war. Andererseits wollte sie nicht Mädchen bleiben, und da sie die bei weitem vornehmste Partie ihrer Provinz war, konnte sie nur unter ihrem Stande heiraten; der erste oder fast erste, der kam, wurde also genommen, aber die Ehe wurde unter Gütertrennung geschlossen.

Der Herr Vicomte beschwerte sich bei jeder Gelegenheit, daß er sich auf Nègreterre nicht zu Hause fühle und seit fünf Jahren kein Kind von seiner Frau bekomme. Dabei hatte sie ihn genommen, weil er vollblütig und kräftig aussah und sie durch diese Verbindung die Mängel ihres eignen Blutes zu bessern hoffte. Die Schwester der Vicomtesse war im Schwachsinn gestorben, und von dem Übel, das die Nègreterres, wenn sie untereinander heirateten, vom Vater auf den Sohn vererbten, habe ich schon gesprochen.

Mit gestiefelten Reiterbeinen stapfte der Vicomte durch das Schloß, schlug sich mit der Reitpeitsche gegen die Waden und machte ein bärbeißiges Gesicht. Nur ein so stolzes Geschöpf wie meine Herrin konnte die Gesellschaft eines solchen Grobians vertragen; nach der ersten Enttäuschung, die peinlich gewesen sein mag, hörte sie auf, ihn zu beachten, und der arme Mensch, der sich auf dem Gipfel des Glücks glaubte, als er sich in Nègreterre niederließ, wo er sich das großzügigste und leichteste Leben versprach, merkte bald, in was für ein Fegefeuer er geraten war. Eingeschüchtert von seiner Frau, an die er kaum ein Wort zu richten wagte, wandte er sich an seinen Schwiegervater, der ihm höflich auf seine Fragen antwortete, ihn aber nicht ermutigte, viel neue zu stellen.

Der Herr Graf hatte sich nie den Plänen seiner Tochter in den Weg gestellt. Zur Zeit ihrer Verlobung hatte er bereits Anzeichen des Übels gespürt, dessen Ausbruch er seit seiner Jugend fürchtete, und nun beschäftigte ihn nur noch sein eigenes Geschick. Da aber sein Einfluß auf mich entscheidend gewesen ist, lasse ich ihn nun seinem Schwiegersohn nachfolgen und widme ihm die nächsten Seiten.

Was ich über Herrn von Nègreterre erfahren habe, ist nicht viel.

Als er an einem Herbstmorgen von einem Spaziergang zurückkam, fühlte er, wie der Tod ihm den Finger auf eine Stelle in der Magengegend legte; der Druck schmerzte. Er war damals zweiundfünfzig Jahre alt und erwartete seit seinem dreißigsten Jahr dieses Zeichen. Sein erstes Gefühl war heftige Angst, aber zugleich sagte in ihm eine Stimme: Endlich!

Er war ein sanfter, etwas feierlicher Mensch, der seine Bücher liebte und sich bisher gegen das Leiden gefeit geglaubt hatte; aber als dieses nun da war, fühlte er sich hilflos wie ein Kind. Daß es kommen mußte, wußte er und hatte ihm einen Platz in seinem Leben bereitet. Als es sich nun darin niederließ, vergaß er seine Grundsätze, seine Entschlüsse. Leben hieß nun leiden lernen, ohne zu klagen.

Zunächst schickte er seine Kinder fort und lebte ein Jahr lang fast allein auf seinem Schloß; er konnte sich nicht entschließen, es zu verlassen. Da indessen der Tod immer noch zauderte und die Schmerzen sich etwas beruhigt hatten, rief er seine Tochter und seinen Sohn zurück und schloß sich in ein kleines Zimmer ein, das er nicht mehr verließ.

In der ersten Zeit kam seine Tochter jeden Tag zu ihm. Sie stellte sich unbefangen, wenn sie mit ihm sprach, als wäre in solchem Falle Mitgefühl eine Schwäche, und obgleich ihm da seine eigenen Anschauungen von früher und sogar die Vorurteile seines Stammes begegneten, konnte er sie nicht ohne Bestürzung anhören, denn er schämte sich dessen, was er jetzt wollte, und daß er solch ein Mensch geworden war.

Sein Sohn verbrachte jeden Morgen eine oder zwei Stunden bei ihm, und der Kranke machte sich Vorwürfe, daß er diesen Besuch empfing. Sah er doch, er würde sich mit der Zeit und dem Fortschreiten der Krankheit in einen Gegenstand des Schreckens verwandeln, aber noch fehlte ihm die Kraft, seine Kinder wegzuschicken und sie mit einem entsetzlichen Schauspiel zu verschonen. Und er bedauerte, nicht in dem Jahr gestorben zu sein, als Sohn und Tochter auf sein Geheiß das Schloß verlassen hatten, denn jetzt war es zu spät, und die Aussicht auf ein einsames Ende war ihm ein Grauen.

Oft sagte er sich, wenn der Augenblick käme, so würde er die Tatkraft haben, niemand zu sich kommen zu lassen, aber heimlich hatte er immer das Gefühl, er narre sich selbst mit seinem Vorsatz, später richtig zu handeln. Entdeckte er auf dem Gesicht seines Sohnes eine Spur von Überdruß oder Ekel, die der Jüngling nicht verbergen konnte, dann überkam ihn Trübsinn und Schande, und er mußte zurückdenken, wie er an seines kranken Vaters Bett gestanden, auf Fragen, die ihm kindisch vorkamen, geantwortet und dabei in seinem Herzen gewünscht hatte, der Alte möge aufhören, sich gegen das Sterben zu sträuben, und der Todeskampf möge rascher zu Ende gehen.

Er begriff nur zu gut, daß sein Sohn Furcht vor ihm hatte, nicht vor dem, was er ihm sagen konnte, nicht vor seinem Unmut oder seinen Vorwürfen, sondern vor dem Übel, das er in

seinen Eingeweiden trug und dem Sohn vielleicht schon vererbt hatte. Wie verabredet, bewahrten sie beide Schweigen
über diesen Punkt, aber die Ängste des Jünglings wurden immer bedrängender, je mehr Monate darüber vergingen. Antoine sah mit eigenen Augen, wie aller Mut der Welt einen
Menschen nicht hinderte zu leiden, und sein schlecht gestähl-
ter Geist überließ sich schließlich dem Grausen, wie einer sich
von einem zu hohen Haus hinabstürzt. Der Gedanke, er
werde eines Tages auf dieselbe Art enden müssen wie sein Vater, ergriff Besitz von seinem Gehirn.

Und doch gewann der Alte es nicht über sich, den Sohn fort-
zuschicken, wenn er kam und sich an sein Bett setzte; er
glaubte, der Tod würde nicht ins Zimmer kommen, solange er
nicht allein war. Er ließ sich also die Gesellschaft dieses Jünglings gefallen, der sich immer wegdrehte, wenn er zu ihm
sprach, und sich zwanzigmal in der Stunde das Taschentuch
vorhielt; aber mehr als diese Gebärden des Ekels demütigte
den Vater die Beobachtung, daß man ihn für unfähig hielt, sie
zu bemerken, und mit der Zeit schon etwas weniger Rücksicht
auf ihn nahm.

Die Doktoren wunderten sich, daß er so lange am Leben
blieb, und setzten seinen Tod auf Weihnachten fest, aber dieser Winter verging wie der vorige, und wieder kam die schöne
Jahreszeit, ohne daß der Zustand des Kranken sich wesentlich
verschlechtert hätte. Nachdem der Beklagenswerte zwanzig
Monate gelitten hatte, kam man auf den Gedanken, die Natur
sei recht langsam. Man wartete noch eine Weile, dann übernahm es die Vicomtesse, ihrem Vater mitzuteilen, er sei verloren. Diese Nachricht wurde ohne sichtliche Erregung oder
Überraschung hingenommen, und die Wirkung, auf die sie im
stillen gehofft hatte, blieb zunächst aus.

Nichts änderte sich in den Gewohnheiten des Kranken, außer daß er sich in ein kleineres und gewissermaßen geschützter
gelegenes Zimmer in einem Winkel der alten Mauern schaffen
ließ; das war früher ein Boudoir gewesen, und der Alte hatte
den seltsamen Einfall, Täfelung, Wände, ja sogar das Fenster

mit dem roten Damast beziehn zu lassen, den ich schon beschrieben habe.

Von nun an war es, als habe der Geist des Grafen seine gewohnte Ruhe und Festigkeit wiedergewonnen. Er ertrug geduldig seine Qual, und ein nicht sehr aufmerksamer Beobachter konnte den Eindruck bekommen, der Alte leide nicht mehr. Und da ihm in diesem scharlachfarbenen Raum die Einsamkeit weniger hart und weniger gefährlich schien, beschloß er, den Zutritt zu verbieten, aber dazu mußte erst einmal sein Sohn vor ihm in Schluchzen ausbrechen, wie ich es später berichten werde. Die einzige Person, die sich ihm von nun an näherte, war Frau Georges, der die Vicomtesse solange schöntat, bis sie sich darauf einließ, die beschwerliche und widrige Krankenpflege zu übernehmen; dazu gehörte auch, daß sie sich den ganzen Tag im Zimmer neben dem Kranken aufhalten mußte, um dazusein, sobald er rief. Sie war angewiesen, den Kranken nicht anzureden und sich dumm zu stellen, wenn er sich erkundigte, was draußen geschah. Wer auf diese unmenschliche Vorschrift gekommen war, die Vicomtesse oder ihr Bruder, weiß ich nicht, aber wenn je ein Mensch lebend eingemauert worden ist, so war es der Graf von Nègreterre.

Man müßte viel genauer Bescheid wissen als ich, um zu erklären, zu welchen Verhaltensmaßregeln Bruder und Schwester sich entschlossen, aber während sie zu Beginn seiner Krankheit ihrem Vater wenigstens äußerlich Ehrfurcht bewiesen, benahmen sie sich, von soviel Zeit und Ungeduld und Angst getrieben, schließlich ungewöhnlich roh gegen ihn. Es lag ihnen am Herzen, seinen Tod zu beschleunigen, davon bin ich fest überzeugt, und Frau Georges hätte, der Vicomtesse zuliebe, ihren Pflegling vergiftet, das möchte ich beschwören, aber ich will eine so schöne Geschichte nicht durch Voreiligkeit entstellen und kehre wieder zum Ausgangspunkt zurück.

Als der Graf Sohn und Tochter gebeten hatte, ihn nicht mehr zu besuchen, empfand er die kleine freudige Genugtuung, die sich gewöhnlich aus einer guten Tat ergibt und meist deren einziger Lohn ist. Gleichwohl konnte er in einem

Augenblick des Nachdenkens ermessen, wie groß sein Fehler war, wenn es ein Fehler ist, sich gut zu benehmen. Welche Meinung er auch von der Kälte seiner Tochter und der Schwäche seines Sohnes haben mochte, er glaubte nicht, sie würden so schnell darauf eingehn, ihn nicht mehr aufzusuchen. Nunmehr hatte er nur noch die Wahl zwischen Einsamkeit und der Gesellschaft von Frau Georges, aber die Umständlichkeit dieses Weibes machte sie ihm verhaßt. Den ganzen Tag hörte er sie in dem kleinen Ankleidezimmer schnaufend atmen, und der Stuhl, auf dem sie saß, ächzte verdrießlich unter ihrem Gewicht; wenn er etwas zu fragen hatte, kam sie an mit aufgescheuchter Miene und einem Nachtgeschirr unter ihrer schwarzen Schürze. Aber sie war doch ein menschliches Wesen und fast die einzige Verbindung des Kranken mit der Welt der Lebendigen; allein, so oft er sie nach seinen Kindern fragte, verstand sie mit einem Mal nicht mehr französisch und schüttelte unschuldig den Kopf; das hatte ihr ihre Herrin gut eingeprägt.

Er schickte sich darein und verlangte nichts mehr; nur eine Uhr, die im Zimmer war, sollte man umhängen, damit er wüßte, wie spät es sei, ohne auf die Gefälligkeit von Frau Georges angewiesen zu sein. Bald übten Zifferblatt und Gang der Zeiger einen Zauber auf ihn aus, der ihm half, den Tag zu verbringen; sein ganzes Leben schien ihm in den kleinen Kreis römischer Zahlen eingeschrieben, und die Stunden, in denen er keine Schmerzen hatte, verschafften ihm eine Art Glückseligkeit; um ihretwillen wollte er sich noch gegen den Tod wehren, aber sie wurden seltener. Unvermittelt ging es ihm dann viel schlechter, man schickte ihm seinen Beichtiger, und der Arzt machte ihm Spritzen.

Und doch, selbst auf dieser neuen Stufe des Schmerzes fand er die Kraft, noch weiter standzuhalten.

Um diese Zeit trat eine Änderung in dem Benehmen der Vicomtesse und ihres Bruders ein; in den zwei, drei Tagen, als man glaubte, es gehe mit dem Kranken zu Ende, bemühten sich alle um ihn, nur Antoine hielt sich abseits.

Antoine war ein großer, herrlich gewachsener Jüngling; sein Gesicht hätte schön sein können mit einem anderen Ausdruck, aber seine Züge waren so gequält, daß es keine Lust war, ihm in die Augen zu sehen. Sein zerstreuter, fliehender Blick blieb an nichts länger als ein, zwei Sekunden haften, die grauen Augäpfel waren unablässig auf der Suche nach etwas, das sie nie fanden. Er nagte an den Lippen, bis sie bluteten. Das schwarze, etwas lange Haar war oft zerzaust und gab ihm ein wildes Aussehn, das erschreckend und anziehend zugleich war; die Nase war kurz, die Nüstern weit offen, die Wangen flach und fahl, der Mund üppig. In der letzten Zeit vernachlässigte er seine Kleidung bis zur Unsauberkeit; das empörte mich, ich ließ aber nichts darüber laut werden.

Er beendete seine Studien in dem Jahr, in dem sein Vater bettlägerig wurde, und zunächst dachte er nur an den Vorteil, der sich für ihn aus dem Zustand ergab, den die Krankheit des Vaters geschaffen hatte, denn bisher war er gehalten worden wie ein Kind, und der Graf hatte Ausbildung und Verhalten seines Sohnes mit pedantischer Strenge überwacht. Der Jüngling benutzte die allgemeine Entspannung, um in die Stadt zu gehen, sich zu zerstreuen, und sicherlich waren die ersten Wochen der Freiheit köstlich, aber von dem Augenblick an, da sein Vater sich an den Gedanken gewöhnt hatte, daß er nicht mehr gesunden werde, griff eine sehr strenge Zucht im Schlosse Platz, und der Kranke herrschte despotisch. Er verlangte, daß seine Kinder jeden Morgen kämen und seinen Bericht über die vergangene Nacht anhörten. Es war, als ob er ihnen ihre Gesundheit übelnähme, denn es gibt keinen Menschen, dem Leiden nicht den Charakter fälscht. Schließlich erklärte er einmal seinem Sohn das Wesen seiner Krankheit und spielte dabei auf die ungerechten Gesetze der Vererbung an; nachher taten ihm seine Worte leid, er hatte mit ihnen nur einen inneren Groll besänftigen wollen, aber nun war die schlimme Saat in guten Boden gesät und keimte schnell.

Eine Zeitlang trug der Jüngling diese Dinge in sich herum, dann eröffnete er sich seiner Schwester; sie schalt ihn wegen seiner Angst, es war gegen ihre Grundsätze, ihn zu beruhigen, sie fand es ungehörig, in Augenblicken solcher Besorgnis einen Halt außer bei sich selbst zu suchen. Antoine war seiner immer wachen Einbildungskraft gegenüber schwach. Ein Arzt, den er heimlich aufsuchte, beruhigte ihn für zwei, drei Tage.

Da machte der Graf sich Vorwürfe, wollte das, was er angerichtet hatte, wiedergutmachen und entschloß sich, seinen Sohn auf Reisen und seine Tochter zu einer Pariser Kusine zu schicken. Antoine verließ Frankreich unter dem Vorwand, eine fremde Sprache lernen zu wollen, er fand am Leben wieder einen Geschmack, den es für ihn schon verloren hatte, und gab sich in einem Nachbarlande, wo unsere Provinzvorurteile nicht gelten, den üblichen Ausschweifungen hin. Ich brauche wohl nicht zu sagen, wie sehr ich ihn um dieses lockere Leben beneidete, so gemein, so schmutzig und so gefährlich es auch sein mochte! Aus den tugendhaften Berichten, die ich darüber zu hören bekam, erriet ich Abenteuer, von denen das gewöhnlichste mich überglücklich gemacht hätte; aber hier handelt es sich jetzt nicht um mich.

Ein Telegramm, das ihn nach Frankreich zurückrief, machte seiner Freiheit ein Ende. Er hoffte, ohne es sich einzugestehn, er werde *zu spät* kommen, und obwohl er sich davor fürchtete, seinen Vater im Sarge zu sehn, hätte er diesen Anblick doch dem eines Kranken, den der Tod weder nehmen noch lassen mag, vorgezogen. Seine Schwester, die einige Stunden früher eingetroffen war, empfand dieselbe Enttäuschung und dasselbe Grausen wie er, aber sie verstand, ihre Gefühle zu verbergen, und zeigte eine für ihr Alter ungewöhnliche Charakterfestigkeit. Beide mußten die Herzensergießungen eines armen Menschen über sich ergehen lassen, der außer sich war vor Todesangst und sich durch die Gegenwart seiner lieben Kinder dem Leben zurückgegeben glaubte. In einem Ausbruch von Demut, der ihnen eine peinliche Überraschung war, bat er sie um Verzeihung, daß er sie gezwungen habe zurückzukommen, und sprach dann ausführlich über ein neues Heilmittel, von dem er Wunderwirkungen erhoffte.

Der Kampf setzte wieder ein und mit ihm die Gewohnheiten von früher, die den Kranken beruhigten. Antoine erkannte seinen Vater nicht wieder in diesem Unglücklichen, der mit entfleischtem Gesicht und von Furcht geschwächtem Geist in die Tiefe sank, ohne um Hilfe zu rufen. Er wußte, solange er bei ihm war, würde der Vater keinen Schmerzensschrei von sich geben, aber dieser Mut kam ihm ebenso ungeheuerlich wie nutzlos vor, und betroffen dachte er, daß noch vor zwei Jahren der Graf ein Mensch war wie die andern, der Besuche empfing, sich etwas geziert und skeptisch zu äußern pflegte, die Priester nicht leiden konnte und mit den Frauen in dem spaßigen Ton der wohlerzogenen Leute sprach. Jetzt hielt mit Händen, die wie Krallen waren, der Alte einen häßlichen kleinen Seminaristen-Rosenkranz und versuchte, damit seinen endlosen Todeskampf zu lindern. Einmal zeigte er ihn seinem Sohn, schüttelte dabei den Kopf, als wollte er sagen: »Siehst du ... Meine Ideen haben sich geändert...« Und lächelte, als bäte er um Entschuldigung.

Die Monate schlichen träge dahin. Der tägliche Anblick qualvoller Schmerzen wirkte verhängnisvoll auf Antoines Geist, und die Furcht, früher oder später einmal in entsprechender Weise zu enden, wich dem Verdacht, schon jetzt von der Krankheit befallen zu sein. Gegen die Ärzte, die er aufsuchte, war er mißtrauisch, weil sie gewisse Symptome nicht ernst nehmen wollten. Er glaubte, man schone ihn, wolle ihn langsam auf das Schreckliche vorbereiten. Eines Nachts brach er am Bett seines Vaters in Schluchzen aus und schrie dem Kranken verzweifelt ins Gesicht, er werde auch so sterben, das Übel sei schon in ihm, er fühle es seit Wochen. In Wirklichkeit hatte er eine harmlose Leberreizung, aber wie alle Kranken dieser Art tat er sein Möglichstes, um getreu das Vorbild nachzuahmen, das seine Angst ihm schuf.

Dieser Auftritt griff den Alten an; er fürchtete, eine solche Erregung könne die gute Wirkung seines neuen Heilmittels beeinträchtigen, und verzichtete auf die Besuche seines Sohnes wie auch auf die seiner Tochter, die er nicht liebte. Als er dann aber nach seinem Beichtiger schicken ließ, um mit ihm die überirdischen Vorteile eines solchen Opfers zu berechnen, da erschien Frau Georges; ohne auf seine Fragen einzugehn, sah sie ihn mit ihrem großen, trüben Auge an und zog unter ihrer schwarzen Schürze ein Nachtgeschirr hervor.

Schon sagte man rings im Lande, der Tod habe den Grafen von Nègreterre nicht gewollt; umsonst waren die Bediensteten angewiesen worden, stillzuschweigen; es sickerte etwas durch von dem, was auf dem Schloß geschah. Alte abergläubische Weiber sprachen von einer unsühnbaren Schuld, die meinen Gebieter an sein Schmerzensbett fessele und ihm einen Vorgeschmack der ewigen Strafen gebe; es ist ja nichts so grimmig wie eine fromme Seele, wenn sie sich damit befaßt, an Gottes Stelle zu richten.

Rasch wurde Antoine wieder gesund, seit er nicht mehr gezwungen war, seinen Vater zu besuchen, aber er veränderte sich. Die Furcht machte einen andern Menschen aus ihm; ich möchte sagen, sie reifte ihn; die seinem Alter natürliche Unbefangenheit wich einem harten, verschlossenen Ernst. Gut war er nie gewesen, aber eine gewisse Weichheit des Wesens hatte früher darüber hinweggetäuscht. Plötzlich zeigte sich seine Selbstsucht, machte ihn vom Zwang der Erziehung frei und waffnete ihn mit aller Kraft, die ihm bisher gefehlt hatte. Nun ließ er sich auch nicht den geringsten Genuß entgehn. Mit der Überzeugung, er nähre in sich den Keim des Übels, das ihn unter die Erde bringen werde, entdeckte er an allen Dingen, die er nicht mehr lange zu genießen meinte, einen neuen Geschmack; immer wieder betastete er sich und war erstaunt, noch keinen Schmerz zu fühlen.

Man sah ihn zu Pferde in den Parkalleen im aufgeknöpften Rock und mit offenem Kragen, sobald aber jemand auf ihn zu ging, warf er sein Tier herum in eine Querallee. Frau Georges behauptete, er stürze sich in der Stadt in Ausschweifungen, und man kenne ihn in gewissen Häusern, die ich mir bei ihren Worten als lauter Paradiese vorstellte. Und er trinke, bis er nicht mehr wisse, wo er sei, und in diesem abstoßenden Zustand habe er ihr abends einmal zwischen den Wäschekammern und der Anrichte nachgestellt. Allein, was sie auch vorbringen mochte, um ihn anzuschwärzen, sie konnte ihm das Verführerische nicht nehmen, das mich zum Anhänger meines jungen Herrn machte.

So wie er jetzt war, gefiel er der Vicomtesse viel besser. Sie umschmeichelte ihn auf ihre Art; über alle männlichen Tugenden stellte sie die Gewaltsamkeit. Die Beschließerin hat nie zugeben wollen, daß die junge Frau ihren Bruder dazu brachte, ihren Mann, diesen feisten Kapaun, herauszufordern, aber ich bin fest davon überzeugt, und später werde ich zu berichten haben, wie sie ihn auch aufreizte, mich zu schlagen. Der Vicomte vermied es, so gut es ging, seinem Schwager über den Weg zu laufen, er fürchtete sich vor einem Auftritt und wußte nicht, wie er sich im Fall einer Beleidigung verhalten sollte. Aber sonst spielte er den großen Herrn; uns Bedienstete rempelte er an, wenn seine Frau ihn gerade vor einem von uns heruntergemacht hatte. Frau Georges haßte ihn so sehr wie ich; wir waren uns darüber einig, daß er seinem Schwager wünschte, seine angebliche Krankheit möge echt, rasch wirksam und ein recht schöner Fall für die medizinische Wissenschaft werden. Den alten Grafen zu besuchen, davon konnte für ihn nicht die Rede sein, aber dieser hatte auch ausdrücklich verboten, daß man seinen Schwiegersohn zu ihm ließe.

Gegen Ende dieses langen Winters beschloß die Vicomtesse, einige Empfänge zu geben, und ließ zuvor das Gerücht ausstreuen, ihrem Vater gehe es viel besser. Keine einzige Einladung wurde abgeschlagen; man war neugierig, was auf Nègreterre vorging, einige naive Leute glaubten sogar, man werde ihnen den Kranken zeigen, aber die sollten enttäuscht werden.

Sodann hatte die Vicomtesse den Einfall, einen Ball zu geben. Davon wurde in allen kleinen Schlössern der Umgegend dauernd gesprochen, und niemand verfehlte, sich über die Vicomtesse zu entrüsten, aber alle nahmen die Einladung an, genau wie die vorhergehende. »Papa ist auf dem Wege der Besserung«, sagte sie zu den einen, »die Ärzte werden sich in ihrer Diagnose geirrt haben.« Und zu den alten, etwas einfältigen Leuten meinte sie: »Es ist ein Wunder. Meine Großtante Leocadie wird sich da droben für ihn verwendet haben.« Von Zeit zu Zeit kam sie zu den Musikern des kleinen Orchesters, das sie im Vorzimmer des Turms untergebracht hatte, und sagte: »Meine Lieben, man hört ja nichts, Sie haben sich wohl Geheimnisse anzuvertrauen. Spielen Sie doch lauter.« Und sie ließ ihnen Wein bringen. Nach Frau Georges Bericht ging keine Note von Walzer oder Schottisch im ganzen Hause verloren, so eifrig trugen die Musikanten ihre Stücke vor, und auch der Kranke bekam sein Teil von dem Fest ab und konnte auf seinem Schmerzensbette von den guten Jahren seiner Jugend träumen. Sie selbst fühlte sich angesteckt von der allgemeinen Heiterkeit und tanzte, bekannte sie mir, in ihrem meergrünen Kabinett für sich allein; sie war viel zu dumm und hartherzig, um zu begreifen, daß der Lärm der Musik eine Qual für den Todkranken war, und vor allem kam es ihr gar nicht in den Sinn, ihre Herrin könne etwas Schlechtes tun.

Antoine erschien auf keinem der Feste, billigte aber durchaus das Treiben seiner Schwester. Selbst hätte er nie so etwas gewagt, denn er blieb unter seinem verwegenen Äußern der feigste Mensch, aber er wartete ungeduldig darauf, daß sein Vater endlich Ruhe finde unter ein paar Fuß guter Erde. Es gab noch mehrere Bälle, dann unterbrach die Fastenzeit die Belustigungen; von Ostern ab fingen sie wieder an, und ich mußte die Hartnäckigkeit der Vicomtesse bewundern: erst hatte sie ihren Vater mit der Ankündigung, er sei verloren, töten wollen, und jetzt sagte sie, er werde genesen und Pflege und Schonung würden überflüssig. Ob sie zur Rechten abbog oder zur Linken, ihr Weg führte zu ihrem Ziel. Die Besuche des Doktors wurden seltener; es ermüdete ihn wohl, dem Tod immer wieder ein Stelldichein zu geben, zu dem dieser nie erschien; er verschrieb einige schmerzlindernde Tränke, bat, in dringenden Fällen benachrichtigt zu werden, und ließ sich nicht mehr sehen. Der Beichtiger des Herrn Grafen war nicht so leicht zu entfernen; aber die Vicomtesse brachte es doch fertig: sie erklärte kurz entschlossen, die frommen Unterhaltungen regten den Kranken auf, der Doktor halte sie für schädlich, und im übrigen – was ihr armer unglücklicher Vater jetzt wohl noch für Sünden begehen könne ... Umsonst flehte der Kranke, man möge ihm seinen Schwarzrock wieder kommen lassen, Frau Georges verstand nicht, wußte von nichts.

So ging es, bis die große Krise kam, die man für die endgültige hielt; da rief die junge Frau der Form halber den Doktor und widerwillig den Beichtvater. Aber als sie dann sah, der Kranke überstand auch diesen Anfall, fühlte sie sich gefoppt und schwor, das nächste Mal besonnener zu sein. Sie hatte die beiden schwarzen Männer, die sich über den Sterbenskranken beugten, im Verdacht, ihn »wieder aufzurichten«, so daß er sich erneut ans Leben anklammerte, wo ein anderer schon längst gescheitert wäre. »Und was hat er vom Leben?« fragte sie ihren Bruder.

Sie bekam Furcht vor dem Alten, der dem Tode widerstand, und vermied es, die Tür anzusehn, hinter der sich der schaurige Kampf vollzog. Seit kurzem änderte sich ihr Leben; man hatte ihr hinterbracht, der Beichtiger habe mit seinem Bischof über sie gesprochen, und nun gab sie keine Bälle mehr, immerhin von Zeit zu Zeit noch Empfänge: es sollte nicht so aussehn, als lasse sie sich einschüchtern. Sie schlief schlecht, sie mußte immer denken, was wohl bei ihrem Vater geschehe, manchmal stand sie in der Nacht auf und weckte Frau Georges, die auf einem Kanapee in dem schönen Zimmer mit den roten Vorhängen schnarchte. Es kam vor, daß sie bis zum Morgengrauen bei der Beschließerin blieb und sie mitleidslos ausfragte; Frau Georges wackelte mit dem Kopf und schlotterte vor Kälte. Und es war dann, als könne der Alte das Frauengeflüster durch die dicken Wände hören.

Mit seinem Immerweiterleben bekam er eine seltsame Macht, deren Wesen ich schwer erklären könnte und von der er selbst nichts ahnte. Hatte er erst Mitleid, dann Überdruß, dann Verlegenheit und schließlich Ekel erregt, so verwandelte er sich jetzt in ein Wesen, dessen Gegenwart auf vernünftige Weise nicht zu erklären war, und war als Lebender von dem schaurigen Nimbus der Toten umgeben. Vielleicht lag das daran, daß niemand zu ihm durfte mit Ausnahme einer Frau, die zu beschränkt war, um dem Übernatürlichen ausgesetzt zu sein. Solange es möglich gewesen war, in sein Zimmer einzudringen, hatte man von ihm als von einem unbequemen Kranken gesprochen, der immerfort bedient sein wollte, aber von dem Tage an, da seine Tür verschlossen blieb, wurde er ein Unsichtbarer, man sprach nicht von ihm, in stiller Übereinkunft schwiegen die Bediensteten, und als ich nach Nègreterre kam, vergingen vier, fünf Tage, ehe ich ahnte, daß hier ein Mensch sein Ende erwartete.

Indessen begnügte sich die Vicomtesse nicht mit dem, was Frau Georges ihr hinterbrachte, und mit Recht sagt sie sich, dies derbe Weib mit seiner leidenschaftlichen Neugier könne nicht richtig sehen und verstehe alles verkehrt. Sie kam auf den Gedanken, selbst in dem meergrünen Kabinett Posten zu fassen, um das Stöhnen des Kranken zu belauschen und, wenn er schlief, an sein Bett zu schleichen und ihn ausgiebig zu beobachten. Aber in der letzten Minute fehlte ihr der Mut; sie fürchtete vielleicht, wenn sie so die Spionin spielte, auf die Stufe ihrer Untergebenen hinabzusinken, und darin bestärkte sie der Beifall, den Frau Georges diesem Plan zollte: die Zustimmung einer so gemeinen Seele machte meine Herrin nachdenklich. Ich, der ich nicht zaudern würde, mein Ohr an ein Schlüsselloch zu drücken oder einen nicht an mich gerichteten Brief aufzumachen (Reste einer frommen Erziehung), ich kann solche zur Schau getragenen Bedenken nicht begreifen.

Wie dem auch sei, sie gab ihren ersten Vorsatz auf und suchte im Lande nach einem geschickten Menschen, der für sie diese häßliche Rolle übernehmen sollte. Man brauchte einen Vorleser; Nonnen empfahlen ihr einen wackeren jungen Mann, der ein wenig Latein verstand, da er vier Jahre das Refektorium des großen Seminars, wo man nur diese Sprache sprach, ausgefegt hatte. Es war ein rothaariger Bursche, den ein Tick zwang, unablässig mit dem linken Auge zu zwinkern, so daß er mit aller Welt in heimlichem Einverständnis schien. Dieser liederliche Duckmäuser hatte eine näselnde Stimme und einen muckerischen Tonfall. Der Herr Graf, der nie verlangt hatte, daß ihm vorgelesen werden, fand ihn gräßlich. Der Hauptfehler des Burschen aber war: er verstand zu gut, was die Vicomtesse eigentlich von ihm wollte. Nach vier, fünf Tagen merkte sie denn auch, sie hatte sich statt eines Beobachters einen Spießgesellen angeschafft; sie ließ also Frau Georges ein paar leere Flaschen in seine Dachkammer schaffen und jagte ihn wegen Trunksucht fort. Ein Monat verging; dann kam ich nach Nègreterre.

Noch wußte ich nicht, ob sie mit meinen Diensten zufrieden war oder mir mißtraute, ich meinte, sie hätte mich wohl vergessen, da trat sie eines Abends plötzlich in die Anrichte, wo ich mit der Beschließerin aß; auf ihren Wink stand ich auf und folgte ihr, denn schon hatte sie sich umgedreht. Wir gingen hinaus. Die Nacht war frisch; am schwarzen Himmel schimmerten tausend Sterne. Als wir unter den Kastanien waren, blieb sie stehn und sagte: »Frau Georges hat gesprochen.«

Verwirrt beteuerte ich das Gegenteil; sie hörte mich schweigend an und lächelte.

»Warum verteidigen Sie sie? Bin ich zornig? Habe ich Sie beschuldigt?«

Mir stieg das Blut ins Gesicht, ich stammelte eine Erklärung; ich war wütend, in eine so einfache Falle gegangen zu sein, aber sie unterbrach mich mit sanfter Stimme:

»Was hier in der Anrichte geschieht, das geht mich nichts an, mein Lieber. Bewahren Sie die Geheimnisse, die Frau Georges Ihnen anvertraut, und sagen Sie mir nur, ob sie glaubt, daß mein Vater bald sterben wird?«

Ich antwortete, ich wüßte nichts. Wieder lächelte sie, klappte den Kragen ihres Reisemantels, der sie bis zu den Knöcheln einhüllte, in die Höhe und fragte:

»Ist Ihnen kalt?«

Mir war kalt, aber ich schüttelte verneinend den Kopf.

»Hunger? Haben Sie noch Hunger?«

Ich gab die Hoffnung auf, fertig zu essen, und schüttelte noch einmal den Kopf.

»Gut. Folgen Sie mir.«

Wir verließen die Kastanienallee und gingen an dem Strauchwerk entlang, das sich am Rand der Wallgräben erhob. Buchs und Lorbeer verströmten den bittern Geruch ihres Laubes in die Nacht, und ich hörte die Erde unter meinen grobgenagelten Schuhen widerhallen, die Vicomtesse aber ging ohne Geräusch, und kaum konnte man sehn, daß ihre Schultern sich bewegten. Wir kamen an eine kleine Brücke, die über die Gräben führte; sie zog einen Schlüssel aus der Tasche, reichte ihn mir und sagte: »Laufen Sie schnell und öffnen Sie die kleine Gittertür. Ich komme nach.«

Auf der andern Seite der Brücke führte eine schmale Allee bis zur Parkmauer und zu der Gitterpforte, von der meine Herrin gesprochen hatte; kaum hatte ich den Schlüssel im Schloß umgedreht und die Tür aufgemacht, so schlüpfte schon die junge Frau vor mir hindurch wie eine Katze.

Jetzt waren wir auf freiem Feld. Fledermäuse flatterten über unseren Köpfen. Zur Rechten hatten wir einen Graben voll stinkendem Wasser, aus dem der dünn metallische, traurige Ton der Frösche klang. Nach und nach stieg der Boden an, rechts durch eine natürliche Mauer von grauen Felsblöcken und niedrigen Bäumen geschützt, die lange krumme Zweige nach uns ausstreckten. Nach einer Weile kam ich außer Atem, und ein Hustenanfall zerriß mir die Brust. Meine Herrin wartete geduldig, bis ich mich beruhigt hatte, sah herüber und hinüber und brach sich einen Zweig ab – ich sehe es noch –, aus dem sie sich eine Gerte machte, aber ihre Gleichgültigkeit war Verstellung, denn im Halbdunkel beobachtete ich, wie ihr Blick mit gespannter Aufmerksamkeit auf mich gerichtet war, als ich gerade das Taschentuch an meine Lippen führte. Sie kam sogar, um deutlicher zu sehn, näher an mich heran. Ich entschuldigte mich, so gut ich konnte, und wir gingen schweigend weiter. Bald verlor sich unser Pfad zwischen den Bäumen, und Zweige krachten unter unsern Füßen, dichter Schatten fiel auf uns; wir waren tief in ein Buschwäldchen geraten, unsere Füße wateten in moderndem Laub. Wie ein Parfüm atmete ich den herben Dunst von Pflanzenfäulnis ein: es war, wie wenn man Erinnerungen aufrührt.

Meine Herrin ging jetzt langsamer, damit ich nachkommen konnte.

»Sie sind schwer krank gewesen?« sagte sie.

Ich bejahte.

»Hat Sie die Furcht vor dem Sterben sehr gequält?«

»Sehr«, gestand ich.

»Wie haben Sie sich den Tod vorgestellt?«

Über den Tod hatte ich oft nachgedacht, und mehrere Antworten kamen mir in den Sinn, ich zögerte, eine davon auszusprechen. Die Ängste, die ich im Haus meiner Tante ausgestanden hatte, zogen an meinem Gedächtnis vorüber, und zum erstenmal in meinem Leben fühlte ich, daß der Schmerz mich reicher gemacht hatte; in der Nachbarschaft des Todes, so schien es mir, hatte ich ein oder zwei wesentliche Dinge gelernt.

»Ich weiß nicht mehr«, brachte ich schließlich, durch ein unerklärliches Schamgefühl gehemmt, hervor. »Vielleicht ein Fall hintenüber ... aber ich weiß nicht mehr.«

»Es gibt Augenblicke, wo Sie, ohne daran zu denken, auf einmal undeutlich etwas gesehen haben, aber diese Augenblicke waren zu kurz; Sie haben nachher kaum eine Erinnerung behalten.«

Ich stutzte. Wie oft war ich in der Einsamkeit langer Fiebernächte dicht daran gewesen, das Rätselwort zu finden; allein die Kraft der unmittelbaren Erkenntnis, die in jedem von uns lebt, trug mich nie weit genug, und ich blieb auf der Schwelle eines Mysteriums, von dem ich nichts wußte, und fühlte doch ein paar Sekunden lang deutlich seine Gegenwart. Ich war wie einer, dem ein Name einfällt, nach dem er seit langem sucht:

die Silben formen sich schon auf seinen Lippen; da plötzlich versagt das Gedächtnis, und der Name ist verloren, es bleibt nur ein Stammeln.

»Vielleicht sind uns beiden dieselben Gedanken gekommen«, sagte sie nach einem Schweigen. »Auch ich war früher einmal krank. Neun Jahre war ich alt. Man hat geglaubt, ich würde mich nicht erholen. Eines Nachts schien es mir, daß mein Bett sich sanft nach rechts neige. Bei mir wachte ein alte Frau. Ich glaubte, sie sei es, die mein Bett stieß, damit ich in ein Loch falle. In diesem Augenblick wurde mir schwindelig, und ich erbrach mich; das hat mich gerettet, hat man mir gesagt, aber ich habe von dieser Minute eine sonderbare Erinnerung behalten: da war mir gleichsam eine neue Fähigkeit gegeben worden. Bisweilen bilde ich mir ein, ich werde sehen, was die Toten sehen.«

Wir blieben beide stehen.

»Ich weiß nicht, was es sein mag«, begann sie wieder.

»Ohne Zweifel sehen sie alle dasselbe unter verschiedenen Erscheinungsformen. In meinen Augen stellt sich der Tod in Form von Bildern dar, die die Stelle einer unfaßbaren Wirklichkeit einnehmen. Zum Beispiel zwei Reiter im Trab auf einer Landstraße. Rechts und links weite, leere Grasebenen. Die Reiter tragen weiße Röcke mit Wollstickerei. Kleine Hüte aus schlaffem Leder schimmern auf ihren Köpfen. Sie sprechen eine fremde Sprache, deren rauhe Laute sich mit dem feinen Klang der Hufe auf der Erde mischen. Der Himmel ist tief, der Horizont farblos...«

Verwundert hörte ich zu, wie diese harte, hochmütige Frau mir etwas so Heimliches eröffnete, aber bald merkte ich, es war ein Selbstgespräch und ich kam in ihrem Geist nicht mehr in Betracht als gewöhnlich. So absonderlich es klingt, um sich mit sich selbst zu unterhalten, brauchte sie die Gegenwart eines menschlichen Wesens und die Einbildung, mit jemandem ein Gespräch zu führen, während sie in Wirklichkeit sich doch nur von einer zu schweren Gedankenlast befreite und der Nacht ihre Träume hinwarf.

»Dann wieder«, fuhr sie in rascherem Tone fort, »bin ich in einer sonnigen Straße. Ich gehe sie hoch, und sie ist so steil, daß sich mein Herz zusammenzieht, wenn ich mich umdrehe. Es ist kein Mensch auf der Straße, und doch ist sie nicht traurig; die Häuser sind mit Geranien geschmückt. Im Steigen werde ich unruhig. Endlich, endlich geschieht, was ich fürchte. Durchgehende Pferde erscheinen auf der Höhe. Sie ziehen eine büchsenförmige Kutsche, sie hat lederne Vorhänge, an denen ich eine Hand bemerke, die sie festhält. Die Tiere, deren schwarze Brustriemen mit Schaum wie mit einer Stickerei bedeckt sind, bäumen sich vor dem Abhang und stürzen sich dann hinab. Es ist, als ob von der Tiefe der Straße einer ihnen winkte. Sie laufen im Zickzack, die Kutsche hüpft hinter ihnen her, die Räder fliegen, aber die Hand läßt den Vorhang nicht los, und mit einem gewaltigen Getöse, das mich zu Boden wirft, rast das tolle Gespann an mir vorbei; in diesem Augenblick sagt eine ruhige Stimme aus dem Innern des Wagens ein Wort zu mir; ich verstehe nicht, ich erhebe mich, sehe hin: es ist nichts, ich bin an der Tür meines Vaters auf der Treppe.«

Sie seufzte tief wie jemand, der erwacht; ihr Arm hatte zufällig meinen gestreift, sie zog ihn weg und stützte sich an einen Baum. Ich erriet, wie benommen, wie besessen sie war, und fast eine Minute blieb ich regungslos stehen, um ihr Zeit zu lassen, ohne Erschütterung wieder zu sich zu kommen.

»Wo sind Sie?« fragte sie dann.

Ich trat einen Schritt näher.

»Wir werden nach Hause gehen«, sagte sie. »Es ist zu finster hier. Wollen Sie mir forthelfen aus diesem Wald?«

Leicht legten sich ihre Finger auf meine Schulter; so irrten wir eine Zeitlang umher. Bisweilen stießen meine ausgestreckten Hände an die untern Zweige eines Baumes, den ich nicht sah, und ich blieb stehen; dann blieb auch sie stehen, ohne ein Wort, wie eine Blinde. Mehrere Male hatte ich den Eindruck, wir gingen in diesem kleinen Wald im Kreise, aber meine Herrin sagte nichts. Zuletzt leitete mich das Quaken der Frösche, dem ging ich nach. Als sie wieder die Erde des Weges unter ihren Füßen fühlte, glitt die junge Frau an mir vorbei und ging voran.

»Behalten Sie für sich, was ich Ihnen anvertraut habe«, sagte sie und hatte wieder die schroffe Stimme, die mir wohlbekannt war; ja, gleich wurde sie auch wieder so unverschämt, wie ich sie kannte: »Selbst, wenn Sie es nicht verstanden haben...«

Jetzt schritten wir hintereinander längs der grauen Felsblöcke, die über dem Weg hingen, und mir ging alles, was diese Frau mir gesagt hatte, durch den Kopf. Auf sie wie auf mich übte der Tod einen unwiderstehlichen Zauber aus und spielte mit uns. Ich wußte es, ich wagte es nicht auszusprechen. Ich hatte nicht Gesichte wie meine Herrin, aber schon berührten die Strahlen eines großen schwarzen Gestirns mir Haupt und Schultern. In jeder Minute meines Lebens hörte ich die Unheilsstimme, im Schrei eines Vogels oder im Rieseln des Regens ebenso wie im Rascheln der Besen über den Steinfußboden oder im Quietschen der Tür, die sich in den Angeln dreht. Ich sollte nicht verstanden haben, ich, den ein Kind erschreckte, wenn es mit seinem Löffel an seinen Becher klirrte, ich, der in der Laune des Windes eine Vorbedeutung fühlte? Manchmal war es mir, als flüsterten die Toten mir etwas ins Ohr, das ich später einmal verstehen würde, aber ich bewahrte ihr Geheimnis, während diese Frau, die vielleicht auch *wußte*, nicht die gleiche Vorsicht walten ließ. Unabsichtlich verachtete ich sie ein wenig, weil sie nicht geschwiegen hatte; und dann mochte ich das Bild gar nicht, das sie sich vom Tode machte. Seit einigen Wochen nämlich befreite ich mich nach und nach von meinen früheren Ängsten; ich verleugnete mein katholisches Erbe und fand einen seltsamen Trost in der Hoffnung, einmal für immer zu verschwinden. Der Gedanke an ein Fortleben ermüdete und schreckte mich; müßte ich denn doch wiedergeboren werden zu einem neuen Leben, so wünschte ich demütig, daß es mit vermindertem Bewußtsein wäre, daß es mir dann gegeben wäre, zu atmen, ohne zu leiden, und ohne Ermatten zwischen den Säulen eines großen, etwas düstern Tempels zu wandeln, wo das Licht meinen Augen nicht weh tun würde. Ein Wort meiner Herrin riß mich aus dieser Träumerei. Wir gingen wieder neben dem Graben, an dem wir vorhin entlanggekommen waren, da verlangsamte sie ihren Schritt und fragte mich, ob ich etwas höre. Ich verstand nicht; sie blieb stehen.

»Ein Schrei. Geben Sie acht.«

Wir verhielten uns still, dann faßte sie mich am Arm:

»Hören Sie ihn?«

Ich hörte nichts.

»Hören Sie ihn jetzt? Manchmal muß man noch weiter gehn als bis zu dem Wäldchen, um ihn nicht mehr zu hören.«

Ich schüttelte den Kopf; sie warf mir einen ungeduldigen Blick zu, sie machte den Mund auf, um zu sprechen, dann besann sie sich wieder.

»Da!« sie gab mir den Schlüssel. »Gehen Sie ins Schloß zurück. Lassen Sie die Gittertür auf; ich, ich werde später nach Hause kommen.«

Es tat mir leid, dieser Frau, um deren Achtung ich mich bemühte, mißfallen zu haben, aber noch weniger hätte ich es mir verziehen zu sagen, daß ich den Schrei gehört hätte. Die Nacht war tief, die Luft ganz still. Vor dem Geräusch unserer Schritte verstummten die Frösche im schwarzen Wasser des Grabens, in dem die Sterne schimmerten. Ich wartete ein paar Sekunden und drehte, unentschieden und unzufrieden mit mir selbst, den Schlüssel in meinen heißen Händen, dann entfernte ich mich, nachdem ich meiner Herrin gute Nacht gewünscht hatte; aber sie erwiderte meinen Gruß nicht. Ihr Gesicht der großen Buchsbaummauer zugekehrt, die den Park umgürtete, lauschte sie.

Der Sommer verging, und das tägliche Leben blieb annähernd so, wie es vor drei Monaten gewesen war. Aber ich weiß nicht, ob jemals der Monat August drückender und unheilvoller war als in diesem Jahr. Wochenlang wachten wir jeden Morgen unter einem kupfernen Himmel auf, der sich langsam auf die Erde senkte, während eine glanzlose Sonne zum Zenith stieg. Das regungslose Laub dörrte in der glühenden Luft. Auf die Oberfläche des verfärbten Bodens zogen Risse ein schwarzes Liniennetz, der Staub stieg dampfend von den Landstraßen empor und überdeckte weiß das verdorrende Buschwerk. Ein Strohdach fing Feuer, zwei Tage später flammte der Schober einer armen Alten auf; die Unglückliche verlor den Kopf und kam zu uns und schrie, Nègreterre bringe dem Lande Verderben; man bezahlte ihr ihr Korn, damit sie still sei, sie steckte das Geld ein, schwatzte aber doch in den Dörfern herum und verbreitete abscheuliche Lügen über die Folterqualen, mit denen man den Sterbenden martere, man höre seine Schreie durch die Türen, sagte sie.

Ich für meinen Teil litt nicht unter der Hitze; nichts zwang mich auszugehen, und innerhalb der Schloßmauern war köstliche Frische. Aus Gewissenhaftigkeit versuchte ich, meinen Lohn zu verdienen, indem ich für die Sauberkeit der Zimmer sorgte, in denen ich mich aufhielt; ich schlich mich in den leeren Salon, ordnete die Bücher, die auf den Tischen herumlagen, schüttelte die Kissen der Sessel auf, bis man mir eines Tages durch Frau Georges sagen ließ, ich mische mich in Dinge, die mich nichts angingen. Allein, ich schämte mich, bezahlt zu werden wie die anderen und doch offenbar zu nichts zu dienen auf Nègreterre; das sagte ich der Beschließerin in der Hoffnung, sie werde mein Geständnis verraten; daran ließ sie es auch nicht fehlen. Sie war dann auch die Vermittlerin des Befehls, ich solle meinen Eifer besänftigen.

Morgens ging ich zum Lesen in ein ehemaliges Billardzimmer, das in eine Rumpelkammer umgewandelt war; leere Mineralwasserflaschen bedeckten die ganze Oberfläche des grünen Überzugs, und an demselben Nagel wie die Kreide, mit der die Punkte notiert worden waren, hing ein Bund bläulicher Zwiebeln mit langen weißen Wurzeln. In einem Winkel bildeten Besen und ein Wandfeger mit einem roten Lappen drauf eine Art friedliche Trophäe zwischen einem Faß mit getrockneten Aprikosen und einer Kiste mit hartem Zwieback. Die Photographie eines jungen Offiziers in Interimsuniform schien in ihrem Plüschrahmen über die tiefe Stille, die an dieser Stätte herrschte, nachzudenken. Ich saß am Fenster, durch geschlossene Läden drang ein bißchen Licht; ich legte mein Buch auf das Fensterbrett, oder ich schlug eins der Tagebücher auf, die ich jetzt unter den Augen habe, und schrieb mit eifriger Hand zwanzig, dreißig Zeilen. Diese kleine tägliche Arbeit befreite mich von so manchen Sorgen. Wenn ich so die kleinen Begebenheiten meines Lebens auf Nègreterre erzählte und besonders, wenn ich mich vor mir selbst über mich selbst beklagte, hatte ich das Gefühl, eine Schuld zu begleichen und mein Gewissen zu erleichtern. Nichts bedrückt mich so wie das, was ich nicht eingestanden habe. Vier, fünf Worte auf ein weißes Stück Papier geworfen, das ich dann gleich wieder zerreiße, haben bisweilen genügt, mir in einer Stunde der Unsicherheit Mut zu machen. Es war, als atmete ich besser, wenn ich schrieb. Eines Tages war ich, nachdem ich meine zwei, drei Seiten Tagebuch geschrieben hatte, in den Park spazierengegangen und scheute mich nicht, das Gittertor zu öffnen und mich in die Wälder hinauszuwagen. Das war gegen den ausdrücklichen Befehl der Vicomtesse, die mich immer bei der Hand haben wollte und mir verbot, mich von Nègreterre zu entfernen, aber die Versuchung, nicht zu gehorchen, war zu groß.

Erst kam ich auf den Weg, der in die Tiefe des Tals führt, verließ ihn dann bald und geriet auf einen weniger einförmigen Pfad. Kaum zehn Minuten waren vergangen, da hatte ich mich schon verirrt und wußte nicht mehr, in welcher Richtung Nègreterre lag. Es war schwül; es regte sich kein Blatt in der unbewegten Luft. Etwas abgemattet sah ich nach hüben und drüben, die Hitze zwang mich, den Rock aufzuknöpfen, und die Müdigkeit, mich hinzulegen; bald fielen mir die Augen zu.

Da zitterte der Boden unter meinem Kopf von dem fernen Hufschlag eines Pferdes: das riß mich aus meinem Dämmer-

zustand. Nichts ist mir so unangenehm, wie im Schlaf überrascht zu werden, man frage mich nicht, weshalb, ich weiß es
selbst nicht. Ich erhob mich hastig, knöpfte meinen Rock sorg-
fältig zu und ging auf gut Glück weiter, versuchte dabei aber
immerhin, mich nach dem Klang der Hufe zu richten, um
dem Reiter aus dem Wege zu gehen. Aber das Echo des Tals
spottete meiner Bemühungen; wie zum Hohn ließ es den Ton
aus allen vier Ecken des Waldes widerhallen und das Tier zugleich auf der rechten und auf der linken Seite galoppieren,
manchmal sehr fern und oft so nah, daß ich mich wunderte, es
nicht zu sehen. Bald wurde das Hämmern der Hufe dumpfer
und bekam etwas ganz Mildes wie das Geräusch eines schla-
genden Herzens, dann wieder hallte der Ton hart und deutlich
unter den Bäumen. In plötzlicher Neugier belauschte ich den
Takt mit aufmerksamerem Ohr, diesen Doppeltakt, der zugleich langsam und beschleunigt klang, je nachdem ob man
ihn auf die eine oder andere Art hörte. Noch ein paar Schritte,
und ich war am Rand einer langen Allee, da blieb ich stehen;
und fast gleichzeitig kam der Reiter ein paar Meter von mir
entfernt aus dem Gebüsch hervor. Erst wollte ich mich hinter
einem Strauch verbergen, denn ich hatte Antoine erkannt,
aber er sah mich schon und schrie mir etwas zu; da blieb ich
stehen. Barhaupt mit zerzaustem Haar kam er daher in einem
schmutzigen zerrissenen Hemd, dessen Ärmel über die Ellbogen aufgekrempelt waren und kräftige Arme entblößten. Als
er die Stelle erreicht hatte, wo ich stand, warf er sein Pferd so
jäh und heftig zu mir herum, daß ich mich schon unter den
Hufen des Tieres sah, dessen großes irres Auge auf mich ge-
heftet war. Ein Schrei fuhr mir aus der Kehle; ich sah, wie der
Fuchs sich bäumte und sein langes Haupt mit der flatternden
Mähne gen Himmel warf; ich strauchelte und fiel zur Erde.

»Wer hat dir erlaubt, hier spazierenzugehn?« fragte der
Jüngling und ließ sein Roß fast über mir tänzeln.

Mir klapperten die Zähne zu sehr, um zu antworten, und
ich kroch im Staub bis an den Fuß einer Birke, hinter der ich
Schutz suchte. Die Eingeweide von Angst zusammengepreßt,

hörte ich, wie das Pferd im Kampf mit dem Zaum, der ihm am Maul riß, schnaubte; es stand fast aufrecht, schlug mit den Hufen in die Luft wie ein Wappentier, drehte sich langsam auf Antrieb seines Herrn, und sein mit ätzendem Schweiß bedecktes Fell glänzte in der Sonne wie ein Panzer. Als der Reiter mir genug Respekt beigebracht zu haben meinte, klopfte er seinem Tier beruhigend den Hals und richtete dann mit hoher, harter Stimme, die das Echo widerhallte, von neuem an mich das Wort:

»Du bist es, den ich damals nach Tisch im Park getroffen habe, Spion! Jetzt erkenne ich dich, wo du auf der Erde liegst. Steh auf und komm her.«

Ich stand auf, machte aber keinen Schritt. Der Jüngling rieb seinen falben Stiefel mit der Peitsche und wiederholte seinen Befehl; allein, ich war so beschämt über meine Feigheit, daß ich beschloß, nicht zu gehorchen, denn wenn ich jetzt nachgab, mußte ich doch für immer alle Selbstachtung verlieren; die Brust erschüttert von schmerzhaften Stößen, faßte ich an der Birke festen Fuß und schlang einen Arm um den schmalen, glatten Baumstamm, wie um mich anzuketten und besser zu widerstehen.

»Du hast Furcht!« sagte der Jüngling.

Ich schüttelte den Kopf.

»Nein?« Er lachte frech. »Wenn ich dich mit meinem Peitschenstiel erwische, werde ich dir schon das Zähneklappern beibringen. Warum bist du nicht im Seminar, du Mucker, statt hier bei uns herumzuschnüffeln?«

So redete er noch eine Weile weiter. Wut im Herzen, nahm ich die Beleidigungen hin, auf die ich keine Antwort wußte, aber ich ballte die Fäuste und grub die Nägel in das feuchte Fleisch meiner Hände. Und doch, trotz allen Hasses hatte ich ein abwegiges und seltsam verwirrendes Gefühl beim Anblick des zornigen Jünglings, wie er da starr zu Rosse saß und seines Tieres Unruhe mit der Hand meisterte. An seiner Stelle hätte ich auch diese Abneigung gefühlt, die ich ihm einflößte. Da liegt das Geheimnis meiner Schwäche und all meiner Niederlagen: ich begreife zu gut, was meine Feinde gegen mich haben, meine Phantasie könnte ihnen im Notfall Waffen gegen mich liefern. Zwischen dem schönen Reiter in Lumpen und seinem traurigen Gegner, der so korrekt war in seinem schwarzen Rock, bestand ein Unterschied an Rasse und Wert, den ich quälend fühlte. Er frohlockte, zu sein, was er war, und vor allem nicht zu sein, was ich in seinen Augen war. Wie recht er hatte! In diesem Augenblick war ich mir zuwider.

»Ich hoffe, du haßt mich jetzt«, schloß er seine Rede. »Antworte!«

Ach ja! Ich haßte ihn für die Beschimpfung, unter der ich wie unter einer schweren Last zusammenbrach. Nie würde ich mich wieder erheben, denn ich achtete mich nicht mehr. Kerzengerade ritt er ein paar Schritt auf der Straße weiter. Dann drehte er sich plötzlich halb im Sattel um und sagte: »Höre. Ich werde dir Gelegenheit geben, dich zu rächen; du wirst, wie man sagt, die Schmach mit Blut abwaschen können.«

Vor meiner verdutzten Miene brach er in Gelächter aus. »Wir werden sehen, was du in den Adern hast, ob Weihwasser oder etwas anderes. Du wirst einen Stein nehmen – wähle ihn gut –, dann wirst du zwanzig Schritt auf der Straße zurücktreten, wirst auf mich zielen und versuchen, mich am Kopf zu treffen.«

»Aber wenn ich Sie töte?« fragte ich.

Mit einem leichten Schenkeldruck trieb er sein Pferd nach meiner Seite.

»Ich fürchte dich nicht«, sagte er und hielt.

Auf einmal bekam sein Gesicht einen Ausdruck tiefer Ruhe, die mich noch mehr erstaunte als die Wildheit von vorher; ich ahnte in diesem Wesen bis in den kleinsten Umschwung seiner Stimmungen eine unfaßbare Logik, einen Gedanken, den er geschickt hinter scheinbaren Launen und Grillen verbarg. Was Frau Georges mir von ihm verraten hatte, fiel mir jetzt ein: ich hatte einen Menschen vor mir, der sich für verloren hielt. Welch ein Panzer gegen die Furcht, sein eigenes Geschick zu kennen! Gewiß hielt er sich für unverwundbar, und mir war es, als stelle sich der Tod, *sein* Tod, der schreckliche, häßliche, zwischen ihn und mich, um ihn zu schützen und für später aufzuheben.

»Nun«, sagte er ungeduldig, »nimm deinen Stein.«

»Ich will nicht.«

»Und wenn ich dir ins Gesicht speie«, brüllte er und riß an den Zügeln des schnaubenden Pferdes, »wirst du dann endlich merken, daß man dich beleidigt hat? Was muß man denn tun, um einen Feigling deiner Sorte aus der Ruhe zu bringen?«

Ich wurde blutrot, verließ meinen Zufluchtsort und kam an den Straßenrand. »Also gut«, sagte ich und bückte mich nach einem Stein; ich wählte einen, der rund und flach war wie ein Uferkiesel, angenehm anzufassen und leicht zu halten.

»Zeig her«, befahl er. Ich reichte ihm den Stein. Er wog ihn und gab ihn mir zurück.

»Da!« Er zeigte mit seiner Peitsche, wohin ich mich stellen sollte. Er selbst blieb mitten auf der Straße. Meine Hände zitterten, ich zog den Rock aus und warf ihn ins Gras. Jetzt kam es nur noch darauf an, mein Ziel zu verfehlen, aber als hätte mein junger Gebieter diesen meinen Gedanken erraten, rief er:

»Wenn du schlecht zielst, straf ich dich so, daß du es nie vergißt!«

Glaubte er wirklich, ich würde mich einer so seltsamen Laune fügen auf die Gefahr hin, meine Tage im Gefängnis zu beenden? Ein Blick auf das Gebüsch beruhigte mich ein wenig: in einem so dichten Wald war eine Verfolgung zu Pferde nicht möglich; hatte ich meinen Stein geschleudert, würde ich sofort fliehen.

»Komm näher«, befahl er, ohne sich zu rühren.

Ich ging zwei Schritte vorwärts, den Stein in der hohlen Hand; der Schweiß klebte mir das Hemd an die Brust und rann mir unter den Armen. In der Stille hörte ich das Klirren des Zaumzeugs – das Pferd zerrte am Gebiß –, der Jüngling bewahrte verächtlich seine unbewegte Haltung; als ich meinen

Blick in seine Augen heftete, runzelte er die Brauen: »Worauf wartest du?« zischte er zwischen den Zähnen.

Mein Arm hob sich. Der Fuchs spitzte die Ohren, aber eine starke Faust bannte ihn auf der Stelle. Diese Sicherheit war mir unbegreiflich. Ich faßte einen Punkt am Himmel ins Auge und schleuderte meinen Stein mit aller Kraft; es gab ein pfeifendes Geräusch, dann das Knacken eines abbrechenden Zweiges, und fast gleichzeitig bäumte sich das Pferd. Ich wankte vor Erregung und vergaß zu fliehen. Wie in einer Halluzination sah ich das große schwarze Tier mitten auf der Landstraße tanzen; der Reiter neigte sich leicht über seinen Hals. Sekunden vergingen. Der Schrecken ahmt oft gewisse Wirkungen der Betrunkenheit nach: Schwindel beugte mir die Knie und ließ mich taumeln, ich glaubte, ich würde mich erbrechen, da richtete mein Gebieter sich auf. Er war wie einer, der aufwacht, er faßte die Zügel, die ihm aus den Fingern geglitten waren, zusammen und beruhigte sein Pferd. Sein weiß gewordenes Gesicht trug keine Spur von Verwunderung. Nachdem er mich einen Augenblick betrachtet hatte, kam er langsam näher und behielt mich dabei immer im Auge. Als wir fünf oder sechs Schritt voneinander entfernt waren, hielt er und sagte mit tonloser Stimme:

»Ich habe mich auf deine Ungeschicklichkeit verlassen.«

Vielleicht erwartete er eine Antwort, eine Entschuldigung, aber ich sagte nichts. Da gab er seinem Pferd die Sporen, und während er im Galopp an mir vorüberritt, brannte ein Peitschenhieb auf meinem Gesicht.

Wie ich mich schämte, davon will ich nicht reden. Es genüge zu sagen, daß ich unter dem Vorwand von Zahnweh mein Gesicht mit einem Taschentuch umwickelte; daraufhin bekam ich von Frau Georges Fragen und Ratschläge zu hören und eine Unzahl ländlicher Heilmittel empfohlen, von denen manche mir den Appetit verdarben. Mein Entschluß war gefaßt: ich wollte Nègreterre verlassen; da man mir aber am nächsten Tag meinen Lohn auszahlen sollte, wollte ich erst noch dieses Geld in der Tasche haben, um dann für immer zu gehen. Ein letztes Bedenken, von dem man denken mag, was man will, veranlaßte mich, der Vicomtesse einen Brief zu schreiben; den wollte ich auf den Kamin im Salon legen und es dem Schicksal überlassen, ob sie ihn vor oder nach meinem Abgang öffnen würde. Dieser Brief sollte würdig und vor allem männlich sein, ich würde mich nicht beklagen; immerhin sollten zwei oder drei Sätze, für Graf Antoine bestimmt, mich für seinen Peitschenhieb entschädigen.

Um eine neue Begegnung mit dem jungen Herrn zu vermeiden, blieb ich fast den ganzen Tag in meiner Dachkammer, wo eine grausame Hitze herrschte. Bald schlief ich einen quälenden Schlaf, aus dem ich kämpfend wie ein Ertrinkender auffuhr, bald versuchte ich zu schreiben. Verschiedene Entwürfe voller Verbesserungen lagen schon auf meinem Tisch herum und zeugten von der Mühe, die ich mir gab, meinen Brief abzufassen. Nicht weil es mir schwer wurde, etwas vorzubringen; im Gegenteil, mein übervolles Herz erging sich in langen Auseinandersetzungen, die meinen Groll linderten, aber nie würde die Vicomtesse die Geduld haben, das alles zu Ende zu lesen, während zwei Dutzend gut gewählter, geschickt mit falscher Ehrerbietung gefärbter Worte ihr in einer Weise Bescheid geben würden, die ebenso beleidigend für sie wie für ihren Bruder wäre. Denn das Seltsamste an der Geschichte war: nachdem ich mich ursprünglich an dem Bruder hatte rächen wollen, hielt ich mich mit einem Mal an die Schwester, als wäre sie es, die mich geschlagen hätte. Und in gewisser Weise hatte ich damit recht. Im Grunde wollte ich mich nur an ihr rächen, an ihrem Lächeln, ihrer Stimme, ihrer Verachtung, die mich täglich bedrückte, an ihrer beständigen Geistesabwesenheit, ihrer Art, immer wieder zu vergessen, daß ich auf der Welt war, wer ich war und warum ich da war.

Nach einer Stunde vergeblicher Mühsal zerriß ich meine Entwürfe einen nach dem andern, knüllte sie zusammen und verbrannte sie auf dem Fenstersims.

Am nächsten Mittag bekam ich meinen Lohn von Frau Georges ausgezahlt, die mir empfahl, guten Gebrauch davon zu machen; sie hatte mich nämlich im Verdacht, den Weibern nachzulaufen. Ich warf ihr einen wütenden Blick zu und riß ihr die Scheine aus den Fingern. Mein Koffer war schon gepackt und meine Abreise für die Nacht festgesetzt, obwohl noch niemand auf Nègreterre etwas davon wußte.

»Teilen Sie Ihrer Herrin mit, daß ich gehe«, sagte ich zu ihr und steckte meinen Lohn in die Tasche. »Und wenn es Ihnen nichts ausmacht, werde ich meine Portion im Korridor essen, Frau Georges, da wird es mir besser schmecken.«

Mit offenem Munde starrte sie mich an, setzte sich, stand dann wieder auf; und inzwischen hatte ich Zeit, mit meinem Teller abzuziehn, ehe ihr etwas einfiel. Der Flur, auf den ich ging, führte an der ganzen Außenseite des Schlosses entlang und bis zu dem roten Zimmer, das mir so schön vorgekommen war. Die kalkbestrichene Wand warf kräftig das Licht zurück, das durch eine helle Glasscheibe fiel. Ich ließ mich auf einen Wäschekoffer nieder und stellte meine Portion neben mich. Fast im selben Augenblick ging die Tür der Anrichte auf, und heraus kam die Beschließerin, sie hob den Arm, als wollte sie mir Ohrfeigen verabreichen.

»Warte nur!« schrie sie. »Ich werde es der gnädigen Frau erzählen.«

Und einer plötzlichen Eingebung folgend, stürzte sie sich auf mich und nahm mir meinen Teller weg; ich ließ sie gewähren. Sie krümmte den Rücken und bückte sich zu mir mit ihrem Gesicht, dessen weiche Fleischmassen vor Zorn zitterten.

»Du Otterngezücht!« fauchte sie mich an, »wenn's von mir abhinge, ich weiß schon, was ich dir für ein Ragout kochen würde!«

Unwillkürlich faßte ich nach dem Taschentuch, das mein Gesicht umhüllte; sie glaubte, daß ich Schmerzen hätte.

»Das hat dir der liebe Gott geschickt«, sagte sie. »Alle Zähne sollte er dir rausfallen lassen!«

Unter andern Umständen hätte ich vielleicht etwas geantwortet, aber mein Entschluß, das Schloß zu verlassen, gab mir neue Kraft und hob mich sozusagen über mich selbst empor; so geht es mir jedesmal, wenn ich versuche, mein Leben zu ändern. Ich begnügte mich also damit, über die Verwünschungen der Beschließerin zu lächeln, und ließ sie ihr Gift ausgießen, sie war mir besonders böse, weil sie mir eine vertrauliche Mitteilung gemacht hatte, denn im Innersten jedes Zorns steckt ja eine Furcht; sie schloß von sich auf andere und fürchtete sicherlich, ich könnte sie verraten. Als ihr der Atem ausging, senkte sie die Stimme, und schließlich verstummte sie. Mit Vergnügen sah ich sie zur Tür gehn, in der einen Hand meinen Teller von Ragout, den sie mit der andern schützte.

Nun war ich wieder allein und fragte mich zum zwanzigsten Male, warum man mich durchaus an einem Ort festhalten wollte, wo ich zu nichts diente. Seit Wochen war ich nicht mehr in die Nähe des Kranken gekommen, den ich mit Vorlesen zerstreuen sollte, und ohne so neugierig zu sein wie Frau Georges, tat es mir doch etwas leid, nicht besser Bescheid zu wissen.

Nach einer Weile machte ich die Tür auf; die Anrichte war leer, das Essen dampfte in den Schüsseln, und das war verdächtiger als alles andre, denn Frau Georges verließ einen gedeckten Tisch nicht ohne gewichtigen Grund. Ich kam auf eine Vermutung. Das Richtige wäre gewesen, jetzt schnell zur Bahn zu laufen, statt hier herumzutrödeln, und ich hatte auch schon die Absicht, aber dann wollte ich wieder meinen Koffer nicht opfern. Und schließlich, was zwang mich denn zu fliehn? War ich nicht frei? Diese letzte Erwägung war mein Verderben, wie es fast immer kommt, wenn die Vernunft eine triebhafte Regung bekämpft. Ich hörte Schritte, wieder ging die Tür auf, meine Herrin erschien, und ich merkte an ihrer Haltung, daß ich nur fortkommen würde, wann sie wollte. Frau Georges glitt scheu hinter ihr in die Anrichte.

Sobald sie mich bemerkte, warf die Vicomtesse den Kopf in

den Nacken und blieb stehn, als habe sich im Boden zwischen uns ein Spalt aufgetan.

Wider Willen mußte ich ihr stolzes Ungestüm und die gebieterische Haltung, die ihr so gut stand, bewundern. Um so mehr fürchtete ich diese Begegnung, denn sie wußte nur zu gut, welch einschüchternde Gewalt sie über mich hatte; bevor sie noch den Mund auftat, hatte ich ihr schon nachgegeben.

»Was ist denn das für ein Mummenschanz, dies Taschentuch?« fragte sie.

In meiner Erregung hatte ich den Fetzen ganz vergessen, dessen lächerlich geknotete Enden oben von meinem Schädel abstanden wie Ohren. Sie lachte. Es war, als würde mir das Gesicht noch einmal gepeitscht, und hastig riß ich mein Taschentuch ab. Als sie den blauroten Riß sah, den die Peitsche auf meiner Wange hinterlassen hatte, hörte sie auf zu lachen und blieb einen Augenblick stumm.

»Mein Lieber«, sagte sie dann mit sanfter Stimme, »ich will Sie nicht fragen, wer Sie geschlagen hat. Mein Bruder hat mich von eurer Unterhaltung im Walde unterrichtet. Er ist heftig, ungeduldig. Ich habe Sie ja gewarnt, ihm über den Weg zu laufen. Aber er wird es bedauern, wird es aufrichtig bedauern ... Wollten Sie deshalb fort?«

Diese Worte, zu meiner Schande muß ich es gestehn, zerrissen mir das Herz, ich war eben ein rechter Einfaltspinsel; ich wollte etwas erwidern, da trafen meine Augen auf das strahlende Gesicht von Frau Georges: die Hände überm Bauch gefaltet, stand sie bescheiden in dem dunkelsten Winkel des Zimmers, aber all ihre Demut konnte nicht verhindern, daß die Freude ihr aus den Augen schaute, und ich merkte, sie hatte seit Wochen auf diesen Augenblick gewartet. Angeekelt schwieg ich, meine Herrin erriet wohl den Grund meines Schweigens, denn sie wandte sich zum Gehn und hieß mich ihr folgen. So ging ich ohne ein weiteres Wort an der Beschließerin vorüber und brachte sie um ihren Triumph; vor Überraschung wußte sie nichts zu sagen, dazu sammelten sich die

Gedanken zu langsam in ihrem Kopf, verdrossen preßte sie die Faust an den Mund, als wollte sie sie verschlingen.

Als wir in den Salon kamen, wies die Vicomtesse auf einen Sessel, auf den ich mich aber nicht zu setzen wagte, und da der unansehnlichste Schemel mir zu schön für mich schien, blieb ich stehn. Sie dachte sich sicher, daß ich nicht darauf eingehn würde, vor ihr Platz zu nehmen, aber sie wollte mir schmeicheln; sie kannte die Leute meiner Art nur zu gut. Zunächst sagte sie, sie rechne mich nicht zu ihren Bediensteten und ich sollte von nun an eines der Gastzimmer bewohnen, die auf den Park gingen. Ich wollte antworten, meine Abreise sei schon auf heute nacht festgesetzt, aber sie stellte sich, als glaube sie, ich wolle gegen die zu hohe Ehre protestieren, die sie mir erwies, und mit einem Lächeln hieß sie mich schweigen: ich würde nicht nur in einem der Gastzimmer schlafen, man würde mir auch meine Mahlzeiten dort servieren, und wenn ich nicht zufällig Lust dazu hätte, brauchte ich die Beschließerin nicht mehr wiederzusehen. Ferner würde mein Lohn – (sie verbesserte sich) – mein Gehalt eine Erhöhung um das Dreifache erfahren. O Macht der Reichen! Als sie mich fragte, ob ich sonst noch einen Wunsch hätte, schüttelte ich benommen den Kopf. Ein Geizhals wurde in mir lebendig, ein Geizhals, der allerdings in seiner Leidenschaft noch nicht zu Hause, aber schon ganz aufgeregt war von der Summe, die vor ihm genannt wurde. Ich brauchte wohl eine Minute, um mich zu sammeln, dann stammelte ich ein paar Worte des Dankes, die mit dem spärlichen Lachen hingenommen wurden, das ich nur zu gut kannte. Der Klang dieses Lachens war das einzige, was mich abhielt, meiner Herrin zu Füßen zu fallen, denn all meine Zurückhaltung kann mich nicht vor gewissen Geschmacklosigkeiten retten, welche die Verrücktheit der Schüchternen sind. Wäre nicht diese Stimme gewesen, ich hätte meine Erniedrigung soweit getrieben, der Vicomtesse die Hände zu küssen, aber in ihrer Heiterkeit klang ein harter Hohn mit, bei dem es mich kalt überlief.

Also ich würde nicht reisen. Ich schämte mich innerlich,

daß ich es so wenig bedauerte. Etwas freier und gewandter und vermutlich mit sichtlicher Befriedigung im Blick fragte ich nun, womit ich ihr dienen könne. Sie dachte nach, ergötzte sich einen Augenblick an meinem Eifer und erklärte schließlich, meine Rolle im Hause beschränke sich darauf, eine Gelegenheit abzuwarten, mich nützlich zu machen. Ich war schon dicht daran, ihr zu sagen, eine so einfache Beschäftigung schiene mir recht freigebig bezahlt, aber sie schnitt mir das Wort ab:

»Beklagen Sie sich nicht zu sehr darüber, nichts zu tun zu haben« – plötzlich schien sie in sich versunken –, »Sie machen mir Lust, Ihnen eine Besorgung aufzutragen, wenn die Hitze nicht so heftig wäre.«

Diese Worte, mit halber Stimme und fast in einem Zuge ausgesprochen, machten mir einen seltsamen Eindruck: ich fand keine Antwort, und auf meinen Lippen erstarrte ein Lächeln. Eben war meine Herrin noch munter gewesen und jetzt auf einmal so ernst, das war mir unbegreiflich, eine tragische Schwermut vertiefte ihren Blick, der sich langsam einer inneren Welt zuzuwenden schien. In diesem Augenblick, erinnere ich mich, hörte ich aus dem Nachbarzimmer ein Klappern von Tafelgeschirr, das mich mir selbst wiedergab, und ich erklärte mich bereit, in die Stadt zu laufen, wenn die Vicomtesse es für angemessen hielte, mich hinzuschicken.

»Gut«, sagte sie mit leiser Stimme. »Sprechen Sie in der Färberei vor. Vor drei Tagen habe ich ein Kostüm und Handschuhe hinbringen lassen. Man soll sie mir zurückgeben, man soll sie Ihnen geben. Ich werde sie brauchen.«

Sie stand auf.

»Heute nacht wird mein Vater sterben. Ich weiß es.«

Ihre Stirn, die sich gefurcht hatte, wurde plötzlich glatt, eine geheimnisvolle Freude glitt in ihren Blick und gab ihrem Gesicht eine kindliche Reinheit.

»Ich habe von trübem Wasser geträumt«, murmelte sie.

Ich schlief schlecht in meinem neuen Zimmer, dessen Himmelbett und reiche Tapeten mich unter andern Umständen entzückt hätten. Mehr als drei Stunden mußte ich immerzu an den Menschen denken, der mit dem Tode rang, und ich konnte aus meinem Geist die Bilder nicht vertreiben, die bei diesem Gedanken aufstiegen. Ich sagte mir Verse auf, sogar Gebete (denn ich hatte Angst), aber das lenkte mich nicht ab, heimliche schreckliche Anspielungen, die ich in den einfachsten Wendungen fand, vermehrten meine Unruhe. Ich machte Licht. Mein Handkoffer aus schwarzem Moleskin stand geöffnet auf dem Aubussonteppich, er sah häßlich, arm und nach Trauer aus: wie das Gepäck eines in der Ferne Verstorbenen, dessen Habseligkeiten man seinen Angehörigen oder seiner Herrschaft zurückgeschickt hat. Diese Vorstellung bemächtige sich meiner. Wenn ich hier stürbe, würde mein hastig von gleichgültigen Händen gefüllter Koffer in den Packwagen eines Zuges geworfen und nach Hause geschickt werden, und dort auf dem Eßzimmertisch oder eher noch in meinem Zimmer vor dem Bett würde er so aussehen, wie ich ihn jetzt sah, wie manchmal Dinge aussehen, die eine Botschaft, ein letztes Wort überbringen.

Ich bekam Angst, meine Gedanken an den Tod zögen ihn vielleicht von seinem Wege ab und zu mir her. Ich stellte ihn mir vor wie eine alte Frau, die zu solch einem Irrtum fähig wäre, an meiner Tür vorbeikäme und aus Versehen stehen bliebe...

Eine nach der andern warf ich meine Decken ab, dann das Laken, und in Schweiß gebadet lauschte ich ängstlich auf das Geräusch meines eigenen Atems. Wer nicht gelitten hat wie ich, möge sich hüten, über mich zu richten. Schließlich sprang ich aus dem Bett, denn wenn man in einem Bett ruhen kann, kann man auch ebensogut sterben in einem Bett: dieser Gedanke, am hellen Tage absurd, bahnte sich in der Nacht seinen Weg zu mir. Das Seltsamste an der Furcht ist, daß sie nicht belehrt. Schon so oft hatte ich die Todesangst erlebt, und immer wieder war ich ihr hilflos ausgeliefert, war in eine

Schlinge geraten, die sich bei jeder Bewegung, mich zu befreien, enger zusammenzog. In solchen Augenblicken bedauerte ich es feige, den Glauben verloren zu haben. Wieviel besser ist doch der Buchstabengläubige dran, der seinen Rosenkranz abbetet und seine Seele stärkt, indem er sie mit Worten betäubt!

Ich erreichte das Fenster und setzte mich so, daß ich das Innere des Zimmers übersehen und dabei die laue Luft einatmen konnte, die ein sanfter Wind mir ins Gesicht hauchte. Im Dunkel verschwamm das Kastanienlaub mit dem Himmel, aber die Stämme konnte ich auf dem blassen Hintergrund der Alleen erkennen; von den schwarzen Rasenflächen stieg ein Duft und vermengte sich mit dem des Buchs in den Wassergräben. All diese Pflanzen, all diese Erde suchten wie ich die befreiende Brise und waren wach in der erstickenden Nacht. Durch die dichte Stille drang der schüchterne, ferne Ruf der Frösche bis zu mir; ich lehnte mich mit dem Arm auf den steinernen Sims und versuchte, aus den kleinen tropfenden Noten eine Melodie herauszuhören, da wurde mir auf einmal der Kopf schwer, und ich schlief ein.

Am nächsten Morgen traf ich meine Herrin auf der Treppe; sie stieg hinter mir hinab. Sie war schwarz gekleidet und hatte die Handschuhe an, die ich am Tage vorher für sie abgeholt hatte, sie war barhäuptig und wie eingehüllt in einen Geruch von Färberei und Arzneien; die Haut um die Augen war bläulich von langer Schlaflosigkeit, und zum erstenmal erschien sie mir gealtert, weniger wegen der Härte ihrer Züge als wegen des erloschenen Blickes. Ich hütete mich, sie anzureden, und ging ihr aus dem Weg. Auf jeder Stufe machte ich Halt, legte die Fingerspitzen auf das Geländer und blieb einen Augenblick stehn. Als sie an mir vorbeikam, wandte sie ihr fahles Gesicht nach meiner Seite; da sah ich, wie ein Lächeln die Mundwinkel verzog und eine kleine Falte bildete, die ich dort noch nie bemerkt hatte.

»Gestern abend«, sagte sie, und ihre Stimme war heiser vor

Müdigkeit, »habe ich Ihnen gesagt, mein Vater würde sterben.«

Plötzlich wechselte ihr Gesichtsausdruck: Zorn stieg in die Augen und veränderte sogar die Farbe der grauen Iris, die Pupillen vergrößerten sich, und unvermittelt fuhr ein scharfes Lachen wie ein Schrei aus ihrer Kehle:

»Wie komisch Sie waren mit diesem Taschentuch um den Kopf!«

Beide Hände auf der Brust, den Körper an das Geländer gelehnt, überließ sie sich einer wilden Lustigkeit, die ihr die Schultern schüttelte und auf ihrer Stirn den Schatten einer großen hakenförmigen Strähne zittern ließ. Sprachlos betrachtete ich das blasse, verzerrte Gesicht mit den Tränenspuren im Puder, den Mund mit den zu roten Lippen, die die Zähne bis zum Zahnfleisch entblößten, und entsetzt hörte ich das irrsinnige Bellen ihres Gelächters. War sie betrunken? Sie schien nicht imstande, die Last ihres Kopfes zu tragen, er wankte herüber und hinüber. Endlich erreichte sie die nächste Stufe, aber ihr Fuß war unsicher und ihre Sohle stieß so hart an den Stein, daß sie nach der Wand tasten mußte, um nicht das Gleichgewicht zu verlieren. Ich war zu erstarrt, um ihr meine Hilfe anzubieten. Zaudernd wie eine Kranke stieg sie weiter hinab; als sie dann auf der letzten Stufe angekommen war, richtete sie sich ein wenig auf und glitt schlurfend durch den Vorsaal bis an die Tür des Salons. Einen Augenblick kämpfte sie, ganz schwach vor Lachen, mit der Kupferklinke, die sie nicht drehn konnte; ihre schwarze Silhouette vor der großen weißen Türfüllung kam mir klein und fast kümmerlich vor.

Dieser Auftritt erschütterte mich bis ins Tiefste. Von ganzem Herzen haßte ich Nègreterre und mehr noch die Schwäche, die mich hier festhielt. War es nur das Verlangen, ein wenig Geld zu verdienen? Seit ein paar Minuten glaubte ich das nicht mehr. Warum sollte ich mich selbst belügen? Ich wollte nicht fort. Die Demütigungen, die ich täglich ertragen mußte, halfen nichts, ich war gefesselt an dieses Haus, und hätte man mich weggejagt, ich wäre sicher wiedergekommen.

Ich kam nicht dazu, länger über dies alles nachzudenken, denn als ich in mein Zimmer hinaufgehn wollte, ließ meine Herrin mich rufen. Im Bibliothekszimmer fand ich eine ganz andere Frau, als die, welche ich eben verlassen hatte. Mit eisiger Ruhe hieß sie mich ihr gegenüber Platz nehmen. Da die Läden geschlossen waren, konnte ich ihr Gesicht nur undeutlich sehen. Sie ging von einem Möbel zum anderen durch das Halbdunkel, in dem noch der Arzneigeruch war, den ich vorhin gespürt hatte. Sie sprach zuerst mit leiser, eintöniger Stimme, faltete dabei die Finger und riß sie dann gleich wieder knackend auseinander. In meiner Verwirrung begriff ich minutenlang nicht, worauf sie hinauswollte; immerhin fiel mir auf, daß sie sich in keiner Weise für die beleidigende Lustigkeit, deren Echo mir noch in den Ohren klang, entschuldigte. So sehr verachtete sie mich also, so wenig existierte ich in ihren Augen, so weit entfernt war sie davon, mich für ein menschliches Wesen ihresgleichen zu halten, daß sie es schon gar nicht mehr bemerkte, wenn sie mich beleidigte. Und doch wußte sie genau, wie sie es anstellen mußte, um von meiner harmlosen Gefälligkeit etwas zu erlangen.

»Ja«, sagte sie, »ich brauche Sie wie einen Freund ... Ein Rat von Ihnen kann mir aus der Verlegenheit helfen, ein einfacher Rat.«

Sie setzte sich und rückte ihren Sessel an meinen heran. »Sie sind gebildet, unterrichtet und auch fromm, nicht wahr? Nun, das habe ich schon bemerkt, als ich zum erstenmal mit Ihnen sprach.«

Sie griff nach einem Gegenstand auf dem Nipptisch neben ihr. Es war ein Buchsbaumzweig. Sie roch daran wie an einer Blume.

Dann begann sie unvermittelt: »Jetzt will ich Ihnen zunächst sagen, wie ich die Nacht verbracht habe. Nach Tisch habe ich diese Trauerkleider angelegt, hier diese Handschuhe angezogen und den Krepphut mit dem langen, schwarzen

Schleier aufgesetzt. Ich wollte sehen, wie ich aussehen würde in ein, zwei Tagen ... Punkt zehn Uhr bin ich – es war eine plötzliche Eingebung – fort und über den Rasen gegangen. Es war ganz still, ich hörte das Rauschen meines Kleides im dichten Gras, in dem meine Füße einsanken. Im Dunkel war noch die ganze Tageswärme geblieben, nur manchmal von einer schwachen Brise aufgehoben wie ein schwerer Vorhang. Tief hinter Wolkenriffen verbarg sich am Himmel der Mond, und ich ging fast auf Zehenspitzen durch eine Finsternis voll Erdgeruch und Duft der Pflanzen, die erwachen, wenn das Licht scheidet. Bei den Gräben habe ich diesen Buchsbaumzweig gepflückt. Könnten Düfte die Luft färben, Buchs würde einen schwarzen Dampf ausatmen.«

Bei diesen Worten streichelte sie die harten glatten Blättchen und versank in Gedanken.

»Als ich dann zum Tor hinaus war«, fing sie wieder an, »habe ich den Pfad zum Wald eingeschlagen, aber mein Schleier verfing sich in den Zacken eines Busches, der ihn zerriß. Ich bin trotzdem weitergelaufen. Je mehr ich mich von Nègreterre entfernte, um so leichter wurde mir das schwere Herz; der Wald war voll von Liedern und Stimmen, und auf meinem Wege regten sich Tiere in den welken Blättern. Mitten im Dunkel, das von Locken, Lachen und Miauen bevölkert war, blieb ich einen Augenblick stehen, um besser mein Glück zu fühlen; mir war es, als hätte ich das Asyl gefunden, die schützende Höhle der Nacht, wo der Tod mich nicht suchen würde. Und doch bin ich umgekehrt, bin nach Hause gegangen.«

»Sie hätten nicht nach Hause gehn sollen«, sagte ich.

Langsam wandte sie mir ihr Gesicht zu:

»Nicht nach Hause gehn? Wo sollt' ich denn hingehn? Ich kann nirgends sonst leben als hier. Es hält mich etwas wider meinen Willen. Wissen Sie, wie es kam, daß ich gestern umgekehrt bin? Ich hörte auf das Rauschen der Wälder, da mischte sich ein ferner Schrei in das Klagen des Käuzchens. Die Hände wurden mir kalt, ich mußte mich an einen Baum lehnen ... Hätte ich glauben können, daß es nur eine Gehörhalluzination wäre, ich hätte nicht so gezittert. Was ich hörte, war mein Vater. Alles schwieg nur, damit dieses langgezogene Stöhnen bis zu mir käme. Ich habe ein paar Minuten gewartet; die Stimme verstummte mit dem Wind, und mit ihm erhob sie sich dann von neuem, nur schwächer und trauriger. Da bin ich umgekehrt. Quer durch die Nacht hat das Röcheln mich geleitet. Ich bin gelaufen. Und als ich hier war, bin ich in das Zimmer hinaufgegangen, wo die Beschließerin ist. Die habe ich gefragt, ob mein Vater noch lebe; sie hat geantwortet, er schlafe.«

Den Kopf in den Nacken geworfen, schrie sie auf:

»Ach! Was für eine Tochter hat meine Mutter in die Welt gesetzt! Als ich hörte, der Unglückliche schläft nur, habe ich laut gelacht. Ich weiß nicht warum, ich habe gelacht wie eine Irre, ich hätte ihn aus dem Schlaf lachen können, und je länger Frau Georges mich ansah, um so mehr mußte ich lachen. Ich glaube, ich lachte, weil ich Furcht vor ihr hatte.«

»Furcht vor Frau Georges?«

»Ja. Das wundert Sie. Dies Weib, so gemein, so beschränkt ... Aber es ist etwas Trübes, Widriges in ihr, ich will nicht sagen, in ihren Zügen, auch nicht einmal in ihrem Benehmen ... sie ist zwar häßlich, aber ich habe häßlichere Leute gekannt, die mich nicht in diesem Maße abstießen. Ich habe Angst davor, daß sie mich anfassen könnte wie an dem Tag, als sie mir zu Füßen fiel, weil sie eine Schüssel angeschlagen hatte. Sie macht mir manchmal den Eindruck, kein menschliches Wesen zu sein. Wenn sie da ist, leuchten die Lampen schwächer, und der Himmel bedeckt sich. Als sie heute nacht sah, wie ich lachte, hat sich in ihrem Gesicht nichts geregt, ihre glanzlosen Augen waren ohne Staunen, ohne Zorn, ohne Traurigkeit, sie sah aus wie ein Schläfer, dem man die Lider hochgehoben hat: seine Augäpfel spiegeln nichts wider. Im allgemeinen muß man über die Dummheit lachen; ihre ist zu tief, als daß man über sie lachen könnte. Sie wird durch ihre Dummheit größer, wird allem verwandt, was es im

Weltall an schlecht Gekanntem, schlecht Erklärtem, schlecht Geahntem gibt, allem, was sich im Schloß der Nacht verbirgt, allem, was strauchelt, hinkt und stammelt in der Finsternis. Sie hat die übermenschliche Dummheit des Todes.

Einige Sekunden schwieg sie, dann murmelte sie wie im Selbstgespräch: »Ein, zwei Mal hab ich mich gefragt, ob sie nicht am Ende der Tod selbst sei.«

Mir dröhnte das Blut im Kopf. Schaudernd hörte ich, wie sie aussprach, was ich nicht zu glauben wagte, denn ihre Worte gaben dem seltsamsten Gedanken Gestalt, der je in ein Menschenhirn gekommen war.

Durch die tiefe Stille, die um uns herrschte, hörte ich von fern die Harke des Gärtners auf den Kieseln einer Allee, und dieses vertraute Geräusch beruhigte mich wie die Stimme einer Welt, in der alles ruhig an seinem Platze verweilt. Plötzlich schloß meine Herrin die Augen, runzelte die Brauen, und ihre Finger griffen in die dichte Masse des Haars, wie um dem Kopf diese Last zu erleichtern. Da kam mir in der Erregung ein lächerlicher Satz über die Lippen; ich wollte etwas Vernünftiges sagen, um meine Angst loszuwerden. »Obgleich ich Frau Georges nicht liebe«, fing ich an, »muß ich doch zugeben, daß sie Ihnen treuer ergeben ist als ein Hund seinem Herrn.«

Die Vicomtesse öffnete die Augen und legte die Hände langsam auf die Armlehnen des Sessels.

»Wie niedrig Sie denken!« sagte sie mit halber Stimme. »Wie konnte ich nur glauben, es gäbe zwischen uns eine gewisse Gemeinschaft, und zu Ihnen sprechen wie zu meinesgleichen! Wer fragt denn danach, ob diese Bestie mir ergeben ist? Als sie herkam, ging es meinem Vater gut. Wir wußten nicht einmal, daß sie sich hier bei uns im Kellergeschoß des Schlosses versteckte, weil sie meinen Leuten zuwider war, und in einem Loch unter Kohlensäcken schlief. Ihre Demut hat sie gerettet, sie hat es verstanden, abzuwarten, sich nach und nach, ich weiß nicht wie, emporzuarbeiten; das interessierte mich nicht. Stufe um Stufe ist sie gestiegen bis zu dem

Zimmer empor, in dem mein Vater ist; da hat sie sich mit ihm eingeschlossen. Niemand dringt mehr in dieses Zimmer ein außer ihr. Ich selbst habe ihr gesagt, sie solle mich hindern einzutreten, wenn mich das Verlangen danach ergreife. Sie ist stärker als ich, ich kann sie nicht mehr verjagen. Wenn mein Vater sterben wird, so wird sie sich an das Bett eines anderen setzen. Unwiderstehlich zieht sie die an, die sie am meisten fürchten, erst meinen Bruder, und dann mich . . .«

Ob ich wollte oder nicht, ich mußte dieser dumpfen Stimme lauschen, die im Halbdunkel nach mir zu suchen schien.

»Sie liebt dieses Haus«, fuhr die Vicomtesse fort, »ich habe sie einmal dabei getroffen, wie sie mit verschlagenem Lächeln die Mauer betastete und streichelte. Mein Bruder hat zuerst ahnend erkannt, was sie will. Als er es mir eröffnet hat, konnte ich nur lachen, weil ich nicht begriff. Dann bekam ich's mit der Angst. Es war bei unserer Rückkehr von der Reise. Sie wissen, mein Vater hatte bei Beginn seiner Krankheit uns beide von Nègreterre entfernt. Dieses Weib hat gewiß gefürchtet, wir könnten ihr entschlüpfen, aber aus Vorsicht hat sie sich viele Wochen still verhalten, dann hat sie ihrem Herrn beigebracht, er werde sterben. Da wurden uns, ganz überflüssigerweise, Telegramme geschickt; sie wollte uns eben da haben. Seither denken wir manchmal daran, uns zu retten. Mein Bruder reitet bisweilen durch den Wald und in die Stadt und – kommt wieder zurück. Gestern abend habe ich selbst . . .«

»Aber was zwingt Sie, wiederzukommen?«

Sie grub ihren Blick in meine Augen.

»Die Neugier«, antwortete sie dann.

Nach einer Pause wiederholte sie im Ton leichten Erstaunens dieses Wort, wie man einen absonderlichen Gegenstand nach allen Richtungen dreht.

»Ja, das ist es. Indem sie die Tür des Zimmers, in das wir immer nur mit Entsetzen eintraten, hinter uns schloß, hielt sie uns hier fest. Was uns abstieß, hält uns nun in Bann. Es hat genügt, daß wir unseren Vater nicht mehr zu sehen bekommen, um ihn jetzt hinter dieser Tür zu verwandeln ... Ich habe fast vergessen, wie er aussieht. Ich erkenne seine Stimme nicht mehr, wenn ich sein Schreien höre.«

»Sie belauschen ihn?«

»Mein Lieber, ich presse mein Ohr an seine Tür, um sogar sein bloßes Atmen zu hören, und ich drücke mein Gesicht so fest dagegen, daß es mir vorkommt, als höhlte ich das Holz; oder aber ich laufe wie gestern abend tief in den Wald und weit auf die Straße, um – nicht zu hören. Oft lege ich mich nicht schlafen, ich irre unter den Bäumen umher, dann komme ich wieder hierher, gehe von Zimmer zu Zimmer, hinauf, hinab, wie im Traum, bis ich mich wieder vor der kleinen Tür finde. Sie haben sie gesehen da an der Treppe. Ich weiß, im Morgengrauen wird mein Vater sprechen. Es gibt einen Augenblick, immer denselben, da ist seine Stimme deutlicher, wenn er auch aus dem Schlaf spricht.«

»Was sagt er?«

»Er ruft nach seinen Kindern. Er glaubt, wir seien noch auf der Schule. Manchmal lacht er ganz zart. Oft braucht er eine ganze Viertelstunde, um sich klar zu werden, daß er jetzt hier in diesem kleinen Zimmer ist; es ist, als ob er nichts erkenne, weder den Wandschirm um sein Bett noch die Uhr noch die Wände. Seine Klarsichtigkeit kehrt erst zurück, wenn der Schmerz wiederkommt.«

Wo sie den Mut hernähme zu bleiben?

»Ich bleibe nicht immer da. Aber ich will wissen, wie das endet, das Leben, ja, wie man hineinkommt in den Tod. Das ist stärker als ich. Das ist etwas, das mich anzieht und festhält. Ich hoffe, unter den Worten, die mein Vater spricht, wird eins oder das andre sein, das mich endlich belehrt. Seit langem schon ist er nicht mehr in dem Leben, das wir kennen, schon durchwandert er das ungewisse Gebiet, das uns von den Toten trennt; dann wieder führt die Angst oder irgendein Verlangen, sein Haus wiederzusehen, ihn hierher zurück. Ich glaube, er hat Furcht, da drüben allein zu sein, aber auf der Grenze zwischen dem Leben und dem fernen Lande, das ihn lockt, irrt er in den ersten Minuten der Morgendämmerung. In seinem Schlaf bietet sich ihm ein vertrauter Weg. Es wächst ein großer Wald im Unsichtbaren; im Wind, der ihn bewegt, würde von unsern Grashalmen keiner das Haupt neigen, das Zwielicht, das ihn erhellt, würde unsere Nacht nicht durchdringen. Unter seinen Bäumen ruht die Seele der Sterbenden aus, im Weitergehen erlöschen die Mühen des Lebens in ihrem Gedächtnis; wer aber zu weit geht, vergißt die Erde und kommt nicht mehr zurück. Wenn mein Vater mit leiser Stimme nach uns ruft, ahne ich, daß er uns in dem Walde sucht, um uns an der Hand zu nehmen, denn noch hat er nicht den Mut, allein zu gehn, aber er weiß schon den Weg und den Ort, wo ihn das Nichts auslöscht, wo die Seele sich nicht mehr kennt. Jenseits beginnt das Schreckliche, das Namenlose, das, was *sie* sehn. Haben Sie nie auf dem Gesicht der Toten den geheimnisvollen Ausdruck wahrgenommen, diesen hinterhältigen Tiefsinn, den unsere Worte nicht beschreiben können? Ich erinnere mich an das Gesicht meiner toten Schwester; es hat mich fasziniert. Ich war zwölfeinhalb Jahre alt. Ohne Furcht heftete ich meinen Blick auf diese Lippen, auf denen andere ein Lächeln sahen; ich las auf ihnen völlige Gleichgültigkeit. Was galt ihr die Erde? Was ihr in dieser Welt das Teuerste war, daran erinnerte sie sich gar nicht mehr, aber das Wissen um etwas andres gab ihrer Stirn einen Schimmer von übermenschlicher Weisheit. Allein nicht dauernd. Es gab Minuten, in denen ihre Züge leer wurden. Dann kam der Gedanke plötzlich wieder mit der Gewalt einer Flamme. Es geschah ein Leben und Sterben unter dieser Maske, hinter diesen Schläfen. Zehnmal am Tage ging ich unter dem Vorwand, an ihrem Bett für sie zu beten, hin, das kleine Mädchen anzusehn, ich fühlte in mir mit dem Staunen vor dem Tode eine unbezwingliche Neugier anwachsen. Von dieser Zeit an geriet ich unter die Herrschaft der Idee, daß das Leben ein Wahn und die große Wirklichkeit der Tod ist. Ja, was mein Vater mit stockendem Atem flüstert, das ist es, das ist das Geheimnis der Toten. Die Welt, die wir zu sehen glauben –, gibt es nicht . . .«

Bei diesen Worten packte mich die Angst: ich griff nach meiner Brust, ich versuchte mich zu erheben, aber mir fehlte die Kraft. Es wurde plötzlich dunkler im Salon; mir war, als ob draußen die Nacht über den ganzen Himmel hin zerbröckelte wie eine große Mauer.

Als ich wieder zu mir kam, fand ich mich ausgestreckt auf einem Liegestuhl mit gewundener Holzverschalung, dicht bei einem Tisch, auf dem Papiere und Bücher sich unordentlich häuften. In einem Silberleuchter brannte eine große gelbe Kerze und verbreitete Kirchengeruch. Ich glaubte den Leuchter wiederzuerkennen, aber zunächst konnte ich mich nicht entsinnen, wo ich ihn gesehn hatte, und auch dieser Tisch mit seinem Kupferzierat schien mir zugleich fremd und vertraut wie ein Gegenstand, den ich in einem früheren Leben gesehn hatte. Die Furcht, mein Gedächtnis könne im Begriff sein, für immer zu versagen, gab mir wieder etwas Tatkraft, und mit gespannter Aufmerksamkeit sah ich auf die kleine Flamme, von der nur die Spitze im Halbdunkel flimmerte; dies ruhige, holde Licht, das ich so viele Male im Laufe der Jahre hatte glänzen sehen, leitete mich ohne Hast; es erhellte bald das weiße Tuch eines Altars, bald in Herrn Ernests Laden das Bücherregal, hinter dem ich mein Tagebuch versteckt hatte; ohne mich zu verirren, öffnete ich jetzt die Gitterpforte von Nègreterre und war glücklich über die Wirklichkeit, die alles um mich her annahm in dem großen nächtlichen Park im tanzenden Licht einer großen Laterne, die ein mürrischer Lakai hochhielt. Wie im Fluge sah ich wieder die schöne, zu kurz abgeschnittene Rose, das kleine Feldbett, verborgen hinterm roten Wandschirm, die Steintreppe, auf der die Vicomtesse so sehr gelacht hatte, und mir war es, als wäre ich heimgekehrt nach langer, mühseliger Reise, denn wir sind immer da ein wenig zu Hause, wo wir gelitten haben.

Die junge Frau stand an dem großen Fenster, das über die Wallgräben hin auf die lange Eschenallee ging, und mit ihrer schwarz behandschuhten Rechten zog sie den Musselinvorhang fort. Wütender Regen peitschte die Scheiben. Im bleifarbenen Himmel neigten sich die Wipfel der hohen Bäume langsam unterm Wind, und durch die dicken Mauern hindurch hörte ich, wie der Sturm uns Zorn und Schrecken zuschrie. Ich stand auf.

»Sie sind auf!« sagte meine Herrin und drehte sich zu mir um. »Wenn der Donner Sie ängstigt, so seien Sie froh, daß Sie das Bewußtsein verloren hatten. Wahrhaftig, ich habe geglaubt, das Land steht in Flammen. Eine Akazie im Park ist gestürzt, und die Blumen sehn aus, als hätte ein Irrsinniger sie zerstampft.«

Ein gurrendes Lachen begleitete diese Worte, dann nahm sie wieder ihren Beobachtungsposten ein. Sie stand so still, daß ich schweigen mußte; in ihrer Haltung war etwas Verhaltenes und Bedachtes, das mich einschüchterte. Die kleinen, eigensinnigen Schultern, der steile Rücken, ihr ganzer Körper war gespannt auf etwas, das draußen vorging. In den Wassergräben zerhackte der Regen Busch und Strauch. Manchmal höhlte sich vor der Wucht des Windes die Wassermasse und wellte sich wie ein Vorhang, und in der Allee, wo sie gegen festere Erde schlug, prallte sie zurück als schimmernder Staub, der dicht über dem Boden kreiste.

»Die Ernte ist futsch!« sagte auf einmal meine Herrin. »Man wird wieder sagen, wir bringen dem Dorf Unglück.«

Minuten vergingen.

»Wissen Sie« – sie rührte sich nicht –, »daß Sie im Wachen nicht so geschwätzig sind wie im Schlaf?«

»Ich, gnädige Frau?«

»Allerdings, mein Lieber. Man sollte meinen, der Himmel habe vorhin nur gedonnert, um Ihre Indiskretion zu übertönen.«

Eine heiße Welle stieg mir ins Gesicht. Noch nie war die Übermacht dieser Frau so ungerecht gewesen. Mit einer Ungeschicklichkeit, die ich gleich wieder bereute, fragte ich sie zögernd, was ich denn gesagt hätte. Sie lachte leise und antwortete nicht gleich.

»Mein Gott«, seufzte sie dann, »glauben Sie wirklich, ich hätte Ihnen zugehört? Was ich, ohne aufzupassen, vernommen habe, hat mich über die Männer nichts Neues gelehrt. Ihr seid alle dieselben. Besessen von der einen Sache, das ganze Leben, es ist zu komisch!«

Ich setzte mich. Der Regen verdüsterte die großen Fenster; manchmal warf ihn der Wind gegen die Scheiben wie eine geschleuderte Handvoll Sand, aber nach und nach wurde er ruhiger und erfüllte die Stille mit seinem eintönigen tiefen Säuseln.

»Warum sind Sie ohnmächtig geworden?« fragte sie nach einer Pause. Und ohne meine Antwort abzuwarten, hieß sie mich zu sich in die Fensternische kommen. Ich gehorchte. »Die Kerze, die auf dem Tisch brennt, hat Frau Georges angesteckt. Im Augenblick, als Sie das Bewußtsein verloren, hat sie die Tür aufgemacht mit diesem Licht in der Faust und hat gesagt, das Gewitter sei gefährlich, man müsse das Haus gegen Blitzschlag schützen. Als echte Bäuerin hat sie einen Vorrat Kerzen, die zu Mariä Lichtmeß geweiht worden sind. Sie wissen, die, die man auch den Todkranken ans Bett stellt. Mein Vater hat eine in seinem Zimmer.«

Und dann nach kurzem Schweigen:

»Erinnern Sie sich?«

Ich konnte mich nicht entsinnen.

»Und doch ist sie da«, sagte sie träumerisch. »Unter der Tür hindurch habe ich sie leuchten sehen. Nun, wie dem auch sei, Frau Georges ist mit ihrer Kerze geradewegs auf Sie zugegangen. Sie hat nicht gefragt, was Ihnen geschehen ist, hat sich einfach über Sie gebeugt und Ihnen ins Gesicht gehaucht. Dann hat sie die Kerze in einen Leuchter gesteckt, ihn auf den Tisch, an dem Sie saßen, gestellt und ist dann weggegangen.«

»Was haben Sie gesagt?«

»Ich, mein Lieber? Gar nichts. Ich war froh, als das Weib wegging. Sie können mir glauben, daß ich keine Lust hatte, sie dazubehalten und mit ihr zu schwatzen.«

Sie kniff die Augen zusammen, um besser zu sehen, und

fixierte eine Zeitlang eine Stelle zwischen den Bäumen der Allee.

»Wenn Sie noch ein Kind wären«, sagte sie plötzlich, »könnte ich besser mit Ihnen sprechen. Wissen Sie, woran ich ehedem dachte, wenn ich unsere Hügel sah? An das, was dahinter wäre. Mein Geist wanderte zu allem, was da war, wo ich nicht war. Jetzt, scheint mir, ist das alles anders geworden. Können Sie erraten, was dieser dichte, strahlende Regen, der uns hindert, über die ersten Eschen der Allee hinauszusehn, verbirgt? Ich werde es Ihnen sagen« – sie ließ den Musselinvorhang fallen. »Er verbirgt nichts.«

»Nichts?« rief ich. »Er verbirgt die Welt.«

»Er verbirgt, wenn Sie wollen, einen Spiegelschein, aber die einzig mögliche Wirklichkeit wohnt zwischen diesen Mauern. Fühlen Sie nicht, was alles die Gegenwart des Todes an Wahngebilden rings um sich her zerstört? Wir sind seine Kinder, er entreißt uns den Lügen. Aus der Tiefe des Lebens ruft er nach uns. In dem Alter, wo wir noch nicht die Sprache der Menschen verstehen, bleiben wir manchmal mitten in unseren Spielen still stehen, um seiner Stimme zu lauschen ... Und immer wieder im Lauf der Jahre winkt er uns zu. Geschieht es Ihnen nie, daß Sie sich in Ihre Gedanken verlieren, so tief nachdenken, daß Sie auf einmal nicht mehr wissen, woran Sie sind, noch was in Ihrem Geiste vorgeht? Sie müssen sich dann einen Ruck geben, um sich zurechtzufinden und wieder die Welt um sich her aufzubauen, wie sie Ihnen erscheint, und in dieser Welt Ihren Platz wiederzufinden, aber in der Dauer eines blitzschnellen Augenblicks gab es ... das Nichts.«

Ich wich vor ihr zurück, als hätte sich der Boden zwischen uns gespalten. Sie sah mir ins Gesicht, zuckte die Schultern und schwieg.

Nacht war es, ich schlief, da kam sie in mein Zimmer. Der Lampenschein zog mich nach und nach aus meinem Schlaf, und ich sah, wie meine Herrin sich zu dem Spiegel über dem

Kamin neigte. Sie war wie bezaubert von dem eigenen Bild. Als ein Schrei mir entfuhr, drehte sie sich langsam zu mir um und zeigte mir ein fahles Gesicht. Um ihre Augen waren Ringe, so schwarz, als bedeckte ein Schatten die Augenhöhlen. Ein langer Reisemantel umhüllte sie ganz.

»Ich glaube, er ist tot«, sagte sie mit halber Stimme.

Mit ein paar Schritten war sie mitten im Zimmer, blieb plötzlich stehen und wiederholte im Ton tiefen Erstaunens ihre Worte. Mich befiel ein Zittern. Ich saß in meinem Bett und hatte die Decken über die Brust gezogen, schlug die Augen nieder und drückte die Faust gegen mein heftig schlagendes Herz. Da bemerkte ich unter dem Mantelrand die nackten Füße meiner Herrin.

»Ich bin durchs Gras um das Schloß gegangen«, begann sie nach einer Weile, »der Regen hat mich gezwungen umzukehren. Es war zwei Uhr. Ich bin bis an die Tür meines Vaters gekommen, drinnen war Licht wie gewöhnlich, aber er sprach nicht. Ich habe gelauscht. Ich habe Frau Georges brummend im Zimmer auf und ab gehn hören, sie rückte die Möbel wie jemand, der saubermacht. Dann hat sie, schien mir, das Bett verstellt. Da bekam ich Angst. Ich wollte fort, aber etwas hielt mich fest; dies Geräusch ... Sie kennen das Geräusch, das ein Kissen macht, wenn man es in seinem Bezug schüttelt?«

Sie faltete die Hände.

»Ich bin fortgelaufen, erst in mein Zimmer, dann bin ich aus Furcht, das Weib würde mich holen, hierher gekommen, ich habe die Tür verriegelt.«

Unruhig ging sie quer durchs Zimmer, sah noch einmal in den Spiegel und löschte dann hastig die Lampe.

»Es tagt.« Sie stand am Fenster. »In einer Stunde wird es hell sein. Dann werden Menschen die Treppe hinauf und hinunter gehen, es wird das Geräusch von eingeschlagenen Nägeln geben und von antreibenden Stimmen wie bei den Vorbereitungen zu einem Fest.«

Im Dunkeln konnte ich sie nicht mehr sehn, ich hörte nur, wie sie wieder und wieder seufzte.

»Mich friert«, sagte sie plötzlich. »Stehn Sie auf, ich will an Ihren Platz.«

Vor Scham und Schreck konnte ich nicht gehorchen. Aus Ekel vor dem Nachtschweiß, der mir das Hemd an den Leib klebte, schlief ich nackt. Aber nun wurde der Befehl, den ich erst nicht recht verstanden zu haben meinte, mit strengerer Stimme wiederholt. Da glitt ich aus dem Bett. Während ich nach meinen Kleidern suchte, hörte ich, wie meine Herrin ihren Mantel auf den Stuhl warf. Mit Lustgeflüster schob sie sich zwischen die Tücher und wälzte sich im Bett, wie um die Wärme, die ich zurückgelassen hatte, einzuziehn. Mir hämmerte das Blut an die Schläfen; in der Erregung konnte ich meine Sachen nicht finden. Hinter dem Tüllvorhang flackerte die Morgenröte unsicher am Himmelsrand, und ein feiner Regen fiel auf den Fenstersims mit dem dünnen Laut von Vogelkrallen. Da überkam mich eine seltsame, wohltuende Schwäche; ohne mich zu regen, stand ich an eine der Säulen des Bettes gelehnt. Graues Licht streifte jetzt die Wände. Ich horchte auf die Klage, die von den Lippen der jungen Frau aufstieg. Schon erschien mir auf der blassen Fläche des Kissens ihr Kopf im aufgelösten langen Haar, das von rechts nach links rollte wie in die Höhlung einer schwarzen Welle. Mein Blick kam nicht mehr los von dem Gesicht, um das Licht und Schatten kämpften. Sie schwieg. Langsam wandten sich die klaren Augen mir zu. »Komm«, sagte sie.

Was dann geschah, ist in meinem Gedächtnis mit tiefem Ekel vermengt. Ich warf mich auf die Frau wie ein Tier, aber mit ebensoviel Rachlust wie Begierde, denn ich konnte ihr verächtliches Benehmen nicht vergessen und sah in dem Befehl, den sie mir gab, nur eine Unverschämtheit mehr. Das geheimnisvolle Liebeswerk, das ich nun endlich vollzog, ersetzte mir ein Werk des Hasses und verschmolz mit ihm. Indessen umschloß langsam der blasse, kalte Leib meiner Herrin den meinen, gleich jenen Blumenungeheuern, von denen man sagt, sie nehmen das Insekt gefangen, das ihr süßer Duft anlockt. Ihre Füße vereinigten sich hinter den meinen und ihre Arme unter meinem Nacken; die Frische ihres Fleisches war wie eine Brandwunde. Auf dem Höhepunkt der Wollust hatte ich das Gefühl, mich zu wehren. Wärmte ich eine Tote, deren starre Umarmung sich nicht lockern wollte? Diese eisige Umschlingung gab mir mitten im Genuß das Entsetzen zu kosten, und was man Trunkenheit der Sinne nennt, hinderte mich nicht zu begreifen, daß ich die Beute und nicht der Meister war. In dem dichten Haarschwall erstickte ich den Lust- und Angstschrei, der sich meiner Brust entrang, mein schweißgebadeter Körper versuchte sich zu befreien, aber da begann eine lange, seltsame Qual, denn die Herrin, die ich mit gutem Recht meine Geliebte nenne, wandte alle Kraft an, mich festzuhalten. Das Grausen, das sie mir nun einflößte, läßt sich nicht beschreiben. Gesättigt, ernüchtert, noch zitternd von der Anstrengung des Geleisteten, kämpfte ich, um mein Fleisch von ihrem Fleisch zu reißen, aber es war, als ob sie sich an mich anlötete, und mein Körper wand sich vergeblich im Schraubstock dieser Glieder, welche mit toten Zwischenpausen eine krampfhafte Wut belebte. Um Atem zu schöpfen, hörte ich auf, mich zu sträuben, und blieb ganz still; sie lauerte mit verdrehten Augen wie eine Ertrinkende, die sich an den Schwimmer klammert und ihn mit ihrem ganzen Gewicht in die Tiefe zieht. Lange Minuten vergingen; da plötzlich packte eine gräßliche Überreizung dieses Weib. In meiner Unerfahrenheit glaubte ich, sie würde wahnsinnig, ihre Zähne gruben sich mir in das Fleisch am Halsansatz, ich schrie auf. Hätte ich nur eine Hand frei bekommen, ich hätte sie erwürgt, aber es gelang mir nur, mich mit ihr auf der Flanke umzudrehen, dabei rollte ich uns in das Bettuch ein, das meine Füße zerrissen. Ihr Haar bedeckte mein Gesicht; mit Ferse und Schultern schob ich mich bis zum Rand der Matratze, und dort gab ich mit zukkendem Schwung der Doppelmasse unserer Leiber einen Stoß, stark genug, um uns aus dem Bett gleiten zu lassen, aber zu schwach, um uns zu trennen. Ich rollte auf den Teppich mit meiner verhaßten Last, da öffnete sie auf einmal ihre

Arme, und ihr entspannter Körper löste sich von meinem, wie um ins Leere zu fallen. Mit einem Satz war ich auf den Füßen, schaudernd vor Angst, die ich nicht mehr zu verbergen trachtete. Es war heller im Zimmer geworden, und das Licht schien auf den schmalen, zarten Körper und den Kopf, der umhüllt war von schwarzen Flechten. Nie im Leben habe ich etwas Schöneres gesehen! Eine Weile verging, und mein Herzklopfen beruhigte sich nach und nach. Ich griff nach meinen Kleidern und zog mich leise an. Es mochte fünf Uhr sein. Ich setzte mich, machte das Fenster auf, hustete. Dann stand ich auf, um mich im Zimmer umzusehen, da kam ich neben meine Herrin zu knien. Meine Hand streifte ihre Schultern, ihre Brust – und stockte.

Sie war tot.

Auf der Treppe waren so viele Leute, daß ich das Zimmer unbemerkt verlassen konnte. Auf dem Absatz des ersten Stockwerks tuschelte eine Gruppe Bediensteter wie in der Kirche und verstummte wieder, so oft ein junger Mann in der Sutane vorbeikam, der zwischen der Tür zum Zimmer meiner Herrin und der zum Zimmer ihres Gatten hin und her ging. In seinem starren, harten Auge glänzte kalte Wollust, wenn er die Leute und die Dinge ansah, die er bald zu beherrschen hoffte, denn er war der Beichtiger der Frau Vicomtesse und hatte es auf den Posten eines Schloßgeistlichen abgesehn, den er bei ihr zu bekommen gedachte. Er war es gewesen, der den Beichtiger des Verstorbenen dazu gebracht hatte, sich über meine Herrin zu beklagen und im Erzbischofspalast ein böses Gerede über sie zu verbreiten; damit meinte er, ein für allemal diesen Rivalen bei ihr auszustechen. So lächelte er denn äußerst selbstzufrieden und ließ seinen Umhang jedes Mal im Triumph wehen, wenn er an einem Ende des Flures kehrtmachte. Als ich an ihm vorbeikam, warf er mir einen tiefen Blick zu und ordnete mich im Geist in die Zahl der Bediensteten ein.

Auf das Geländer gestützt, stieg ich hinunter. Eine Dame, die ich nicht kannte, hielt mich wegen meines abgespannten

Gesichtsausdrucks für einen Verwandten des Toten, faßte mich mit einer gewissen Gier am Arm und sagte: »Es ist furchtbar. Kann man ihn sehn?« Und sie fuhr sich mit der Zungenspitze über die Lippen. Ich wies sie zurück und stieß dabei gegen einen Mann im schwarzen Kittel, der ein Brettergestell trug; das glitt ihm aus den Händen und fiel mit nachhallendem Gepolter auf die Treppe. Der junge Geistliche beugte sich über das Geländer und erteilte uns mit trockener Stimme einen Verweis; trotzdem rasselte das Gestell bis zur untersten Stufe. Ich benutzte die allgemeine Verwirrung, um zu entfliehen.

Im Park lief ich aus Leibeskräften bald über den nassen Rasen, bald die Alleen entlang, wo der Regen Lachen gebildet hatte. Eine große rote Sonne bespritzte den Himmel wie ein Kübel voll Blut. Es kam mir vor, als ob man mich riefe, aber ich drehte mich nicht eher um, als bis ich die kleine Pforte erreicht hatte, die sich in dem mächtigen Gittertor öffnete. In diesem Augenblick preßte sich mir das Herz heftig zusammen, ich mußte laut seufzen. Schwer und düster lag mit seinen Türmen voll schlimmem Schweigen das alte Gebäude da, das meine Traurigkeit beherbergt hatte, und nun bedauerte ich doch, es zu verlassen.

DRITTER TEIL

Marie-Thérèses Bericht

Als Manuel diese letzten Worte schrieb, war ich allein mit ihm im Eßzimmer. Ich saß am Fenster, stützte die Wange auf die Hand und betrachtete gelangweilt die weiße Mauer der Präfektur, dieses große leere Blatt, das ich, schien mir, meine ganze Jugend hindurch angegähnt hatte. Gestern hatten wir Neujahr gefeiert, und meine Mutter bezahlte heute mit einer Leberreizung das halbe Glas Malaga, das sie auf Manuels Gesundheit getrunken hatte. Alles war traurig an diesem Morgen. Die paar Leute, die unter unseren Fenstern vorüberkamen, schienen unsere Straße zu fliehen und nach glücklicheren Gegenden zu eilen. Ich selbst seufzte nach meiner Schule, wo ich endlich wieder mit meinen Freundinnen zusammensein würde, und sehnte mich danach, ein Menschengesicht lächeln zu sehen und mit Wesen zu sprechen, deren ganzes Leben nicht unablässig um eine geheime Katastrophe kreist.

Rings um uns aber änderte sich nichts; das Zimmer, in dem wir beide waren, bot den friedlichsten Anblick. Tiefe Stille herrschte hier, nur von Zeit zu Zeit von dem leisen Knacken der Kohle unterbrochen, die sich im Kamin flammend verschob. Manchmal hörte ich Manuels Feder auf dem Papier kratzen, wenn er ein Wort durchstrich; oder er hustete mit den Fingerspitzen am Mund, so leise wie möglich, mit einer Miene, als wollte er sich entschuldigen. Daß er überhaupt sehen konnte beim Schreiben! Er saß mit dem Rücken zum Fenster, und das schwache Licht, das durch die Vorhänge drang, genügte nicht, die Schatten zu zerstreuen, in denen er wie begraben war.

Seit Monaten setzte er sich alle Tage an den Eßzimmertisch und widmete sich dieser geheimnisvollen Beschäftigung, über die er nichts sagen wollte. Auf die kleinen Seiten seines flach aufgeschlagenen Tagebuches zeichnete er seine winzigen Schriftzeichen. Selbst wenn ich mich über seine Schulter beugte, konnte ich in den dichten schwarzen Blöcken nichts entziffern. Meine Keckheit ging nicht so weit, mich neben ihn zu setzen, um zu lesen, was er schrieb, aber ich kreiste um den Tisch und fragte ihn, wie spät es sei, was für ein Tag sei, oder ich wollte ein Wort erklärt haben; auf keine meiner Fragen bekam ich Antwort, es war ihm nicht anzumerken, ob er mich überhaupt verstanden hatte. Eine unsichtbare Mauer umgab diesen Menschen und schützte ihn vor dem Klang meiner Stimme. Nur eine Frau wird begreifen, wie aufreizend die Haltung eines Menschen wirken kann, der einen ganzen Morgen dasitzt und schreibt, ohne den Kopf zu heben oder die Hand mehr zu bewegen, als nötig ist, um seinen Federhalter mit Schneckenlangsamkeit von einer Ecke der Seite zur anderen zu führen. Seine außergewöhnliche Beflissenheit reizte mich mehr als alles andere; es sah aus, als ob er eine Miniatur male und nicht bloß Buchstaben schriebe; ich begriff nicht, daß seine Geduld so lange anhalten konnte, daß er nicht nach einer halben Stunde Arbeit sein Heft aus dem Fenster warf.

Meine Mutter verlangte, man solle ihn in Frieden lassen. Seit dem Besuch des Abbé Sanctis, der sich über Manuel beklagt hatte, sah sie an allen Straßenecken Verfolger. Deshalb verbot sie Manuel, die Grenzen des Gartens zu überschreiten; sie wußte alles, was man in der Stadt über ihren Neffen sagte, und hatte verschiedene Personen im Verdacht, einen schlimmen Streich vorzubereiten. So nannte sie es, ohne sich genauer über die Art dieser Anschläge auszulassen. An der Spitze der Liste stand der *Manen*-Buchhändler, den sie immer nur »diese schlagflüssige Bestie, der Herr Ernest« nannte; sie behauptete mit Recht, er hätte lieber Schweine abdecken als Bücher verkaufen sollen, tröstete sich aber damit, daß das Geschäft dieses ersten Gegners seit Manuels Entlassung von einem Fluch des Himmels getroffen sei. Aber die Geistlichkeit unserer Stadt lieferte schon allein fast alle wichtigen Feinde, die meine Mutter um ihren Neffen sah; und diese erschienen ihr im Bilde schädlicher oder widerlicher Tiere. Sie behauptete, der Abbé Sanctis sähe, wenn er das Chorhemd anlege, wie ein Frettchen aus, und tatsächlich paßte der Vergleich mit dem kleinen reißenden Tier ganz gut auf diesen Priester, denn das Auffallendste in seinem länglichen Gesicht war das brennende Hellrot auf den Backenknochen und die rohe Fleischfarbe der Lippen, über die er sich manchmal genießerisch mit der Zungenspitze fuhr. Aber die Hauptmasse ihres Zorns hob sie für meinen Beichtiger auf, dem sie Rabenflügel wachsen ließ, weil man ihn immer an Sterbebetten finde und weil er – das fügte sie als neuen Zug in die Naturkunde ein – ein Erbschleicher sei; in verblümterer Weise beschuldigte sie ihn, er verrate das Beichtgeheimnis, um Familien zu entzweien, und drohte, sie wolle an die Kirchenbehörde einen Brief schreiben, der den Herrn Erzbischof aufbringen werde.

Nach Tisch griff sie mit hastiger Hand nach ihrer Strickerei und erging sich dann in einem ihrer Monologe, die von gewitterschwerem Schweigen unterbrochen wurden. Nach und nach kam sie in Eifer, und die Nadeln stießen immer schneller in der Wolle gegeneinander. Gott weiß, wieviel Groll sie in die Westen hineinstrickte, die für die Armen bestimmt waren! Ich saß an der andern Seite des Tisches und betrachtete traurig ihr langes, zorniges Profil durch den Dampf des Blütentees, der neben ihrem Ellbogen rauchte. An den schönsten Augustabenden, wenn der Himmel bis in die Nacht hell blieb und von der Straße Wortfetzen und Gelächter, all das Raunen spazierenden Behagens zu uns heraufklang, mußte man der Mama hinter geschlossenen Läden Gesellschaft leisten. Ich weiß nicht, ob sie fürchtete, Herr Ernest oder unser Generalvikar lägen mit einem Knüttel in der Faust vor dem Haus auf der Lauer, aber sie hielt es für unvorsichtig, uns ausgehen zu lassen, und so gingen wir nicht aus. Mein Vetter las sein Buch am Kamin. Und ich fächelte mir mit meinem Taschentuch oder fuhr mit dem Finger über den roten Plüsch auf dem Tisch und vertiefte mich so in diese Beschäftigung, daß ich es nicht hörte, wenn meine Mutter rief, ich solle das unterlassen. Unablässig schwirrten die Fliegen um die Porzellanlampe, und mit Ekel und Neugier zugleich spähte ich nach denen, die in ihrer Unbesonnenheit in die Flamme gerieten und knisternd umkamen. Der Sommer verging. Manuel litt an der Hitze und kam fast gar nicht mehr aus dem Haus. Nach und nach wurde seine Krankheit ein Teil unserer Gewohnheiten. Sein Husten verriet uns, wo er war, und noch viele Monate nach seinem Tode hat mir dieser Husten gefehlt. Ein, zwei Mal erkühnte sich Leontine, ihm einen Arzt, den sie kannte, vorzuschlagen – der hatte sie, als sie noch ein junges Mädchen war, von einem Hautausschlag geheilt –, aber bei dem bloßen Wort Arzt bekam der junge Mann einen Gesichtsausdruck, als ob man ihm schon von der letzten Ölung spräche. Instinktiv hielt er sich an meine Mutter, die nur an Leberkrankheiten glaubte.

Am Nachmittag ließ sie sich in ihrem Ledersessel nieder, der so stand, daß sie die Straße überwachen konnte, und ihr Neffe mußte sich neben sie setzen. Beide versenkten sich in die Betrachtung der weißen Mauer wie Zuschauer vor einer Bühne, auf der ein bedeutendes Schauspiel sie für ihr langes Warten belohnen würde. Es wuchs zwischen ihnen eine aus Schweigen und Schauen geschaffene Vertrautheit. Stunden vergingen manchmal, ohne daß zwischen diesen beiden Menschen, deren Gesichter nach und nach erstarrten, ein Wort fiel. Wenn Manuel hustete, fing meine Mutter gleich an zu sprechen, erkundigte sich nach den lächerlichsten Dingen, fragte, ob das Barometer falle, ob Leontine ans Essen denke; sie mußte irgend etwas sagen, um das Geräusch zu übertönen, das sie nicht hören wollte.

So oberflächlich ich damals war, es entging mir nicht, daß meine Mutter ihren Neffen gar nicht mehr auszankte, sei es, weil sie ihn nun ganz in ihrer Gewalt zu haben glaubte, sei es, daß die uneingestandene Angst, ihn zu verlieren, einen Nachsommer der Liebe in ihr erblühen ließ. Seit einiger Zeit gab sie sehr auf ihre Kleidung acht und zog sich an wie zum Empfang von Besuchen. Die Brust mit Jetperlen besät, saß sie da und tat, als fühle sie sich wohl in dem Satinkleid, das ihr Leib und Hüften einpreßte, und mit gequälter Eitelkeit sah sie auf die engen Lackschuhe, in denen ihre Füße sich vor Schmerz verkrampften. Ich wage nicht zu behaupten, daß sie den Ehrgeiz hatte zu gefallen. Den Sinn dieser Behauptung hätte sie selbst nicht begriffen, und selbst wenn ihr ein Zweifel aufgestiegen wäre, sie war unschuldig genug, um die Gründe gut zu finden, die sie sich für ihre gepflegte Erscheinung gab. Es sei doch sehr wahrscheinlich, meinte sie, daß man nach ihrem Streit mit dem Abbé Sanctis jemanden vom Erzbistum zu uns schicken werde. Für diesen Fall müsse man bereit sein. »Übrigens ist eine Dame immer bereit, gleichviel wen, und sei es den Papst zu empfangen«, fügte sie mit herausfordernder Miene hinzu. Und um ihr Gewissen zu beruhigen, sorgte sie dafür, daß sich diese Wahrheit auch auf mich erstreckte, und zwang mich, ein garstiges Musselinkleid zu tragen, in dem ich bei jeder Bewegung Angst hatte, mir einen Fleck zu machen oder an einem Möbel hängenzubleiben. Ein Monat verging unter der Drohung dieses Besuches, aus dem nichts wurde. Wir warteten im sonntäglichen Schmuck. Als die Ferien zu Ende waren, brachte mich meine Mutter wieder zu den Schwestern; und als sie mir mitteilte, ich würde von nun an bei ihnen wohnen, konnte ich meine Freude kaum verbergen.

Wenige Tage vor Weihnachten saß ich wieder in diesem Eßzimmer, für das ich jetzt eine Art müde Neugier hatte, ich glaubte es nunmehr zu sehn, wie es wirklich war. Ich kam nach Hause mit den Ideen der Klosterschule; die Schwestern und die *Großen* hatten mich geformt. Ihr Geschmack und viele ihrer kleinen Marotten kamen mit mir ins Haus, ihr Flüstern, ihr Lachen, ihre Klosterscherze.

Als ich meine Handtasche im Vorraum abgesetzt hatte, fühlte ich mich von einer Stille angefaßt, die ich lange nicht zu stören wagte, und auf einmal war ich hier fremd. Dieses wunderliche Gefühl, nicht mehr teilzuhaben an dem Geheimnis unseres Familienlebens, wurde mir zur Gewißheit, als ich meine Mutter und meinen Vetter begrüßte.

Sie saßen einander gegenüber, und eine Sekunde lang war in ihren Gesichtern das verärgerte Erstaunen von Leuten zu le-

sen, die man stört. Meine Mutter lächelte dünn mit den Mund-
winkeln; Manuel legte sein Tagebuch auf die Knie, räusperte
sich und sagte nichts. Beide reichten mir griesgrämig die
Wange zum Kuß. Eingeschüchtert durch diesen Empfang, zog
ich mich in den Hintergrund des Zimmers zurück, sah mir die
Muscheln im Glasschränkchen an und setzte mich schließlich
ans Fenster. Manuel las weiter. Von weitem betrachtete ich sein
langes, blasses Gesicht: die Krankheit hatte ihm die Backen
wie mit ungeschickter Hast geschminkt. Als er am Ende der
Seite angekommen war und das Blatt umschlug, hoben sich
seine geröteten Lider, und mich traf wie ein Pfeil ein rasch ge-
schleuderter Blick. Alles, was ein Blick in so kurzer Zeit sagen
kann, sagte mir der seine mit hitziger Wut: er war mir böse, daß
ich da war. Ich wurde rot und senkte den Kopf, damit man mir
nichts anmerke, aber es kümmerte sich, wenigstens dem Anschein nach, niemand um mich. Mit gespannter Aufmerksamkeit verfolgte meine Mutter die Bewegung ihrer Stricknadeln,
als hoffe sie, da endlich etwas lang Gesuchtes zu finden. Ihrem
runder gewordenen Rücken merkte man die Mühsal des Alters
an; sie kam mir kleiner vor, weniger zum Fürchten, weniger ge-
wappnet, und zum erstenmal in meinem Leben betrachtete ich
sie ohne Angst. Hatten die drei fern von ihr verbrachten Monate einen Bann gebrochen, und war diese Frau, deren launen-
haftestem Befehl ich bisher nie zu widersprechen gewagt hätte,
plötzlich ein Mensch geworden wie die anderen, mit ihrem Teil
Wahn, Wunderlichkeit und Komik? Ich hatte ja gar keine Ehrfurcht mehr vor ihr oder doch nur rein äußerlich, was mich
nicht hinderte, sie in meinem Inneren zu beurteilen, als wäre
sie nicht meine Mutter, sondern eine entfernte Verwandte oder
nur eine Nachbarin, eine Unbekannte. Mein vertrauter Verkehr mit den *Großen* hatte mich wohl aufgeklärt. Ich war selbst
eine *Große* geworden mit einem Haarknoten im Nacken; ich lief
nicht mehr wie besessen mit den Kleinen der unteren Klassen
umher; ich hatte schon meine Geheimnisse und tauschte sie,
wie es im Schlafsaal üblich ist, gegen die anderer aus, und allmählich formte sich meine Meinung über viele Dinge.

Ein paar Minuten vergingen, dann verließ Manuels Blick von neuem das Buch, in dem er zu lesen vorgab, und er haftete länger auf mir. Ich konnte es nicht verhindern, daß meine Stirn rot wurde, aber diesmal schlug ich die Augen nicht nieder. Und fast unmittelbar kam ein halbes Lächeln über die Lippen des jungen Mannes; ich wollte es erwidern, da fragte mich meine Mutter, die uns beobachtete, ob ich meine Ferien mit Daumendrehen verbringen wolle. Gleichzeitig flog mir ein Paar Strümpfe, das sie aus einem Körbchen genommen hatte, an den Kopf und hinterdrein ein Wollknäuel, in dem eine Nadel blinkte; es waren Manuels Strümpfe, die sollte ich stopfen.

Die letzte Woche dieses Jahres war auch die verdrießlichste. Meine Mutter gab sich keine Mühe, ihren Ärger über meine Anwesenheit zu verbergen, und ich brauchte nur den Mund aufzutun, so ermahnte mich ein zischendes »Psst!« zu schweigen. Manuel mußte sich doch ungestört dem, was meine Mutter seine Studien nannte, widmen können. Sobald er ein Buch nahm oder sich am Tisch zum Schreiben einrichtete, mußte jedes Geräusch im Hause aufhören. Wenn ich nur durch das Zimmer ging, in dem wir alle uns aufhielten, weil es besser geheizt war als die anderen, begleitete mich von meinem Stuhl bis zu dem Glasschränkchen, in dem ich mir die Muscheln ansah, ein wütender Blick. Bei der geringsten Bewegung meines Vetters, wenn er sich nur die Stirn wischte oder in die Tasche faßte, erhob sich meine Mutter besorgt, ihn zu bedienen, ihm das Taschentuch, den Bleistift oder die Papiere zu holen, die er brauchte. Diese Aufmerksamkeiten waren Manuel peinlich und nahmen mich gegen ihn ein, und ich war kleinlich genug, ihm dafür böse zu sein.

So versuchte ich denn an diesem Morgen, ihn auf irgendeine Art zu unterbrechen und zu ärgern, da kam mir eine Eingebung, und ich fragte ihn, ob er mich zum Schloß begleiten wolle.

Diesmal hörte er, was ich sagte. Die Feder fiel ihm aus den Fingern, und er wandte mir ein Gesicht zu, das schlaflose Nächte zerfurcht hatten. Er kam mir vor wie einer, der am

Kragen gepackt wird. Hastig und undeutlich sagte er etwas, das ich nicht verstand, dann machte er sein Tagebuch zu und verschloß es mit einem Gummiband.

»Zum Schloß«, wiederholte er, »zum Schloß ... zu welchem Schloß?«

»Aber Manuel, du weißt doch: das Schloß, von dem wir früher immer gesprochen haben.«

»Ach so!« – Einen Augenblick stand sein Mund halb offen, und er runzelte die Stirn. Ich mußte auflachen.

»Was machst du denn für ein komisches Gesicht?« sagte ich.

»Es ist dir doch nicht unangenehm?«

»Durchaus nicht.«

»Also, kommst du?«

Er rührte sich nicht. Ich wiederholte meine Frage, ohne Antwort zu bekommen. Was eben noch nur eine Laune gewesen war, wurde nun zur Notwendigkeit.

»Manuel, wir müssen hingehn! Nie bietet sich wieder solch eine Gelegenheit. Mama schläft, sie wird uns nicht weggehen hören, und wir werden vor dem Essen zurück sein. Du hast keine Lust, das Schloß zu sehen? Erinnere dich: die Gäste, die Vicomtesse.«

Er zitterte. Ich kam näher zu ihm und faßte kräftig seine Hand.

»Du kommst. Ich hole dir deinen Mantel. Du tust ein warmes Halstuch um. Vorwärts!«

»Wir werden den Weg nicht finden«, flüsterte er. Ich beruhigte ihn: wir brauchten doch nur bis an die Stelle zu gehen, von der aus wir auf den Spazierfahrten mit meiner Mutter das Schloß gesehen hatten, und von da durch den Wald bis ins Tal hinunter. Beim Sprechen schüttelte ich ihn, um ihn zu zwingen, seinen Platz zu verlassen, und schließlich gehorchte er, aber in einer Art stumpfsinniger Folgsamkeit; mit leicht zitternder Hand knöpfte er seinen Rock bis oben zu, ohne ein Wort zu sprechen. Ich hielt mich nicht damit auf, ihn zu beobachten, ich lief, ihm Mantel und Hut zu holen, eh er sich wieder anders entschloß.

Wir gingen die kleinen Straßen entlang, die aus der Stadt führten. Wenn ich mich recht erinnere, wechselten wir unterwegs nicht eher ein Wort, als bis wir den alten Festungswall überschritten hatten. Ein eisiger Wind fauchte uns ins Gesicht und wühlte in dem schwarzen Efeu, der wie ein Trauervorhang am Mauerwerk hing. Wir gingen an den Gräben entlang, und ich fühlte mich mit einem Mal so glücklich, daß ich in zärtlicher Aufwallung meine Fingerspitzen unter Manuels Ellbogen schob. Er trug einen langen blauen Gehrock, dessen Gewicht ihn bedrückte; dies dicke, schwere Kleidungsstück war für meinen Vater zugeschnitten worden, aber selbstverständlich mußte Manuel alle alten Sachen des Verstorbenen auftragen; so zog ich denn meine Hand gleich wieder zurück: dieser Gehrock bewahrte in den Schultern den Umfang des Obersten Plasse und ging wie ein Gespenst mit mir spazieren.

Manuel brach als erster das Schweigen, als wir über eine kleine Steinmauer am Wiesenrand stiegen.

»Warum hast du mit mir vom Schloß gesprochen?«

Ich antwortete, wahrheitsgemäß, ich wüßte nicht, warum. Er schüttelte den Kopf und sah weit über die weiß bereiften Wiesen hin zu der fernen bläulichen Hügelkette, die in die Himmelstiefe zurückzusinken schien. Zwischen Daumen und Zeigefinger hielt er den Rand seines Hutes fest, den der Wind ihm in die Stirn schlug; zwei dicke Tränen rollten über seine Wangen. Ich zog ihn am Ärmel, und wir gingen weiter.

Als wir auf die Straße zur Meierei kamen, die den Wald in ihrer ganzen Länge durchschneidet, ließ der Wind nach, und in den Bäumen wurde es stiller. Ich hörte jetzt das Rascheln der welken Blätter unter unseren Schritten. Da streckte Manuel den Arm nach einer Lichtung aus und sagte: »Da war es.« Ich verließ ihn, um voranzulaufen; als ich aber an den bezeichneten Ort kam, entfuhr mir ein Schrei der Überraschung.

Unten im Tal, auf das wir von der Straße hinabsahen, zeigte sich mir jetzt das Gebäude, das Manuel mir so oft beschrieben hatte, aber es sah ganz anders aus, als ich erwartet hatte. Da war nichts mehr von dem Bild, das sich in meinem Geiste geformt hatte. Ich hatte das Schloß nur durch Manuels Augen gesehn bis zu diesem Tag, an dem mein enttäuschter Blick umsonst die Zinnen, die Wachtürmchen, die Rundgänge und die hohen spitzbogigen Fensterfassungen suchte, die in den Berichten meines Vetters bei Sonnenuntergang aufleuchteten. Von Türmen sah ich nur einen, denn in dem Taubenschlag wollte ich nichts anderes sehen als einen Taubenschlag.

Dann war Manuel neben mir und sah auch hin. Ich weiß nicht mehr, was ich zu ihm sagte; sein Schweigen machte mich unruhig, er lächelte, ohne mich anzusehn, das Lächeln erstarrte auf seinen Zügen. Minutenlang betrachtete er das Gebäude, dessen verfallene Bedachung zwischen den Bäumen auftauchte, er war sprachlos wie angesichts einer Katastrophe. Eine Frage, die ich an ihn richtete, blieb ohne Antwort. Ich zögerte erst noch, dann faßte ich entschlossen seine Hand und leitete ihn durch die Lichtung, denn er ging mit hocherhobenem Gesicht wie ein Blinder und strauchelte von Zeit zu Zeit.

Jetzt verfolgten wir einen schmalen Pfad, der unmerklich bergab ging, und verloren das Schloß aus den Augen, je tiefer wir in den Wald kamen. Nur das Knacken der morschen Zweige unter unseren Füßen unterbrach hier die tiefe Ruhe. Kein Geräusch drang bis zu uns. Mir war diese Stille nicht angenehm. Ich mußte Manuels Hand instinktiv loslassen. Ich blieb stehen und wußte nicht, welche Richtung wir einschlagen sollten.

»Hilf mir«, sagte ich zu Manuel. »Ich weiß nicht mehr, wo es ist.«

Beim Klang meiner Stimme schien er zu sich zu kommen, er schaute rings umher mit gerunzelter Stirn und einem versunkenen Ausdruck, der mir Angst machte; trotz der eisigen Kälte rollten ihm Schweißtropfen über die Stirn.

»Es ist nicht mehr weit«, sagte er.

Er wollte wohl noch etwas sagen, da krümmte ihn ein Hustenanfall, und er mußte sich an einen Baum lehnen. Ich schlug ihm vor, sich einen Augenblick zu setzen, dann wollten wir nach Hause gehn. Er machte mir mit dem Kopf ein Zeichen, daß er das nicht wolle, aber seine Kräfte ließen ihn im Stich. Plötzlich glitt er zu Boden und blieb fast zu meinen Füßen ausgestreckt liegen. Ich mußte auflachen. Da hob er sein entsetztes Gesicht zu mir und sagte mit leiser Stimme: »Ich bin verloren.«

Das brachte mich außer Fassung, ich glaube, meine erste Regung war: Fliehen. Vielleicht erriet Manuel meinen Gedanken, denn er sagte:

»Verlaß mich nicht.« Sein kurzer, rauher Atem erfüllte den Wald mit seinem Rasseln. Nach einer Weile flüsterte er Worte, die ich nicht verstand; als er mir dann ein Zeichen machte, kniete ich mich neben ihn, um ihn besser zu verstehen.

»Ich habe Angst«, sagte er.

In meiner Unruhe fragte ich ihn, was ich tun solle, und da mir jeder Vorwand recht war, um ihn zu verlassen, sagte ich, ich wolle zum Schloß laufen, wo ich jemand zu finden hoffe. Aber da faßte er mich fest an der Hand.

»Da mußt du nicht hingehen«, rief er. »Sie würde dich nicht wieder fortlassen. Als ich mich retten wollte, das erste Mal...«

Er stockte mitten im Satz, sein besorgter Blick hing fragend an mir, dann verschwand nach und nach die Beklommenheit aus seinen Zügen, und er versuchte mich anzulächeln. Einen kurzen Augenblick war dieses Gesicht, aus dem immer nur der Schmerz gesprochen hatte, voll Zärtlichkeit und Freude.

»Dich habe ich geliebt«, sagte er im Flüsterton.

Ich antwortete nicht. Da ließ er meine Hand los, legte seinen Kopf auf meine Knie und zog die Beine an, wie um zu schlafen. Er redete für sich, aber sehr undeutlich, ich konnte nichts verstehn. In dem langen blauen Gehrock, der ihn ganz einhüllte, schien sein entsetzlich magerer Körper größer als gewöhnlich; ich betrachtete mit Angst und Mitleid den dürren Nacken und den schmalen Schädel. Da raunte er in unbeschreiblichem Ton: »Das ist fast Glück.« Er wartete einen Augenblick, schloß die Augen und wiederholte dieselben Worte wie ein eigensinniges Kind, aber so leise, als ob er jemandem ein Geheimnis anvertraue. Dann wurde er still. Ich glaubte, er sei eingeschlafen, und beugte mich ein wenig vor, um sein Gesicht genauer anzusehen; eine nachdenkliche Würde milderte seine Häßlichkeit; er schien zu lauschen. Da plötzlich sah ich einen roten Faden langsam aus seinem Mundwinkel fließen. Ich rührte mich nicht, aber in mir zog sich etwas jäh und heftig zusammen. Ich wollte schreien und konnte nicht; mein gebannter Blick wich nicht von dem Blutstropfen, der sich unablässig nachfüllte und träge über das Kinn wanderte. Endlich hob ich, von Schauern geschüttelt, Manuels Kopf und legte ihn auf den Boden. Wir waren noch auf halber Höhe. Ich stürzte ein paarmal hin, ehe ich den Weg erreichte, der durch die Taltiefe führte.

Erschöpft und in Todesangst kam ich zu Hause an, zwanzigmal hatte ich den Weg verloren. Ich war nicht imstande zu sagen, wo ich Manuel gelassen hatte; ich konnte kaum sprechen vor Schluchzen und Weinen. Meine Mutter brachte mich zu Bett und schaltete die Gendarmerie ein. Ich weiß nicht, wie dieser Tag zu Ende ging, ich lag zu Bett in einem Zustand völliger Ermattung; ein Fieber, das Wahnvorstellungen begleiteten, brauchte den Rest meiner Kräfte auf, und endlich fiel ich in tiefen Schlaf.

Es war Nacht, als ich erwachte. Ein schreckliches Jammern erfüllte das Haus, ich hörte eine rauhe, dumpf dröhnende Stimme, die ich erst nicht erkannte, von einem Zimmer ins andere dringen. Mit einem Satz war ich aus dem Bett, stieß gegen die Möbel und versuchte die Tür zu finden, aber darauf mußte ich verzichten und mich anlehnen, denn meine Beine trugen mich nicht mehr. Aus dem Eßzimmer unter mir stieg das verzweifelte Ächzen empor, das mich aus dem Schlaf geschreckt hatte. Es war meine Mutter, die da ihre Klage heulte. Schweren Schrittes ging sie auf und ab und aus dem Zimmer heraus und wieder hinein und trug ihren Gram spazieren. Ich lauschte eine Minute oder zwei, solange ich es aushalten konnte, dann warf ich mich auf den Fußboden, schlug ihn mit den Fäusten und schrie, um diese Klage da unten zum Schweigen zu bringen, denn sie machte mich wahnsinnig; nun hörte sie wirklich auf; eine Weile lang horchte meine Mutter auf mein Jammern, das ihrem zu antworten schien, und regte sich nicht. Dann plötzlich rief sie mit starker Stimme: »Er ist tot!« und brach zusammen.

Einige Jahre später fand ich Manuels Tagebücher in der Schublade einer Kommode, wo meine Mutter sie aufbewahrte. Ich habe viele Gründe zu glauben, daß sie nie in ihnen gelesen hat, aber sie hütete sie fromm wie alles, was dem jungen Menschen gehört hatte. Der Tod ihres Neffen hatte sie so mitgenommen, daß Manuel, wenn er hätte wiederkommen können, die einzige Frau, die ihn geliebt hat, nicht wiedererkannt hätte. Krankheit und Kummer hatten sie entstellt, ihr abgemagertes Gesicht hatte einen gelblichen Ton bekommen und sah die Leute nur noch mit einem scheuen Altfrauenblick an. Oft bekam ich aufrichtiges, tiefes Mitleid mit ihr; noch öfter, zu meiner Schande sei es gesagt, mußte ich an ihre Zornausbrüche von früher denken, ihre Ungerechtigkeiten, die Verachtung, mit der sie mich behandelt hatte, dann konnte auch ich hart zu ihr sein. Ich dachte nicht daran, sie um Erlaubnis zu fragen, bevor ich die Tagebücher öffnete; ich versteckte mich auch nicht beim Lesen. Erst erhob sie Protest, als ob ich die Reliquien eines Heiligen anrührte, aber ihre runzlige Hand, die sich zitternd vor mir bewegte, machte mir keine Angst mehr.

Ich verschlang in einem Zuge hundert Seiten. Meine Kindheit stand vor mir auf. Der Eifer, mit dem mein Vetter die kleinsten Begebenheiten unseres täglichen Lebens notiert hatte, gab dem kleinen Mädchen, das ich gewesen war, Seele und Atem. Für ihn war keins meiner Worte unbedeutend, meine Gebärden, mein Lachen und meine Tränen nährten und stachelten eine Liebe, deren unabwendbare Fortschritte er mit Verzweiflung beschrieb.

Als ich an den Bericht seiner eingebildeten Flucht und seiner Abenteuer im Schloß kam, mußte ich vier-, fünfmal den Anfang wiederlesen; ich war so überrascht, als wäre das in einer unbekannten Sprache geschrieben, denn diese wilde Abschweifung folgte auf den gewissenhaftesten, sachlich getreuesten Rechenschaftsbericht; dann, von Satz zu Satz, von Seite zu Seite, erlag ich dem Zauber dieser heftigen und schwermütigen Träumereien, wie ein Vogel betäubt wird von dem Blick der Schlange.

Es wäre mir ein leichtes, nachzuweisen, daß diese Geschichte nicht auf einem Schatten von Wirklichkeit beruht, und das armselige Krankendasein Manuels in unserem Hause zu schildern, seine eingesperrte Existenz, die faden Mahlzeiten, die Fieberanfälle, welche die Tränke meiner Mutter nicht mehr aufhalten konnten, den ganzen öden Alpdruck eines zu langsamen Sterbens. Ich will schweigen, wie er geschwiegen hat. Indem ich das letzte der kleinen Hefte schließe, frage ich mich, ob schließlich und endlich der Geisterseher auf unsere Erde nicht einen schärferen Blick wirft, als es der unsere ist, und ob in einer Welt, die ins Unsichtbare eintaucht, die Zauberspiele der Begierde und des Todes nicht ebensoviel Sinn haben wie unsere vermeintlichen Wirklichkeiten.

Ich schob die Tagebücher wieder in die Schublade, in der ich sie entdeckt hatte. Meine Mutter schlummerte in ihrem Sessel, ihr zitternder Kopf, der nein zu sagen schien, neigte sich tiefer und tiefer. Die Frühlingsnacht stieg auf am blaßblauen Himmel, durch den der schneidende Schrei der Schwalben fuhr. Da ergriff mich eine große Traurigkeit. Die ganze Straße schien mir verwunschen, und die Schritte eines Spaziergängers, der an der weißen Mauer entlangkam, schollen in mein Ohr mit ersticktem fernen Klang wie in einem Traum.

Nachwort des Autors

Wie ich den *Geisterseher* geschrieben habe

Bevor ich über dieses Buch spreche, möchte ich einige der Veränderungen erwähnen, die es während der Arbeit erfahren hat, nicht weil ich diesem Werk größere Bedeutung beimesse, als ihm zukommt, sondern weil es nützlich sein kann, wenn ein Romancier Zeugnis davon ablegt, was er während des Schreibens an einem Roman gelernt hat. Auch der unaufmerksamste Leser wird bei der Lektüre eines beliebigen Romans zwangsläufig den Roman bemerken, der daraus hätte werden können und dessen Elemente in dem Text, den er vor Augen hat, noch vorhanden sind. Hier und da zeigen ein Satz, manchmal nur zwei oder drei Worte, das erste Stück eines abgebrochenen Weges. Eine bestimmte Handlung erscheint uns willkürlich, weil sie in einer ersten Fassung dem Verständnis einer Figur diente, die später weggefallen ist. Ich für mein Teil gestehe, daß mich solche Nachlässigkeiten entzücken. Selbstverständlich sollte in einem gut geschriebenen Buch nichts mehr von dem, was vom ursprünglichen Plan aufgegeben wurde, zu sehen sein; aber wer freute sich nicht, auf einem Berggipfel eine Muschel zu finden? Der eine oder andere Kritiker mag mir vielleicht entgegnen, daß in einem ordentlichen Werk die Muscheln ins Meer gehören. Das mag wohl sein.

Bei gewissen Romanfiguren habe ich etwas Undefinierbares bemerkt; man könnte es die Sehnsucht nach einem früheren Leben nennen. Sie scheinen sich dunkel an einen ursprünglichen Entwurf zu erinnern, der in der großen Umwälzung der Korrekturen verschwunden ist. Sie handeln auf eine bestimmte Weise, aber sie hätten auch anders handeln können, und sie ahnen etwas davon. Daher rührt jener Eindruck ihrer Freiheit, den sie uns vermitteln. Es sind keine Maschinen, bei denen jedes Teil einer Forderung der Vernunft entspricht. In ihnen ist etwas vom ursprünglichen Chaos zurückgeblieben.

Es ist vielleicht von Nachteil für das Werk, wenn man sich peinlich genau um absolute Stimmigkeit bemüht. Ich habe erlebt, wie hervorragende Bücher dadurch verdorben wurden, daß sich der Autor in die Korrektur der Details verbiß; heraus kamen Werke, bei denen alles, was im ersten Entwurf lebte und pulsierte, unter einer Art Eisschicht erstarb. Ich will hier nicht einer schlampigen Literatur das Wort reden (die ich ebensowenig mag wie jeder andere), aber schließlich begeht das Leben – der größte Schriftsteller, den wir kennen, und manchmal der schlechteste – merkwürdige Unaufmerksamkeiten: es wiederholt sich bis zum Überdruß, es vergißt, es widerspricht sich selbst ohne Grund. In seinen besten Augenblicken, wenn es am wahrsten ist und sozusagen am erfolgreichsten schreibt, begeht es gewaltige psychologische Fehler. Der Irrtum des durchschnittlichen Romanciers liegt darin, das Leben ganz einfach kopieren zu wollen, anstatt sich mit ihm zu identifizieren und sich vorzustellen (wenn er es denn wagte, wenn er das Zutrauen hätte), daß er selbst das Leben sei.

Die erste Idee zum *Geisterseher* kam mir durch ein paar Zeilen in einer Zeitung. Im Jahre 1931 nahm sich in einer mitteleuropäischen Großstadt ein Student das Leben. Dieser alltägliche Vorfall enthielt ein merkwürdiges Detail: nachdem er sich eine Kugel in den Kopf geschossen hatte, war der junge Mann noch dazu in der Lage gewesen, sich das Gesicht zu waschen, dann hatte er sich aufs Bett gelegt, wo man ihn tot auffand. Ein solches Sauberkeitsbedürfnis beschäftigte mich so sehr, daß ich schließlich an gar nichts anderes mehr denken konnte. Es störte mich nicht, daß der Zeitungsartikel so kurz war. Nach längerem Nachdenken glaubte ich sogar, nicht nur die innere Verfassung jenes Unbekannten, sondern auch einige Umstände seines Todes selbst herauszufinden. Ich stellte mir vor, wie er sich an den Tisch gesetzt hatte, fast genau gegenüber einem Schrank mit einem Spiegel, der das Bild seiner Bewegungen zu ihm zurückwarf. Nachdem der Schuß losgegangen war, betrachtete er eine Weile wie betäubt sein blutüberströmtes Gesicht.

Von all dem ist im *Geisterseher* nichts mehr enthalten außer dem in gewisser Weise abergläubischen, wenn nicht sogar krankhaften Sauberkeitsbedürfnis des Helden.

Es war meine Absicht, diese Erzählung einer der handelnden Figuren in den Mund zu legen, weil der Gebrauch der ersten Person den Autor zu größerer Wahrheit zwingt und weil ich vor allem ein aufrichtiges Buch schreiben wollte, und außerdem schien mir ein so konzipiertes Buch schwieriger zu schreiben. Bekanntlich schränkt die erste Person die Möglichkeiten des Romanciers stark ein: er kann nicht überall gleichzeitig sein wie der Romancier, der sich der dritten Person bedient, und dennoch muß er notwendigerweise über die kleinsten Details einer oft verzweigten Handlung Bescheid wissen und seinen Leser darüber informieren, ohne dabei den Eindruck zu erwecken, er wisse mehr als dieser. Die Schwierigkeiten, die sich aus dieser Methode ergeben können, werden ausgeglichen durch die Tatsache, daß die Erzählung einen vollkommen wahrhaftigen Klang bekommt. Warum? Das hat verschiedene Gründe. Im allgemeinen schenkt der Leser einem Schriftsteller, der ICH sagt, sein Vertrauen. Es ist, als ob der Gebrauch dieses Pronomens den Schriftsteller zur Aufrichtigkeit verpflichtete. Ich erinnere mich, daß ich, als ich den *Robinson Crusoe* zum ersten Mal aufschlug, gebannt und fasziniert war vom ersten Satz: »Ich wurde 1685 in der Stadt York geboren...« Diese schlichten Worte hatten eine merkwürdige Wirkung auf mich. Ich war empfänglich für den unnachahmlichen Reiz eines Gegenstandes der Einbildungskraft, der uns als wahr vorgestellt wird und den wir auch für wahr halten dank einer Reihe von Kunstgriffen, die ich in meinem jugendlichen Alter noch nicht erkennen konnte. Ich glaubte Defoe, wie ihm Millionen Leser geglaubt haben, die dieser wunderbare Erzähler durch den Gebrauch, den er von der ersten Person zu machen verstand, in seinen Bann geschlagen hat. Mir kam es so vor, als ob der Held zu mir ganz allein spräche, von Mann zu Mann (schmeichelhafte Illusion), und ich seine Stimme hörte. Bei einem Roman in der dritten Person stellt sich, wie man leicht bemerken wird, jemand zwischen den Helden und uns. Er stört uns, wenn er es nicht versteht, sich stets im Hintergrund zu halten, er ärgert uns wie der Nachbar im Theater, der uns hinter dem Programmheft seine Eindrücke zuflüstert, während wir dem Stück lauschen: der Autor.

Diese magische Wirkung der ersten Person veranlaßt den Schriftsteller zu seltsamen Indiskretionen, denn er beginnt ziemlich rasch, von sich selbst zu sprechen, und liefert uns ein Bekenntnis statt eines Romans; kann er nicht später immer noch behaupten, es handele sich nur um eine Fiktion? Glauben Sie ihm nicht. Doch ich verrate ein Berufsgeheimnis. Eigentlich geht es mir gar nicht um eine literarische, sondern um eine andere Wahrheit, die weniger bekannt und schwieriger zu definieren ist. Vielleicht verstehen Sie, was ich meine, wenn ich sage, es gibt auch im Bereich der Fiktion eine Art des Lügens. Ein Schriftsteller kann lügen bei der Beschreibung eines Sonnenuntergangs oder des Kleids einer Frau, die niemals existiert hat. Von allen literarischen Sünden ist dies die unerträglichste, und das Unbehagen, das wir bei der Lektüre eines schlechten Buches empfinden, rührt vor allem daher, daß wir jemanden auf frischer Tat beim Lügen ertappen. Ein Schriftsteller, der in der ersten Person spricht, lügt hingegen niemals vollständig.

Bei einer Erzählung in der ersten Person liegt der Gedanke nahe, dem Helden das Wort zu erteilen, doch als ich den *Geisterseher* schrieb, schloß ich diese Möglichkeit zunächst aus, weil ich fürchtete, mein Held würde alles an sich reißen und sich dem Leser in einem zu günstigen Licht zeigen. Deshalb wollte ich, daß der ganze Roman von der Person geschrieben würde, die den meisten Grund zur Klage über die Hauptfigur hätte, denn ich hoffte, daß sich auf diese Weise das Gute und das Böse, was man von ihr denken könnte, die Waage halten würden.

Der Nachteil einer solchen Methode wurde erst allmählich sichtbar. Anfangs beglückwünschte ich mich dazu, weil sie es mir erlaubte, Manuel mit den Augen einer Person zu beobachten, die zu schlichten Gemüts war, um zu lügen, und zu wenig Romanschriftstellerin, um zu übertreiben; doch als ich in meiner Erzählung weiter voranschritt, kam mir der Verdacht, daß das junge Mädchen gar nicht ahnte, mit wem sie es zu tun hatte, und einen Mann, der ihr weit überlegen war, für einen Dummkopf hielt. Sobald ich mir dessen sicher war, gab ich auf, was ein Irrweg zu werden drohte, und gestattete Marie-Thérèse nicht einmal mehr, die angefangene Szene zu Ende zu erzählen, sondern schnitt ihr das Wort ab, um es Manuel zu geben.

In den Händen des jungen Mannes nahm die Erzählung eine unerwartete Wendung. Nichts ist mir so rätselhaft wie die Freiheit einer Romanfigur: einmal geschaffen, einmal definiert und mit menschlichen Eigenschaften bekleidet, gehorcht sie ihrem Schöpfer nicht mehr und durchkreuzt einen Plan, als sei es eine Mauer aus Papier. Wahrscheinlich muß das so sein. Tatsächlich habe ich oft die Erfahrung gemacht, daß eine zu folgsame Figur eine falsche Figur ist. Ich rechnete deshalb damit, daß mein Roman zwar die Tonart wechseln, aber sich doch auf das Ende zubewegen würde, das ich im Sinn hatte und das ich oben angedeutet habe. Wahrscheinlich hatte ich Manuel ebenso oberflächlich beurteilt, wie Marie-Thérèse es getan hat, denn ich hielt ihn zwar für ein wenig träumerisch veranlagt, aber nicht so sehr, daß er seinen Teil der Erzählung ganz im Bereich der Halluzination ansiedeln würde.

Wenn ich es mir genau überlege, konnte es wohl nicht anders sein. Ich wollte einen Menschen darstellen, der dem kontemplativen Leben zugewandt ist und dessen Geschick durch ein plötzliches Erwachen der Sinne eine völlig andere Richtung nimmt. Er ist nicht schön, er ist krank, er ist nicht anziehend, das weiß er, und er ist verliebt. Hoffnungslose Leidenschaft: dennoch ist ihm nicht jede Zuflucht verwehrt, denn er ist nahe daran, die Freuden, die ihm in dieser Welt versagt bleiben, in der inneren Welt zu finden, die er sich in der Tiefe der Nacht schafft. Der Traum öffnet dem Benachteiligten seine Pforten und versetzt ihn in ein *Anderswo*, in jene dunklen und wunderbaren Regionen, wo jedes Begehren sich erfüllt.

Man wird sich sicher darüber wundern, daß Manuel eine solche Gelegenheit nicht ergreift, um sich einen heitereren Ort auszumalen als das finstere Schloß, in das er uns entführt. Ich glaube tatsächlich, daß unter ähnlichen Umständen ein Verkäufer in einem Warenhaus etwas Fröhlicheres ersonnen hätte, irgendein prunkvolles Haus voller Diwane und Spiegel, wo nackte Sklaven (und vor allem Sklavinnen) darum wetteifern, ihn zu bedienen. Aber Manuel ist wie behext von seiner eigenen Traurigkeit. Ohne es zu wissen, ist er ein Romanschriftsteller. Wie so viele von uns empfindet er die Angst, in einer Welt zu leben, die er nicht versteht, und um dieser Angst zu entfliehen, schreibt er. Wir wollen eine mythische Welt an die Stelle der unbefriedigenden Realität setzen, aber wir dürfen uns nicht wundern, wenn wir in diesen Geschichten den Schrecken wiederfinden, der tief in uns wohnt.

Inhalt